KB162683

을 유 세 계 문 학 전 집 · 7 3

노생거 사원

을유세계문학전집·73

노생거 사원

NORTHANGER ABBEY

제인 오스틴 지음 · 조선정 옮김

을유문화사

옮긴이 **조선정**

연세대학교 영어영문학과를 졸업했고, 서울대학교 영어영문학과 대학원을 거쳐 미국 Texas A&M 대학에서 영국소설과 여성문학을 전공했다. 서울대학교 영어영문학과에 재직하면서 주로 19세기 영국문학을 가르치고 연구한다. 저서로 『제인 오스틴의 여성적 글쓰기: 《오만과 편견》 새롭게 읽기』, 역서로 『오만과 편견』이 있다.

을유세계문학전집 73
노생거 사원

발행일 · 2015년 3월 1일 초판 1쇄 | 2017년 11월 20일 초판 2쇄
지은이 · 제인 오스틴 | 옮긴이 · 조선정
펴낸이 · 정무영 | 펴낸곳 · (주)을유문화사
창립일 · 1945년 12월 1일 | 주소 · 서울시 마포구 월드컵로16길 52-7
전화 · 02-733-8153 | FAX · 02-732-9154 | 홈페이지 · www.eulyoo.co.kr
ISBN 978-89-324-0435-6 04840   978-89-324-0330-4(세트)

차례

서문

　이 작품은 1803년에 완성해서 바로 출판할 계획이었다. 한 출판업자에게 맡겨서 광고까지 나왔지만, 그 후 어째서 진전이 안 되었는지 한마디도 듣지 못했다. 출판할 가치가 있다고 생각하지도 않으면서 원고를 사들인 출판업자가 있었다는 게 놀라울 따름이다. 그 속사정을 작가나 독자가 헤아릴 수는 없고, 중요한 것은 십삼 년이 지나는 바람에 이 작품에 비교적 낡은 부분이 생겼다는 점이다. 독자들은 작가가 이 작품을 완성한 지 십삼 년이 지났음을, 쓰기 시작했을 때부터는 더 많은 세월이 지났음을, 그동안에 여기에 등장하는 장소, 매너, 책, 의견 등이 상당히 변화했음을 기억해 주시라.

1권

1장

캐서린 몰란드가 아기일 때 본 적이 있다면 여주인공으로 태어났다고 생각할 수 없었을 것이다. 집안이나 부모의 됨됨이도 그렇지만, 타고난 인물이나 성향이나 하나같이 여주인공 감이 아니었다. 아버지는 리처드라는 이름이 무색하게도* 그냥 목사였는데, 무명이거나 가난하진 않아서 꽤 점잖은 축에 들었다. 결코 미남이었던 적은 없었다. 두 개의 목사 자리를 가진 데다 먹고살 재산이 상당했다. 딸들을 가두는 일에는 조금도 관심이 없는 사람이었다.* 어머니는 현실적인 분별력을 갖춘 성격 좋은 부인이었는데, 더 놀라운 건 건강한 체질을 타고났다는 점이었다. 캐서린을 보기 전에 아들 셋을 낳았다. 캐서린을 낳다가 세상을 떠나기는커녕 모두의 예상을 깨고 멀쩡하게 살아남았다. 아이를 여섯이나 더 낳아서 품 안에서 길러 내고 엄청나게 건강하게 살고 있다. 자식이 열이나 되고 다들 팔다리가 멀쩡하면 칭찬 한마디 나올 법하다. 하지만 몰란드 가족은 딱히 그렇지 않았던 게 하나같이 인물이 없었고, 캐서린도 마찬가지로 어린 시절 내내 고만고만했다. 비쩍 마른 몸매에 안색이 창백했고 검고 뻣뻣한 머리칼에다 이목구비가 투박했다. 인물이 없어도 너무 없었다. 그렇다고 내면이 딱히 여주인공 감도 아니었다. 형제들이 하는 놀이를 좋아했고, 인형 놀이는 말할 것도 없고 겨울잠쥐를 돌보고 카나리아를 키우고 장미 봉오리에 물을 주는 등 여주인공에게 어울리는 온갖 놀이를 마다하고 크리켓을 훨씬 더 좋아했다. 정말이지 정원에는 전혀 관심이 없었다. 꽃을 만질 때는 장난을 칠 때뿐이었다. 꺾지 말라고 하는 꽃만 똑똑 따는 걸 보면 말이다. 성향 한번 유별났다. 지적 능력도 그만큼이나 유별났다. 배우지 않으면 아무것도 스스로 깨우치거나 이해하지 못했다. 배워도 모를 때가 있었는데, 딴 생각을 하기가 부지기수였고 이따금씩 멍청했다. 어머니가 석 달이나 가르쳤지만 「거지의 호소」라는 첫 번째 시를 넘어가지 못했다. 바로 아래 여동생인 샐리가 더 잘 읽었다. 늘 멍청한 아이는 아니었다. 그렇지는 않았다. 「토끼와 친구들」이라는 우화는 여느 여자아이들처럼 금방 깨우쳤으니까. 어머니는 딸이 음악을 배웠으면 했다. 캐서린도 딴에는 낡아 빠진 오르간의 건반 두드리기를 즐기니까 음악을 좋아할 줄 알았다. 그래서 여덟 살에 배우기 시작했다. 일 년 동안 배우고는 더 견디지 못했다. 몰란드 부인은 재능이나 취향이 없는 딸에게 억지로 교양을 쌓게 할 생각이 없어서 그만두게 했다. 음악 교사를 내보낸 날은 캐서린 인생에서 가장 행복한 날 가운데 하루였다. 그림에 대한 취향도 그저 그랬다. 어머니가 받은 편지의 겉봉을 얻거나 특이한 종이가 손에 잡히는 날은 집이며 나무며 암탉이며 병아리를 모두 엇비슷하게 자기 마음대로 그렸다. 글쓰기와 계산은 아버지에게 배웠다. 프랑스어는 어머니에게 배웠다. 어느 쪽도 별로였고, 그러니 할 수만 있으면 안 배우려 들었다. 유별나고 엉뚱한 성격을 가진 아이였다! 열 살의 나이에 이 모든 불량스러운 징후를 다 갖췄음에도 불구하고 심성이나 기질이 못된 아이는 아니었다. 고집을 부리거나 말썽을 일으키는 일이 별로 없었고, 어린 동생들에게 살가웠고 그들을 괴롭힌 적이 거의 없었다. 덧붙이자면, 왈가닥 말괄량이라서 갇혀 있거나 청결한 걸 질색했고 집 뒤편의 비탈을 타고 내려가며 노는 일이라면 사족을 못 썼다.

이게 열 살 때 캐서린 몰란드의 모습이었다. 열다섯이 되자 외모가 나아졌다. 머리를 꾸며 무도회에 가고 싶어 했다. 피부가 고와졌고, 화사하게 살이 오른 이목구비는 부드러워졌고, 눈에 생기가 돌았고, 몸매도 한결 나아졌다. 흙을 묻혀 가며 놀던 대신 예쁜 것을 찾았고 점점 단정해지고 깔끔해졌다. 아버지와 어머니가 나아진 외모를 언급하는 것을 들으면 흐뭇했다. "캐서린이 꽤 인물 좋은 아가씨로 컸어요. 오늘 보니 거의 예쁘네요"라는 말이 가끔 들려왔다. 얼마나 듣기 좋은지! 거의 예쁘다는 말은 십오 년 동안 볼품없는 외모를 가졌던 소녀에게는 태어났을 때부터 예뻤던 사람이 누린 것보다 훨씬 큰 기쁨을 선사했다.

몰란드 부인은 반듯한 사람이었고 자식들이 반듯하게 커 가는 걸 보고 싶었다. 하지만 계속 출산하고 몸조리하고 젖먹이들을 거두느라 워낙 바빠서 큰 딸들은 자기들이 알아서 크도록 내버려 둘 수밖에 없었다. 딱하게도, 캐서린은 여주인공 감으로 태어나지 못한 데다 열네 살이 되도록 책보나도, 적어도 사실적 정보를 담은 책보나도, 크리켓과 야구와 말타기와 시골길 쏘다니기를 더 좋아했다. 독서를 싫어하지 않는 경우는 책이 실용적인 지식을 하나도 담고 있지 않을 때, 그러니까 책이 몽땅 이야기로 차 있고 도덕적 교훈이 없을 때였다. 그러다가 열다섯 살 때부터 열일곱 살 때까지 여주인공이 되기 위해 훈련을 거쳤다. 여주인공의 파란만장하고 변화무쌍한 삶에 딱 어울리는 위로용 인용문을 암기하려면 반드시 읽어야 하는 그 모든 책을 섭렵한 것이다.

포프를 읽고 그녀는 이런 사람들을 비난하는 법을 배웠다.

"슬픔을 조롱하는 사람들."

그레이를 읽고 배운 것은

"많은 꽃들이 보는 사람 없이 피어나

사람 없는 들판에 그 향기가 시들고."

톰슨을 읽고 배운 것은

"즐거운 일이로다

새로운 생각이 터져 나오도록 가르치는 일은."

그리고 셰익스피어를 읽고 정보의 저장고를 발견했다. 그중에 하나는

"공기처럼 가볍고 하찮은 것도

질투하는 사람에게는 강한 확신을 준다네

성서에 쓰인 것 같은 확신을."

그리고

"우리가 짓밟은 가엾은 딱정벌레

육신의 고통에 괴로워하네

거인이 죽어갈 때처럼."

그리고 사랑에 빠진 젊은 여성은 항상

"기념비에 새겨진 인내와 같아

슬픔에 웃음 짓는."*

이것만으로 그녀의 교육은 충분했다. 그녀는 여러 가지 방면에서 아주 잘했다. 소네트*를 쓸 줄 몰랐지만 읽을 수 있었다. 피아노 앞에 앉아서 직접 작곡한 서곡을 연주하여 사람들을 황홀하게 만들 가능성은 없었지만 다른 사람이 연주하면 지겨워하지 않고 들을 수 있었다. 가장 아쉬운 부분은 소묘였다. 정말로 소질이 없었다. 연인의 옆모습을 그리려는 시늉이라도 해야 속마음을 들키든가 말든가 할 텐데 말이다. 진정한 여주인공이 되기에 비참하게 부족한 지경이었다. 이 약점을 당장 실감하지 못하는 이유는 소묘할 연인이 없었기 때문이다. 열일곱이 되도록 감성을 일깨울 참한 청년 한번 못 만났다. 그 누구의 진정한 열정을 불러일으킨 적 없었고, 아주 미적지근하여 금방 스쳐 지나가는 것 말고는 연모의 감정이라고는 자극해 본 적조차 없었다. 참 기이한 일이었다! 하지만 기이한 일도 제대로 원인을 찾으면 설명이 나오는 법이다. 이웃에 상대할 귀족이 하나도 없었던 것이다. 눈 씻고 봐도 그 흔한 남작* 하나 없었다. 동네에는 우연히 문 앞에서 발견된 사내아이 하나 길러 낸 집이 없었다. 출신을 알 수 없는 젊은 청년 하나 나타나지 않았다. 아버지가 돌보는 후견인도 하나 없었고, 교구의 지

주는 아예 자식이 없었다.

젊은 아가씨가 여주인공이 될라치면 동네 이웃들이 한꺼번에 달려들어 심술을 부려도 못 말린다. 어떻게 해서든 남자 주인공이 여주인공 앞에 나타나게 마련이다.

몰란드 가족이 살고 있는 윌셔의 시골 마을인 풀러튼의 재력가 앨런 씨는 바쓰로 가서 통풍을 치료하라는 진단을 받았다.* 사람 좋은 그의 부인이 몰란드 양을 예뻐했는데, 젊은 아가씨가 고향에만 박혀 있으면 안 되고 모험을 찾아 마을 밖으로 나가야 한다며 함께 가자고 초대했다. 몰란드 부부는 맞장구를 쳤고, 캐서린은 마냥 행복했다.

2장

캐서린 몰란드의 외모와 지적 능력에 대해서는 이미 말했고, 바쓰에서의 6주 동안 겪을 어려움과 위험을 본격적으로 얘기하기 전에 우선 독자들이 다음 페이지에서 그녀의 성격을 이해할 수 없으면 안 되니까 좀 더 확실한 정보를 얻도록 몇 마디를 덧붙이자. 그녀는 착한 심성에 명랑하고 활달한 성격으로 조금도 오만하거나 가식적이지 않았다. 매너*는 소녀티 나는 어색함과 부끄러움을 막 벗은 상태였다. 외모는 귀염상이어서 꾸며 놓으면 예뻤다. 열일곱 살 아가씨가 흔히 그렇듯이 순진하고 물정을 몰랐다.

바쓰로 떠날 시간이 다가오자 몰란드 부인의 어머니다운 걱정이 심해지는 건 당연하리라. 헤어지는 것도 끔찍한데, 나중에 사랑하는 캐서린에게 들이닥칠 불행에 대한 수천 가지 불길한 예감이 그녀의 가슴을 슬픔으로 짓누르는 통에 이별을 하루 이틀 앞두고 눈물이 쏟아지리라. 내실에서 둘만의 작별 인사가 벌어지는 동안에는 그녀의 입술에서 가장 긴요하게 써먹을 수 있는 조언이 흘러나오리라. 젊은 아가씨를 멀리 떨어진 농장에다 가둬 놓기를 즐기는 귀족과 남작의 해코지를 조심하라고 경고하고 나면 가슴에 가득했던 걱정이 좀 가라앉으리라. 이렇게 생각하지 않을 사람이 있을까? 하지만 몰란드 부인은 귀족과 남작에 대해 아는 게 없어서 그들의 일반적인 악행을 헤아릴 수 없었고 그들의 계략으로 딸이 위험에 빠지리라고는 조금도 의심하지 않았다. 부인의 충고는 고작 이랬다. "밤에 무도회에서 돌아오거든 항상 목까지 따뜻하도록 온몸을 잘 감싸렴. 그리고 지출하는 용돈은 다 기록하면 좋겠구나. 이 자그만 수첩을 줄 테니까."

이즈음이면 샐리, 또는 세라가(보통 점잖은 집안의 딸치고 열여섯 살이 되도록 이름을 이렇게 바꾸지 않는 아가씨가 있을까?*) 언니의 비밀을 들어 주는 친구가 된다. 하지만 놀랍게도 여동생은 캐서린에게 편지를 쓰라고 당부하지도 않았고 만나는 사람이나 바쓰에서 벌어질 흥미진진한 대화를 몽땅 알려 줘야 한다며 다짐을 받아내지도 않았다. 중요한 여행에 관련된 모든 일이 몰란드 가족 편에서는 이렇게 적당하고 침착하게 완료되었는데, 여주인공이 처음으로 가족과 헤어질 때 항상 수반되는 세련된 감수성과 애틋한 감정보다야 평범한 사람들의 평범한 감정에는 이 정도가 딱 어울린다. 아버지는 돈을 펑펑 쓰라거나 손에 100파운드를 덜컥 쥐어 주는 대신 고작 10기니*를 주면서 더 필요하면 주겠다고 약속했다.

이렇게 별 볼 일 없는 지원을 받으며, 작별 인사가 끝나고 여정이 시작되었다. 그럭저럭 조용하고 별일 없이 안전하게 여행이 진행되었다. 강도나 폭풍우가 찾아와 주지도 않았고, 마차가 전복되어 영웅이 나타나는 일도 없었다. 놀라 가슴을 쓸어내린 일이라곤 앨런 부인이 여관*에다 여행 구두를 놔두고 출발했다는 걱정에 휩싸였다가 다행스럽게도 착각으로 밝혀진 게 다였다.

바쓰에 도착했다. 캐서린은 기뻐할 만반의 태세를 갖추었다. 마차가 멋지게 눈부신 거리로 진입해 호텔로 가는 내내 그녀는 하나도 놓치지 않고 눈길을 주었다. 행복할 작정으로 여기에 왔고, 벌써 행복하다고 느꼈다.

곧 풀트니 거리의 안락한 호텔에 여장을 풀었다.

이제 앨런 부인을 소개할 테니, 독자들은 앞으로 부인의 행동이 어떻게 문제를 악화시킬지, 그리고 소설의 마지막 권에 가서 어떻게 가엾은 캐서린을 절박하고 비참한 상황으로 몰아가는 데 일조할지 스스로 짐작할 수 있으리라. 경솔함이나 천박함이나 질투심이 발동할 사람인지, 캐서린의 편지를 가로채거나 인품을 모략하거나 집 밖으로 내쫓을 사람인지 말이다.

앨런 부인은 이 세상에 자신을 사랑해서 결혼해 준 남자가 있다는 사실에 놀라는 것 말고는 감정이라고는 없는 삶을 살아가는 무수한 여자들 중 하나였다. 외모도 지성도 교양도 매너도 없었다. 점잖은 계급 출신의 티가 나고 아주 조용하고 차분한 기질이고 가볍게 잘 변한다는 것, 이게 앨런 씨처럼 분별력 있고 지적인 남자가 아내를 고른 기준이었다. 부인에게는 젊은 아가씨처럼 일단 직접 가서 전부 봐야 직성이 풀리는 성격이 있어서 젊은 아가씨를 데리고 가서 사교계에 입문시키는 일에 안성맞춤이었다.

부인은 드레스에 집착했다. 좋은 옷을 입는 것에 큰 기쁨을 느꼈다. 주로 어떤 옷이 유행하는지 파악하느라 우리 여주인공의 인생 입문을 사나흘이나 늦춰 가며 그 후견인은 최신 드레스를 장만했다. 캐서린도 드레스를 사들였고, 모든 준비가 마무리되자 드디어 어퍼 무도회장*으로 진출할 대망의 그날이 왔다. 최고의 미용사가 머리를 손질해 준 다음 드레스를 정성껏 차려입고 나니, 앨런 부인과 하녀가 입을 모아 무도회에 갈 사람처럼 보인다고 감탄했다. 격려를 받자 캐서린은 적어도 구설수에 오르내리지는 않겠구나 싶었다. 흠모를 받으면 좋겠지만 그것까지 바랄 처지는 아니었다.

앨런 부인이 드레스를 차려입느라 워낙 오래 걸리는 바람에 그들은 무도회장에 늦게 들어갔다. 철이 철인지라* 사람들로 붐볐고, 두 사람은 틈새를 비집고 들어갔다. 앨런 씨로 말할 것 같으면, 도착하자마자 카드놀이방으로 직행함으로써 두 사람을 군중 속에 내버려 두었다. 앨런 부인은 데리고 온 아가씨가 편안한지보다 자신의 새 드레스가 망가지지나 않는지에 더 신경을 쓰면서 최대한 조심스럽게 문 옆으로 서 있는 한 무리의 남자들을 빠르게 지나쳤다. 캐서린은 부인 옆에 달라붙은 채 부인의 팔에 자기의 팔을 꽉 감고 있어서 웬만한 군중이 밀쳐도 떨어질 것 같지 않았다. 기절초풍할 일은 무도회장을 아무리 헤집고 걸어도 군중으로부터 벗어날 수 없다는 것이었다. 일단 들어가면 쉽게 자리를 잡고 앉아서 아주 편안한 마음으로 사람들이 춤추는 걸 구경할 줄 알았는데 갈수록 인산인해였다. 자리를 잡고 앉기는커녕, 지치지도 않고 부지런하게 방 끝까지 밀고 올라가도 상황은 똑같았다. 눈에 보이는 건 숙녀들의 모자에 달린 깃털뿐이고 춤추는 사람을 구경하는 일은 어림도 없었다. 그들은 계속 이리저리 움직였다. 볼거리가 있을 거라 믿으면서. 힘을 쓰고 기지를 발휘해서 마침내 방에서 가장 높은 곳에 놓인 의자 뒤쪽 통로까지 올라갔다. 아래 구역보다는 사람이 적긴 했다. 몰란드 양은 자기보다 아래쪽에 있는 사람들을 보면서 그들을 지나오느라고 겪었던 모든 위험을 전체적으로 조감할 수 있었다. 이 광경을 보자 그제야 무도회에 왔다는 실감이 났다. 춤추고 싶었지만 아는 사람이 하나도 없었다. 앨런 부인은 가끔 "너도 춤추면 좋겠구나. 어디 짝이 없을까"라고 무덤덤하게 말해 주는 게 다였다. 그런 말이 한동안은 고마웠다. 하지만 그것도 반복해서 들으니까 완전히 빈말 같아서 결국 듣기 싫어졌고 더 이상 고맙다고도 안 했다.

애써서 겨우 자리를 잡았지만 휴식은 오래가지 못했다. 사람들이 곧 차를 마시러 이동했고, 두 사람도 무리에 끼어들어 움직여야 했다. 캐서린은 실망 비슷한 걸 느끼기 시작했다. 사람들에게 계속 이리저리 치이는 게 지겨웠고, 그들의 얼굴은 다 평범해서 흥미로울 게 없었고, 누가 누군지 도통 모르니까 무도회장에 갇힌 비슷한 처지의 동료끼리 말 한마디 나누며 짜증을 달랠 길도 없었다. 마침내 차를 마시러 들어갔지만 어디에도 끼일 데가 마땅치 않고 아는 얼굴 하나 없고 옆에서 도와줄 신사 한 명도 없어서 더 어색해지고 말았다. 앨런 씨는 도통 안 보였다. 상황을 조금이라도 개선하려고 이리저리 둘러봐도 소용없자, 할 일도 없고 말을 나눌 사람도 없다는 걸 알면서도 사람들이 몰려 있는 탁자의 끄트머리에 슬그머니 끼어들 수밖에 없었다.

앨런 부인은 앉자마자 가운*이 망가지지 않았다며 환호했다. "찢어지기라도 했으면 어쩔 뻔했어!" 그녀가 말했다. "그렇지 않니? 모슬린*이 워낙 섬세하단다. 다 둘러봐도 이보다 좋은 옷감으로 차려입은 사람은 없고말고."

"정말 불편해요." 캐서린이 속삭였다. "단 한 사람도 모르다니!"

"그러게." 앨런 부인이 아주 침착하게 대답했다. "불편하고말고."

"어떻게 할까요? 이 탁자에 모인 신사 숙녀는 우리가 왜 여기에 합석했는지 의아한 표정이에요. 억지로 끼어든 것처럼 보이겠죠."

"그래. 아주 불편하구나. 아는 사람이 많았으면 좋겠다만."

"한 사람이라도 있으면. 누구든지 말이에요."

"맞다. 누구든지 알기만 하면 당장 어울릴 수 있지. 작년에는 스키너 가족이 왔단다. 지금도 있으면 좋으련만."

"그냥 나가는 게 좋지 않을까요? 여기 있어 봤자 함께 차 마실 사람도 없잖아요."

"그러게. 아유, 짜증 나! 그래도 버티다 보면 사람이 이렇게 많은데 누구든지 만날 거다! 내 머리는 어떠니? 누가 밀쳐서 머리가 흐트러졌나 싶어 걱정이다."

"괜찮아요. 아주 좋아 보여요. 부인, 사람이 이렇게 많은데 아는 사람이 정말 없어요? 한 사람이라도."

"정말 모른다. 알면 좋으련만. 친분이 많으면 정말 좋겠고 그러면 네게 짝도 소개해 주고 싶단다. 네가 춤추는 걸 보면 얼마나 기쁠까. 저기 이상하게 생긴 여자 좀 봐! 저런 가운을 입고 있다니!

정말 구식이야! 뒷모습 좀 봐!"

시간이 좀 지나자 탁자에 앉아 있던 옆 사람이 차를 권했다. 고맙게 받아들이자 그 신사와 가벼운 대화가 시작되었는데, 그게 춤이 다 끝나고 앨런 씨가 돌아올 때까지 그날 저녁에 누군가 두 사람에게 다가와 말을 걸어 준 유일한 순간일 줄이야.

"몰란드 양." 앨런 씨가 바로 말을 걸었다. "무도회가 마음에 들어야 할 텐데."

"마음에 들어요." 그녀가 심한 하품을 참으려 애쓰면서 대답했다.

"춤췄더라면 좋았을 텐데." 부인이 말했다. "짝을 붙여 줬으면 좋았을 거라고요. 말했다시피, 스키너 가족이 작년 겨울이 아니라 이번 겨울에 여기 머물렀어야 했는데. 아니면 패리 가족이 왔든가 했다면, 언제 한번 오겠다고 한 적 있으니까 말이에요, 조지 패리와 춤췄을 거라고요. 춤출 짝이 없어서 정말 속상하다니까요!"

"다음 무도회 때 더 노력해 봅시다." 앨런 씨가 위로했다.

춤이 끝나고 사람들이 흩어지기 시작했다. 남은 사람들이 편안하게 걸어 다닐 정도로 공간이 생겼다. 이제야 저녁 내내 눈에 띄는 역할을 하지 못했던 여주인공이 주목을 끌고 흠모를 받을 때가 왔다. 시시각각 사람들이 빠져나가면서 여주인공의 매력이 알려질 기회가 점점 더 많아졌다. 가까이 다가올 수 없었던 젊은 신사들의 눈에 그녀가 들어오기 시작했다. 하지만 쳐다보고 황홀한 경이로움을 느끼는 사람은 없었고, 그녀가 누구인지 열정적으로 궁금해하는 속삭임이 방 안에 퍼지지도 않았고, 여신으로 봐 주는 사람도 나타나지 않았다. 그렇지만 캐서린은 정말로 눈에 띄었고, 삼 년 전에 그녀를 본 사람이라면 지금 엄청난 미인이 되었다고 생각했을 것이다.

처다보고 감탄하는 사람이 있긴 있었다. 두 신사가 아주 예쁘다고 말하는 소리가 들려왔다. 이런 말을 듣자 그 효력이 나타났다. 갑자기 그날 무도회에 대해 시큰둥하던 마음이 사라졌다. 소박한 허영심에는 그걸로 충분했다. 진정한 여주인공이라면 자신의 매력을 찬양하는 열다섯 편의 소네트를 써서 보낸 신사에게 고마워하는 것보다 이렇게 간단한 칭찬을 해 준 두 신사에게 더 고마워해야 할 것만 같은 심정으로 그녀는 모든 사람들을 싹싹하게 대하면서 자리로 돌아갔고, 나름 군중의 주목을 끌었다는 사실에 완전히 만족했다.

3장

매일 오전*이면 외출했다. 쇼핑하러 가게에 들러야 했다. 새로운 동네도 가 봐야 했다. 광천수 사교장*에 가서는 한 시간 동안 걸어 다니면서 사람 구경만 하고 말은 한마디도 못 붙여 봤다. 앨런 부인에게 바쓰에 아는 사람이 많았으면 좋겠다는 게 아직도 가장 절실한 소망이었고, 아는 사람 하나 없다는 사실을 매일 오전 실감할수록 그 소망을 반복할 수밖에 없었다.

로어 무도회장에도 진출했다. 여기서 우리 여주인공에게 행운이 왔다. 무도회의 사회자가 신사답게 생긴 젊은 남자를 짝으로 소개해 주었다. 그의 이름은 틸니였다. 스물너덧 정도로 보였고 큰 키에 호감 가는 용모와 지적이고 활기찬 눈빛을 가진 신사로서, 아주 잘생기지는 않았지만 미남형이었다. 캐서린은 그가 말쑥하고 훤칠한 게 마음에 들어서 행운이라고 생각했다. 춤추는 동안에는 거의 말을 나누지 못했다. 앉아서 차를 마시다 보니 좋았던 첫인상 그대로 서글서글한 사람이었다. 그는 유창하고 활달하게 말했다. 속속들이 알아듣지는 못했지만 어딘지 장난스럽고도 기분 좋게 사람을 끄는 말솜씨였다. 한동안 주변에 눈에 띄는 것들을 보면서 자연스럽게 이런저런 대화를 나눈 후에 그가 갑자기 화제를 바꿔 말했다. "내가 짝을 제대로 챙기는 데 태만했어요, 아가씨. 바쓰에 온 지 얼마나 되었는지 묻지도 않고 말이죠. 전에 왔던 적이 있는지, 어퍼 무도회장이나 극장이나 음악회도 들렀는지, 이곳이 전체적으로 마음에 드는지도 안 물었고요. 아가씨 모시기가 아주 형편없었어요. 이제 까다로운 질문들에 대답할 준비가 되었겠죠? 그럼 시작할까요."

"괜히 그럴 필요 없어요."

"괜찮습니다." 그가 웃는 얼굴을 만들더니 일부러 목소리를 가다듬고는 아부하는 듯한 분위기로 묻기 시작했다. "바쓰에 온 지 오래되었나요, 아가씨?"

"일주일요." 캐서린이 웃음을 참으며 대답했다.

"그래요!" 그는 깜짝 놀라는 척하면서 반응했다.

"왜 그렇게 놀라죠?"

"그러게요!" 그의 본래 목소리가 돌아왔다. "아가씨의 대답에 어떤 감정이든 표현해야 하는데 놀라는 감정이 연기하기에 쉽고 또다른 감정보다 딱히 덜 이성적인 것도 아니라서요. 그럼 계속할까요. 여기 처음인가요, 아가씨?"

"네."

"그래요! 어퍼 무도회장에 가서 자리를 빛냈나요?"

"지난 월요일에 갔어요."

"극장에는 가 봤어요?"

"화요일에 가서 연극을 봤어요."

"음악회는요?"

"수요일에 갔어요."

"바쓰가 마음에 들어요?"

"아주 좋아요."

"그럼 이제 다 알아냈으니까 어색하게 한번 웃어 주고 나면, 우린 멀쩡한 사람으로 돌아갑니다."

캐서린은 웃어도 되는지 몰라서 고개를 돌려 버렸다.

"내가 어떤 사람인지 알아챘군요." 그가 심각하게 말했다. "내일 일기에 아주 이상한 사람으로 등장하겠어요."

"일기라고요!"

"일기에 뭐라고 쓸지 다 알겠어요. 금요일, 로어 무도회장에 가다. 나뭇잎무늬 모슬린 드레스, 푸른색 허리띠에 검은 구두를 신어 근사하게 보였음. 함께 춤춘 괴상하고 멍청한 남자의 헛소리 때문에 짜증 났음."

"그런 말이 어디 있어요."

"어떻게 쓸지 알려 줄까요?"

"그래요."

"킹 씨가 소개해 준 아주 괜찮은 남자와 춤추다. 많은 대화를 나누다. 엄청난 천재인 듯. 더 만나고 싶은 마음. 아가씨, 바로 이렇게 써 주면 됩니다."

"일기를 쓰지 않아요."

"차라리 아가씨가 이 방에 없고 나도 이 방에 없다고 말하지 그 래요. 속아 넘어갈 말이 따로 있죠. 일기를 안 쓴다니! 일기를 안 쓰면 아가씨가 바쓰에서 뭘 하는지 사촌이 어떻게 알겠어요? 매 일 저녁 일기에 기록하지 않으면 날마다 주고받는 인사와 칭찬이 어떻게 남아 있겠어요? 일기를 들추어 보지 않으면 그 많은 드레 스를 어떻게 기억하고 얼굴 화장의 상태와 머리 모양의 변화무쌍 함을 어떻게 묘사하려고요? 난 젊은 아가씨들의 행동에 대해서 아가씨가 생각하는 만큼 그렇게 무지하지 않답니다. 아가씨들의 장기 자랑인 쉬운 글쓰기를 만들어 내는 데 크게 기여한 것이 바 로 재미있는 일기 쓰기잖아요. 사람들이 말하기를, 기분 좋은 편 지를 쓰는 재주는 여성의 고유한 영역이죠. 타고난 것도 있지만 결 정적으로 일기 쓰기가 도와준 게 분명합니다."

"숙녀가 신사보다 편지를 잘 쓰는지 가끔 생각해 보긴 했어요!" 캐서린이 의심스러운 듯이 마저 말했다. "그러니까, 그게 늘 그렇 지는 않아요."

"내가 판단하기에는 대개 여성의 편지 스타일은 세 가지 약점을 빼면 완벽합니다."

"세 가지가 뭐죠?"

"일반적인 주제의 결핍, 문장부호에 대한 완벽한 무관심, 아주 빈번한 문법의 무지."

"어머! 내가 그 찬사에 안 맞는다고 걱정할 필요가 없네요. 이런 쪽으로는 우리를 좋게 생각하지 않는군요."

"여자가 남자보다 편지를 잘 쓴다는 건 여자가 듀엣을 더 잘 부른다거나 풍경화를 더 잘 그린다는 말과 마찬가지로, 일반적인 규칙이 아닙니다. 그 바탕에 취향이 깔려 있는 경우에 탁월함은 두 성에 꽤 골고루 나눠져 있어요."

앨런 부인이 끼어들었다. "캐서린." 그녀가 말했다. "소매에서 핀을 좀 빼 주렴. 벌써 구멍 난 것 같아. 그러면 정말 안 되는데, 야드당 9실링*밖에 안 들었지만, 내가 제일 좋아하는 가운이란다."

"부인, 제가 짐작한 그대로입니다." 틸니가 모슬린을 살펴보며 말했다.

"모슬린을 알아요?"

"알다마다요. 항상 넥타이를 직접 사는데요, 보는 안목이 있답니다. 제 여동생은 가운을 고를 때 종종 제 판단을 믿지요. 며칠 전에 하나 골라 줬더니 그걸 본 모든 여성들이 이구동성으로 정말 싸게 샀다고 하더라고요. 1야드에 5실링 주고 샀는데, 진짜 인도산이었어요."

앨런 부인은 그의 재주에 깜짝 놀랐다. "남자들은 이런 것에 눈길도 안 주던데." 그녀가 말했다. "앨런 씨는 아무리 말해 줘도 어느 것이 어느 것인지 하나도 몰라요. 당신 여동생은 좋은 친구를 뒀네요."

"그러게요, 부인."

"몰란드 양의 가운은 어때요?"

"아주 예쁩니다, 부인." 그가 심각하게 검사하면서 말했다. "근데 빨아도 괜찮을지 모르겠어요. 올이 풀릴까 걱정됩니다."

"어쩌면 그렇게⋯⋯." 웃음이 터진 캐서린은 거의 '엉뚱하다'고 말할 뻔했다.

"나도 같은 생각이에요." 앨런 부인이 맞장구를 쳤다. "몰란드 양이 저걸 살 때 그렇게 말했다니까요."

"그런데 말입니다, 부인, 모슬린은 항상 이런저런 소품으로 변신할 수 있어요. 몰란드 양은 손수건이나 모자나 망토를 얼마든지만들 거예요. 모슬린은 버릴 게 없거든요. 여동생이 필요한 것 이상으로 사들이거나 부주의하게 마구 오릴 때 그렇게 설명하는 걸귀에 박히게 들었거든요."

"바쓰는 멋진 곳이에요. 좋은 가게들이 많잖아요. 아쉽게도 우리는 시골에 살아요. 솔즈베리에 좋은 가게가 없는 건 아닌데 너무 멀어요. 8마일*은 먼 거리잖아요. 앨런 씨는 9마일이라고, 정확하게 9마일이라고 했지만요. 확실히 8마일은 안 넘어요. 하도 힘든일이라서 갔다 오면 피곤해서 죽을 지경이에요. 여기서는 문밖에나서면 오 분만에 구할 수 있지만요."

틸니는 예의 반듯하게 앨런 부인의 말에 관심을 보여 주었다. 춤이 시작될 때까지 부인은 틸니를 붙잡고 모슬린을 주제로 삼았다. 캐서린은 이들의 대화를 들으면서 그가 상대방의 약점을 지나치게 즐긴다는 생각이 들었다. "무슨 생각을 그렇게 하나요?" 무도회장으로 들어가면서 그가 물었다. "고개를 흔드는 걸 보면 마음에 안 드는 게 있는데, 함께 춤출 짝이 마음에 안 들 리는 없고."

캐서린이 얼굴을 붉히며 대답했다. "아무 생각도 안 했어요."

"대답이 교묘하고 심오하네요. 무슨 생각을 했는지 말해 주지않겠다고 하지 그랬어요."

"그럼 말해 주지 않을게요."

"고맙습니다. 앞으로 만날 때마다 이 문제를 물고 늘어져도 된다는 허락을 받았으니, 이것보다 더 친분을 진전시키는 길은 없을 테고 우린 곧 친구가 되겠군요."

그들은 한 번 더 춤췄다.* 무도회가 끝나고 헤어질 때 적어도 숙녀 쪽에서는 친분을 이어 가고 싶은 마음이 강렬했다. 따뜻한 포도주와 물을 마시면서 자러 갈 준비를 하는 동안 그를 너무나 많이 생각해서 꿈속에서도 그를 만날 정도였는지는 확신할 수 없지만. 어쨌든 얕은 잠이거나 기껏해야 아침잠에 불과하면 좋을 것이다. 어느 유명한 작가가* 주장했듯이 신사가 먼저 사랑을 밝히기 전에 숙녀가 혼자 사랑에 빠지는 것은 받아들여지기 힘들다는 말이 진실이라면 신사가 숙녀의 꿈을 꾸었다고 알려지기 전에 숙녀가 먼저 신사의 꿈을 꾸는 것은 아주 부적절하다. 앨런 씨로 말할 것 같으면 틸니가 먼저 꿈을 꾸어 줄 연인으로서 얼마나 좋은 사람인지 헤아리는 데까지 미치지는 못했고, 부인이 어떻게 생각하느냐고 물어오자 자기가 보살피는 젊은 숙녀가 알고 지내기에 나쁜 사람은 아니라며 만족해했다. 이미 그날 이른 저녁에 짝이 누구인지 조사한 결과 틸니가 목사가 될 사람이고 글로스터셔*의 꽤 지체 있는 집안 아들이라는 걸 확인했던 것이다.

4장

다음 날 캐서린은 평소보다 더 열정적으로 광천수 사교장으로 서둘러 갔는데, 오전 중에 틸니 씨를 만나리라 믿고 그를 미소로 맞이할 만반의 준비를 끝냈다. 그러나 미소 지을 일은 생기지 않았다. 틸니 씨는 없었다. 사람들이 붐비는 오전 내내 그 사람만 제외하고 바쓰의 모든 사람들이 들락날락했다. 매 순간 한 무리가 들고나고 또 계단을 오르내렸다. 신경 써 주거나 찾아 주는 사람도 없는 곳으로 무작정 몰려오는 사람들. 오직 틸니 씨만 오지 않았다. "바쓰는 정말 즐거운 곳이야." 앨런 부인이 사교장을 돌고 난 후 피곤해져서 대형 시계 옆에 앉으며 말했다. "아는 사람이 있으면 얼마나 좋을까."

앨런 부인으로서는 똑같은 말을 하도 입에 달고 있다 보니 이제 와서 아는 사람이 딱히 생길까 싶긴 했다. 그래도 "우리가 얻을 것을 포기해서는 안 된다"고 "지치지 않고 노력하면 얻을 수 있다"고들 한다. 그러다가 매일 똑같은 내용을 지치지도 않고 갈망해 온

정성이 보답을 받으려는 순간이 왔다. 자리를 잡고 앉은 후 십 분이 채 지나지 않았을 때 옆에 앉아서 몇 분 동안 유심히 쳐다보던 또래의 부인이 굉장히 싹싹하게 말을 붙여 왔다. "부인, 내가 잘못 본 게 아닐 거예요. 못 본 지 오래되었지만, 혹시 이름이 앨런 아닌지?" 바로 대답이 이어지고, 그 부인은 자기를 쏘오프라고 소개했다. 앨런 부인은 동창이자 친구였던 그녀의 생김새를 즉시 알아보았는데, 이들은 각자 결혼한 다음 딱 한 번, 그것도 정말로 오래전에 만났었다. 지난 십오 년 동안 소식을 모르고 살다가 만난 두 사람의 기쁨은 대단했다. 먼저 외모에 대한 칭찬이 지나갔다. 마지막으로 본 후에 세월이 얼마나 빠르게 흘렀는지를 떠올리며 바쓰에서 만나리라고는 생각도 못 했다면서 옛 친구를 만난 기쁨을 나누며 가족과 여동생과 사촌들의 안부를 끄집어내고 근황을 교환하는데, 두 사람 다 듣기보다는 말하느라 바빠서 상대방이 하는 말을 거의 듣지 않았다. 가족과 자식 얘기에 관한 한 쏘오프 부인이 앨런 부인보다 훨씬 유리했다. 아들의 재능과 딸의 미모를 설명할 때 자식들이 처한 다른 처지와 전망, 그러니까 존은 옥스퍼드에, 에드워드는 머천트 테일러*에, 윌리엄은 해군에 있다는 것을 밝히면서 세 아들 모두 각자 처지에서 사랑받고 존경받으면서 어느 집안 삼형제보다도 잘 살고 있다고 자랑하자, 비슷한 얘깃거리가 없는 앨런 부인으로서는 남의 얘기를 듣지도 믿지도 않으려는 이 친구를 이길 방도가 없으니 가만 앉아서 쏟아지는 모성의 열변을 듣는 척하는 수밖에 없었다. 쏘오프 부인의 팰리스 레이스*가 자기 것의 반도 못 따라온다는 사실을 날카로운 눈으로 포착하고는 그걸로 위안 삼으면서 말이다.

"딸들 좀 봐." 서로 팔짱을 끼고 어머니를 향해 걸어오는 맵시 있게 차려입은 세 딸을 가리키며 쏘오프 부인이 환호했다. "앨런 부인, 딸들 소개할게. 만나서 반가워할 거야. 키가 큰 아이는 첫째 이자벨라.* 멋진 숙녀지? 동생들도 예쁘다는 소리를 많이 듣지만 이자벨라가 인물이 제일 좋아."

세 명의 쏘오프 양이 소개되었다. 잠시 밀려나 있던 몰란드 양도 소개되었다. 이름을 듣자 놀라는 듯했다. 첫째 딸이 정중하게 예의를 갖춰 인사하더니 동생들에게 큰 소리로 말했다. "몰란드 양이 오빠랑 엄청 닮았지!"

"완전 판박이야!" 딸들의 어머니가 거들었다. "어디서 봤어도 그 사람 동생인 줄 알아봤겠구나!" 모두들 이 말을 두세 번이나 반복했다. 잠시 동안 캐서린은 의아했다. 그런데도 쏘오프 부인과 딸들은 제임스 몰란드와의 친분에 대해 아무 말도 해 주지 않았고, 결국 캐서린은 큰오빠가 최근 대학에서 쏘오프라는 이름의 친구를 사귄 걸 기억해 냈다. 큰오빠는 겨울방학 마지막 주를 그의 가족과 함께 런던 근교에서 보냈다.

모든 설명이 나오고, 딸들은 캐서린과 더 친해지고 싶다는 소망을 열심히 말했다. 오빠들끼리 친구니까 이미 캐서린과도 친구라는 둥 이런 말이 나오자 캐서린도 반가운 마음에 구사할 수 있는 온갖 예쁜 말을 동원해 반응했다. 친목의 첫 번째 표시로 첫째 딸 쏘오프 양과 팔짱을 끼고 한 바퀴 돌고 오라는 초대를 받았다. 캐서린은 바쓰에 아는 사람이 생겨서 기뻤고, 쏘오프 양과 얘기를 나누느라 틸니 씨를 거의 잊었다. 역시 우정은 실연의 아픔을 치유하는 최고의 약이다.

갑자기 가까워진 두 아가씨의 우정을 완성하는 데 일반적으로 도움이 되는 몇몇 주제를 자유롭게 토론하면서 대화가 이어졌다. 드레스, 무도회, 연애, 소문 등등 말이다. 이자벨라는 몰란드 양보다 네 살이나 많은 만큼 적어도 사 년 치를 더 알고 있어서 이 주제들을 토론할 때 결정적으로 유리했다. 그녀는 바쓰의 무도회와 턴브리지*의 무도회를 비교할 수 있었다. 바쓰의 패션과 런던의 패션을 비교할 수 있었다. 매력적인 옷에 대한 몰란드 양의 견해를 교정해 줄 수 있었다. 서로 바라보고 웃기만 하는 신사와 숙녀 사이의 연애사를 간파할 수 있었다. 군중을 뚫고 소문의 주인공을 콕 찍어낼 수 있었다. 이런 걸 처음 본 캐서린이 쏘오프 양을 존경하는 건 당연했다. 쏘오프 양이 워낙 소탈한 매너를 가진 데다 만나서 기쁘다고 반복해서 말해 준 덕분에 캐서린이 느낀 경외감이 누그러지면서 살가운 정으로 변모했기 망정인지, 쏘오프 양이 불러일으킨 존경심은 그러려니 하고 넘어갈 게 아니었다. 이들의 애착은 광천수 사교장을 여섯 번이나 돌고도 채워지지 않아서, 헤어질 때가 되자 쏘오프 양이 몰란드 양을 앨런 부인의 집 앞까지 데려다주기로 했다. 아주 애정 어린 악수를 길게 나누면서, 밤에 극장에서 만나고 다음 날 오전에는 교회에서 함께 기도하자고 약속하고서야 서로 안심했다. 그런 다음 캐서린은 계단을 뛰어 올라가서 응접실 창문 밖으로 쏘오프 양이 길을 따라 내려가는 것을 지켜봤다. 걸음걸이의 우아한 기운, 몸매와 드레스에서 풍기는 세련된 분위기를 흠모했고, 그런 친구를 얻은 행운에 감사했다.

남편을 잃고 혼자가 된 쏘오프 부인의 형편은 그리 넉넉하지 않았다. 성격이 좋고 악의가 없는 부인은 자식들에게 관대한 어머니였다. 맏딸은 아주 미모가 빼어났고, 나머지 두 딸도 덩달아 언니만큼 미모가 뛰어난 척하면서 언니 흉내를 내고 언니처럼 옷을 차려입고 인기를 얻었다.

이 정도 간단한 가족 소개로 쏘오프 부인이 직접 늘어놓을 길고 상세한 이야기를 대신하려 한다. 안 그러면 이제부터 서너 장에 걸쳐서 부인의 지난 모험담과 수난사를 들어야 한다.* 귀족이나 변호사*나 다 시시하더라는 말이 나오고 이십 년이나 지난 대화가 구구절절 나오고 말이다.

5장

그날 저녁 극장에서 캐서린은 쏘오프 양의 장단에 맞춰 가며 웃어 주느라고 나름 시간을 꽤 많이 쓰면서도 발코니 객석마다 확인해 가며 틸니 씨를 찾을 수 있는 데까지는 다 찾았다. 그는 없었다. 광천수 사교장을 좋아하지 않는 만큼 극장도 좋아하지 않는 모양이었다. 그녀는 내일은 운이 더 좋기를 바랐다. 다음 날 아침 기대했던 대로 날씨가 화창하자 그를 만나리라는 확신이 들었다. 바쓰에서는 화창한 일요일이면 다들 집 밖에 나와 산책하면서 아는 사람만 만나면 날씨 얘기를 꺼내며 인사를 나누니까.

예배가 끝나자 쏘오프 가족과 앨런 가족이 반갑게 만났다. 한창 제철에는 일요일마다 다들 그렇듯이, 이들도 광천수 사교장에서 실컷 놀고 나서는 어중이떠중이 군중과 있어 봤자 점잖은 사람 하나도 못 사귀겠다고 투덜대며 기분 전환이라도 할 겸 좀 나은 부류를 찾아 서둘러 크레센트*로 몰려갔다. 캐서린과 이자벨라는 팔짱 낀 채 거리낌 없이 대화를 나누며 달콤한 우정을 즐겼다. 그들은 즐겁게 많은 대화를 나누었다. 여전히 캐서린은 춤췄던 짝을 다시 만나지 못해 서운했다. 그는 어디에도 없었다. 오전의 대화 모임도 서녘의 부도회도 소용없었다. 여기 무도회장에도 저기 무도회장에도 나타나지 않았고, 격식을 갖춘 무도회에도 가벼운 무도회에도 그는 없었다. 걷는 무리에도 없었고 말을 타고 오지도 않았고 오전에 진행되는 이륜마차 관광 행렬 속에 지나가지도 않았다. 광천수 사교장의 방명록에 그의 이름이 없으니 더 뒤질 곳도 바닥났다. 바쓰를 떠난 것이다. 이렇게 짧게 머물고 갈 거라고는 말하지 않았는데! 남자 주인공이 항상 이런 식으로 알 수 없는 행동을 하면 그의 됨됨이와 매너에 모종의 참신한 우아함이 깃든 것처럼 상상하게 되고 그럴수록 그가 더 궁금해진다. 쏘오프 가족은 앨런 부인을 만났을 당시 바쓰에 온 지 겨우 이틀째였기 때문에 그에 대해서는 아는 게 없었다. 그런데도 캐서린은 친구를 붙잡고 그 사람 얘기를 한참이나 했고, 이자벨라는 그를 계속 생각하도록 온갖 격려를 퍼부었다. 덕분에 캐서린의 공상 속에서 그의 인상은 조금도 약해지지 않았다. 이자벨라는 그가 매력적인 청년일 거라고 확신했다. 그가 어여쁜 캐서린과 함께 있어 기분이 좋았을 것이므로 곧 돌아오리라는 것도 똑같이 확신했다. 이자벨라는 그가 목사라서 더 좋다며 "난 그 직업에 끌려"라고 했다. 이렇게 말할 때 한숨 비슷한 걸 쉬었다. 그 애틋한 감정이 무엇인지 캐서린이 캐묻지 않은 건 실수였다. 사랑의 섬세함이나 우정의 의무에 대한 경험이 일천하다 보니 친구에게 어느 시점에 미묘한 농담을 적절하게 던져야 하는지 또는 어느 시점에 말해 달라고 졸라야 하는지 몰랐다.

요즘 앨런 부인은 행복했다. 바쓰가 좋아졌다. 마침내 아는 사람을 만났는데, 그것도 소중한 옛 친구의 가족을 한꺼번에 만났으니 행운이었다. 행운을 완성하기라도 하듯, 이들은 자기보다 비싼 옷을 입고 있지 않았다. 부인은 "바쓰에 아는 사람이 있었으면!"이라는 말을 더 이상 반복하지 않았다. 대신에 "쏘오프 부인을 만나서 얼마나 좋은지!"를 매일 반복했다. 부인은 캐서린과 이자벨라가 그렇듯이 두 가족의 교류를 증진시키려 애썼다. 쏘오프 부인 옆에서 하루의 대부분을 보내지 않으면 만족하지 않았다. 대화라고는 해도 사실 의견을 나누는 게 아니었고 서로 꺼내 놓는 말도 이질적이어서 쏘오프 부인은 자식 얘기만 늘어놓고 앨런 부인은 드레스 얘기만 했는데도 말이다.

뜨겁게 시작했던 캐서린과 이자벨라의 우정은 신속하게 발전했는데, 커져 가는 애정의 미묘한 단계 변화가 워낙 빠르게 진행되어서 주변 지인이나 스스로에게조차 내놓을 만한 새로운 우정의 증거 같은 건 없었다. 어느새 성을 빼고 이름으로 서로를 불렀고 걸을 땐 항상 팔짱을 꼈고 무도회에서는 서로 꼬리를 물고 춤추며 같은 무리에서 떨어지지 않았다. 오전에 비가 와서 할 일이 없으면 굳이 축축하고 더러운 길을 달려가 둘이 문을 잠그고 들어앉아 소설을 읽었다. 그렇다. 소설이었다. 나는 소설가들에게 흔히 나타나는 바, 경멸적인 비난으로 자기들도 생산해 내는 바로 그 소설의 역할을 깎아내리는 옹졸하고 무례한 관습을 따르지 않으리라. 소설가들은 적들과 합세하여 소설에다가 심한 욕설을 하고,

여주인공에게 소설을 허락하지 않고 만약 여주인공이 우연히 소설을 집어 든다면 분명 그 재미없는 페이지를 욕하면서 넘기게 만든다. 안타깝다! 한 소설의 여주인공이 다른 소설의 여주인공에 의해 후원받지 못한다면 도대체 누구에게 보호와 관심을 받아야 한단 말인가? 난 인정할 수 없다. 문학비평가들이 한가할 때 공상을 발산하도록, 그래서 요즘 출판사에서도 싫어하는 헛소리를 늘어놓으며 새로 나온 소설에 대해 떠들거나 말거나 내버려 두자. 우리는 서로를 배신하지 말자. 우리는 이미 상처받은 몸이다. 우리의 작품 활동이 다른 문학 관련 활동보다 훨씬 광범위하고 꾸밈없는 즐거움을 제공하는데도, 어떤 글쓰기도 이렇게까지 비난받은 적이 없었다. 오만과 무지와 유행에 휩쓸려 우리를 비난하는 무리가 우리의 독자만큼이나 넘친다. 『영국의 역사』*의 구백 번째 축약본을 쓴 작가, 또는 밀튼과 포프와 프라이어를 수십 줄 인용하면서 『스펙테이터』한 부와 스턴의 소설 한 장을 모아 펴낸 작가의 재능을 무수한 사람들이 나서서 찬양하는데*, 여기에는 소설가의 능력을 비판하고 소설가의 노동을 깎아내리고 천재성과 위트와 취향을 골고루 갖춘 소설을 우습게 보려는 태도가 깔려 있다. "난 소설을 안 읽습니다. 소설은 거의 안 봐요. 내가 소설을 읽을 거라 생각하지 마세요. 소설에서나 있는 일이죠." 이렇게들 떠든다. "무슨 책 읽어요, 아가씨?" 아가씨는 "그냥 소설이에요"라고 대답한다. 무관심한 척하면서 또는 순간적으로 부끄러워하면서 소설책을 내려놓는다. "그냥 『세실리아』, 『까밀라』, 『벨린다』라는 책이에요."* 그러니까 간단하게 말하면, 정신의 위대한 힘이 드러나고, 인간 본성에 대한 가장 철저한 지식과 인간 본성의 변화에 대한 가장 행복한 묘사와 위트와 유머의 생생한 발현이 세상 사람들에게 가장 선별된 언어로 전달되는 그런 작품이란 말이다. 이 젊은 아가씨가 이런 작품 대신에 『스펙테이터』를 읽고 있었다면 자랑스럽게 읽던 것을 내보이면서 책 제목을 밝혔을 것이다. 그 두꺼운 『스펙테이터』에서 취향을 갖춘 젊은이가 내용으로 보나 형식으로 보나 혐오하지 않을 부분을 찾아내어 읽기란 무망한 일이다. 더 이상 누구의 흥미도 끌지 못하는 내용, 즉 있을 수 없는 상황과 부자연스런 인물과 대화의 주제로 이루어진 책이니 말이다. 언어 역시 너무 거칠어서 그런 언어를 용납하는 시대를 결코 좋게 생각할 수 없게 만드는 책이다.

6장

두 아가씨가 만난 지 팔구 일이 지난 어느 날 오전 광천수 사교장에서 나눈 다음 대화는 그들의 열렬한 애착, 섬세함, 신중함, 독창적인 사고, 게다가 그 애착을 뒷받침해 주는 합당한 문학적 취향을 단적으로 보여 준다.

그들은 약속해서 만났다. 거의 오 분이나 일찍 도착해 있던 이자벨라는 캐서린이 오자 자동적으로 반응했다. "사랑하는 친구, 왜 이렇게 늦었어? 눈 빠지게 기다렸잖아!"

"그랬구나! 정말 미안해. 시간 맞춰 온다고 왔는데. 지금 1시야. 오래 기다린 거 아니지?"

"오! 한참 지났어. 삼십 분은 됐다니까. 이제 들어가서 저쪽 끝에 앉아서 놀자. 할 말 진짜 많아. 아침에 나설 때 비 올까 봐 걱정했잖니. 쏟아질 것 같던데 그랬으면 진짜 미치는 줄 알았을 거야! 오다가 밀섬 거리의 어떤 가게 진열장에서 정말 예쁜 모자를 봤어. 네 것과 비슷한데 리본 색깔만 초록색이 아니라 선홍색이더

라. 갖고 싶었어. 사랑하는 캐서린, 오전 내내 뭐 했어?『유돌포』*
를 계속 읽었어?"

"눈뜨자마자 계속 읽었어. 검은 천이 나오는 대목까지 갔어."

"정말! 잘했어! 아! 검은 천 뒤에 뭐가 있는지 말 안 할래! 궁금
해 죽겠지?"

"그래! 뭘까? 말하지 마. 안 들을래. 해골이 틀림없어. 로렌티나*의
해골. 아! 정말 재미있는 책이야! 평생 이런 책을 읽으면서 살고 싶어.
너를 만날 약속만 아니었다면 책을 놓고 나올 리가 없었는데."

"어여쁜 친구! 황송하네.『유돌포』다 읽으면『이탈리안』* 읽자.
너를 위해서 비슷한 종류로 열 권 넘게 목록을 만들어 놨거든."

"그랬구나! 정말 기뻐! 어떤 책이야?"

"제목을 바로 말해 줄게. 내 주머니에 목록이 있어.『울펜바흐의
숲』,『진지한 경고』,『검은 숲의 마법사』,『자정의 종소리』,『라인의
고아』,『끔찍한 신비』. 이 정도면 한동안 충분해."

"좋아. 하나도 안 빼고 몽땅 무시무시한 이야기 맞지?"

"맞아. 각별한 친구이자 세상에서 가장 착한 여자 중 하나인 앤
드루스 양은 이걸 다 읽었대. 너도 앤드류스 양을 만나면 좋아할
거야. 최고로 예쁜 망토를 뜨개질하고 있거든. 천사처럼 아름다운
사람인데, 그녀를 흠모하지 않는 남자들은 도대체 뭐야! 그 인간
들 혼쭐을 내야 해."

"혼낸다니! 그 아가씨를 흠모하지 않는다는 이유로?"

"그럼. 친구를 위해 못할 일이 뭐 있어. 내 성격상 사람을 미적
지근하게 좋아하는 건 못해. 난 좋아하면 끝을 보니까. 저번 겨울

에 무도회에 갔을 때 헌트 대령에게 이렇게 말해 주었지. 앤드류스 양이 천사처럼 아름답다고 생각하지 않는다면 밤새도록 나를 따라다녀 봤자 춤추지 않겠다고. 남자들은 우리가 진정한 우정을 나눌 수 없다고 생각하는데, 그렇지 않다는 걸 보여 주겠어. 이제부터 누가 너에 대해 가볍게 말하는 걸 들으면 즉각 불같이 흥분할 거야. 넌 남자에게 엄청 인기 많으니까 그럴 일은 없겠지만."

"어머!" 캐서린이 얼굴을 붉히며 소리쳤다. "그런 말이 어디 있니?"

"난 널 잘 알아. 너처럼 활달하지 않은 게 앤드류스 양의 약점인데, 솔직히 말하면 걘 정말 기운이 없어 보이거든. 아! 어제 우리 헤어지고 나서 웬 젊은 남자가 너를 뚫어져라 보더라. 사랑하는 게 틀림없어." 캐서린이 얼굴을 붉히며 또 부정하고 나섰다. 이자벨라가 웃음을 터트렸다. "내 말이 맞다니까. 하지만 널 이해할게. 그분, 이름은 말하지 말고 넘어가는데 말이지, 그분이 아니면 그 누가 널 흠모해도 무심하지. 그럴 수 있어. (더 진지한 투로) 어떤 감정인지 잘 알아. 정말 사랑하는 사람이 있으니까 다른 사람이 아무리 다가와도 하나도 반갑지 않은 거야. 사랑하는 그이와 연관된 게 아니면 뭐든 심드렁하고 지루할 뿐! 네 기분을 완전히 이해할 수 있어."

"틸니 씨를 그리워하라고 자꾸 부추기지 마. 이제 못 볼지도 모르는데."

"못 보다니! 소중한 친구야, 그런 말 하지 마. 너무 비참해."

"괜찮아. 그 사람을 안 좋아하는 척하는 건 아냐. 그래도『유돌포』만 있으면 비참하지 않을 것 같아. 오! 무시무시한 검은 천! 이자벨라, 로렌티나의 해골이 있는 게 분명해."

"『유돌포』를 이제야 읽다니 정말 뜻밖이야. 몰란드 부인은 소설을 못 읽게 하셨나 봐."

"그렇지 않아. 어머니도 종종 『찰스 그랜디슨 경』*을 읽곤 하셨어. 최신 소설이 없긴 했지."

"『찰스 그랜디슨 경』! 그것도 무시무시한 책 맞지? 앤드류스 양이 그 소설 1권을 차마 다 끝내지 못했던 게 떠올라."

"『유돌포』와는 좀 다른데. 어쨌든 그것도 굉장히 재미있어."

"그렇구나! 그걸 읽었다니 놀라워. 너무 끔찍해서 못 읽을 줄 알았는데. 그건 그렇고, 어여쁜 캐서린, 오늘 밤 머리는 어떻게 할 거야? 난 무조건 너랑 똑같이 하고 갈 작정이야. 여자들끼리 그러고 있으면 남자들이 가끔 알아보더라."

"알아보는 게 무슨 상관이라고." 캐서린이 아주 순진하게 반응했다.

"상관이라니! 세상에! 난 남자들이 뭐라고 하는지 신경 쓰지 않아. 처음부터 쌀쌀맞게 굴어서 다가오지 못하게 해 놓지 않으면 엄청 치근덕거리는 게 남자니까."

"그래? 그런 줄 몰랐어. 내겐 잘 대해 주던데."

"어휴! 그렇게 연기하는 거야. 그런 척하는 선수들이고, 자기들이 대단한 줄 알잖아! 근데 말이야, 정말 수백 번 물어보고 싶었지만 늘 까먹었는데 말이지, 남자 안색으로 어떤 게 가장 좋은지 말해 봐. 가무잡잡한 게 좋아, 흰 피부가 좋아?"

"모르겠어. 그다지 생각해 보지 않아서. 대충 중간인 것 같아. 희지도 검지도 않은 갈색."

"알겠어, 캐서린. 그분이 그렇구나. 틸니 씨를 묘사하던 거 기억나. '갈색 피부, 검은 눈, 약간 검은 머리카락'이라고 했지. 난 좀 달라. 밝은 눈동자가 좋고, 피부는 있잖아, 아는지 모르겠다만, 창백한 게 좋더라. 아는 사람 중에 그런 남자를 보면 날 배신하지 말고 알려 줘야 해."

"배신이라니! 무슨 말이야?"

"그만 물어봐. 말을 너무 많이 했네. 그만하자."

캐서린은 약간 의아했지만 하자는 대로 했다. 몇 분 동안 말없이 앉아 있다가 그 순간 세상 어떤 것보다 흥미로운 주제인 로렌티나의 해골 얘기로 돌아가려고 했다. 그런데 이자벨라가 치고 나왔다. "맙소사! 이 구석을 빠져나가자. 재수 없는 남자 두 명이 삼십 분 동안 나를 쳐다보고 있잖아. 진짜 표정 관리 못 하게 만드네. 그만 나가서 새로 온 사람이 누가 있나 보자. 거기까지 우릴 따라오진 않겠지."

그들은 방명록이 있는 쪽으로 걸어갔다. 이자벨라가 이름을 확인하는 동안 캐서린은 무서운 두 남자의 행보를 관찰했다.

"저 인간들 이쪽으로 오는 거 아니지? 뻔뻔하게 우릴 따라오면 안 돼. 따라오면 알려 줘. 난 절대 돌아보지 않아."

잠시 후 아무것도 모르는 캐서린은 기뻐하면서 남자들이 광천수 사교장을 떠났으니까 더 이상 걱정하지 말라고 했다.

"어느 쪽으로 갔어?" 이자벨라가 황급히 돌아보며 물었다. "한 사람은 아주 잘생긴 청년이던데."

"교회 쪽으로 갔어."

"그치들 따돌리고 나니까 정말 홀가분하네. 이제 에드가 빌딩*에 가서 새로 산 모자 구경하는 건 어때? 보고 싶다고 했잖아."

캐서린이 그러자고 했다. "두 남자를 보내고 가면 되겠다."

"아! 그건 신경 쓰지 마. 서둘러 걸으면 금방 앞서갈 수 있고, 내 모자를 보여 주고 싶어 미치겠어."

"조금만 기다렸다가 움직이면 그 사람들 스칠 일도 없는데."

"그건 그치들을 알아봐 주는 거야. 그런 방식으로 신경 써 주는 게 싫단 말이야. 그러니까 남자들 버릇이 나빠지는 거라고."

캐서린은 이런 설명에 반대할 수 없었다. 쏘오프 양의 독립심과 남자를 길들이려는 결심을 보여 주기 위해서 그들은 당장 출발하여 두 남자를 쫓아 최대한 빠르게 걸었다.

7장

그들은 금방 광천수 사교장의 앞마당을 지나 유니언 골목길 건너편에 섰다. 거기서 멈춰야 했다. 바쓰를 아는 사람이라면 여기서 치프 거리를 건너기가 힘들다는 걸 기억하리라. 정말 이 거리는 말도 안 되게 복잡하고 하필 런던으로 가는 길과 옥스퍼드로 가는 길과 만나며 대표적인 여관과 연결되었기 때문에 제과점에 가는 길이든 모자 가게에 가는 길이든 또는 심지어 (바로 지금의 경우처럼) 젊은 남자를 쫓는 길이든 중요한 일을 목전에 둔 숙녀들이 건너가려면 마차나 말이나 수레가 지나가는 동안 한참을 서 있어야 했다. 이자벨라는 바쓰에 온 후로 적어도 하루에 세 번은 이런 상황을 겪었고 그럴 때마다 한탄했다. 오늘 또 한 번 그럴 수밖에 없었다. 유니언 골목길 건너편에 선 그녀는 두 신사가 군중을 뚫고 흥미로운 골목길 안으로 들어가더니 그 안에 난 배수로를 요리조리 피해 가며 통과해 가는 모습을 코앞에서 목격하고서도 악명 높은 마차꾼이 자신은 물론 승객과 말을 모두 위험에 빠뜨릴 기세로 격렬하게 도로를 질주하는 바람에 그 소형 마차에 길을 내주고 기다려야 했다.

"재수 없는 소형 마차!" 이자벨라가 쳐다보면서 소리쳤다. "정말 꼴불견이야." 분노할 만한 상황이었지만 그건 잠깐이었고, 다시 돌아보는 순간 환호가 터져 나왔다. "어쩜! 몰란드 씨와 오빠잖아!"

"어머! 제임스 오빠가 어떻게!" 동시에 캐서린이 외쳤다. 젊은 청년들과 눈이 마주친 순간 달리던 말이 갑자기 멈추면서 뒷다리를 접지를 뻔했는데, 하인이 잽싸게 움직여서 두 청년을 마차에서 내려 주고는 말을 돌보았다.

오빠를 만나리라고는 전혀 기대하지 않았던 캐서린은 반색하면서 기쁨에 넘쳐 그를 맞이했다. 다정한 성격을 가졌고 진심으로 여동생을 아끼는 오빠 역시 최선을 다해 동생 못지않게 반가워하며 인사를 나누었고, 그동안 쏘오프 양은 두 눈을 반짝이며 집요하게 그의 관심을 재촉했다. 그는 반가움과 부끄러움이 섞인 태도로 얼른 쏘오프 양에게도 인사했는데, 만약 캐서린이 사람의 감정이 어떻게 발전하는지 더 잘 알고 또 자신의 감정에 덜 몰두했다면 오빠가 자신이 그랬던 것처럼 이자벨라의 미모에 반했음을 눈치챘을 것이다.

그사이 존 쏘오프는 말을 어떻게 다룰지 명령을 내리고 나서 인사를 나누었는데, 캐서린 앞에서 아주 제대로 된 인사를 선보였다. 이자벨라와는 스치듯이 무심하게 악수를 했지만 캐서린 앞에서는 발을 뒤로 질질 빼면서 엉거주춤 몸을 숙였다. 그는 보통 키에 뚱뚱한 청년으로 평범한 얼굴과 볼품없는 몸매의 소유자였다.

마치 새신랑처럼 어색하게 차려입지 않으면 지나치게 잘생겨 보일까 봐, 예의를 차려야 하는 순간에 가볍게 굴거나 또는 편안하게 행동해도 될 때 건방지게 굴어서 첫인상을 망치지 않으면 지나치게 신사처럼 보일까 봐 걱정이라도 하는 듯했다. 그가 시계를 꺼내며 말했다. "우리가 테트베리*에서 여기까지 얼마나 마차를 타고 왔게요, 몰란드 양?"

"모르겠어요." 그러자 그녀의 오빠가 23마일이라고 알려 줬다.

"23마일이라니!" 쏘오프가 소리쳤다. "정확하게 말해서 25마일이야." 여기에 몰란드가 반박하느라고 지도며 여관 주인의 말이며 이정표까지 동원되었다. 그래도 그의 친구는 꿈쩍도 안 했다. 그에게는 거리를 재는 더 확실한 기준이 있었다. "25마일이야." 그가 우겼다. "우리가 달려온 시간에 딱 맞잖아. 지금 1시 반이야. 테트베리에서 여관 마당을 떠날 때 마을 시계탑이 11시를 쳤어. 영국에 사는 사나이라면 누가 몰아도 정상으로 달려 한 시간에 10마일을 못 갈 리가 없지. 그러니까 정확하게 25마일이야."

"한 시간이나 틀렸잖아." 몰란드가 반박했다. "테트베리를 떠날 때 10시였어."

"10시라니! 분명히 11시였어! 몇 번 치는지 다 셌다고. 몰란드 양, 당신 오빠가 나까지 헷갈리게 만들어요. 말을 봐요. 이렇게 태생부터 빨리 달리는 동물을 본 적 있어요?" (이때 하인이* 마차를 몰고 떠났다.) "진짜 혈통 있는 말이죠! 세 시간 반 동안 고작 23마일을 달린 말 취급을 당하다니! 말을 한번 보기나 하고 그게 가능한지 생각해 보라고요."

"말이 굉장히 숨 가빠하네요."

"숨 가쁘다니! 월콧 교회를 지날 때까지 털 한 오라기도 움찔하지 않았어요. 상반신을 봐요. 허리를 보라고요. 움직이는 걸 보라니까요. 한 시간에 10마일을 못 갈 리가요. 다리를 묶어 놔도 계속 달릴 말인데. 내 마차 어때요, 몰란드 양? 멋지지 않나요? 덮개가 근사해요. 런던에서 공수했거든요. 한 달도 안 됐어요. 크라이스트 처치*에 다니는 친구에게 산 건데, 멋진 녀석이죠. 몇 주일 타고 다니다가 처분하고 싶었던 거예요. 마침 그때 난 작은 마차를 구하던 참이었고 이륜마차로 마음을 먹고 있었어요. 그러다가 지난 학기에 그가 옥스퍼드에 오는 길에 막달레나 다리에서 만났지 뭐예요. '쏘오프.' 그가 말했어요. '이런 거 하나 장만하고 싶지 않아? 잘나가는 물건인데, 내겐 지겨워졌거든.' '저런! 그까짓 것.' 내가 대답했죠. '그러든가. 얼마야?' 그가 얼마를 불렀을까요, 몰란드 양?"

"전혀 모르겠어요."

"덮개 달린 이륜마차예요. 좌석, 트렁크, 칼 보관함, 가림막, 호롱불, 은박 마감 등 완전한 사양을 갖췄어요. 몸체도 새것같이 좋고요. 50기니를 부르더군요. 그와 직접 담판을 해서 돈을 치르고 마차를 인수받았다는 거 아닙니까."

"아는 게 없어서 싼지 비싼지 도통 모르겠어요." 캐서린이 반응했다.

"싸지도 비싸지도 않아요. 더 싸게 살 수는 있었을 겁니다. 하지만 난 흥정을 싫어하고, 프리먼 녀석은 당장 현금이 필요했으니까요."

"친절하네요." 캐서린이 기쁘게 말했다.

"그러게요! 그까짓 것, 친구에게 친절을 베풀 수 있을 때 쩨쩨하게 굴면 뭐하겠어요."

두 숙녀에게 어딜 가려던 참이냐고 물었다. 가려던 곳을 말하자 에드가 빌딩까지 같이 가서 쏘오프 부인께 인사하기로 했다. 제임스와 이자벨라가 앞섰다. 이자벨라는 이렇게 된 게 너무 만족스럽고 오빠의 친구인 동시에 새로 사귄 친구의 오빠인 제임스와 즐겁게 걷는 게 너무 좋고 자신의 감정이 지극히 순수하고 바람기가 없는 것처럼 느껴져서 밀썸 거리에서 아까 그 두 신사를 지나쳐 갈 때조차도 그들의 눈길을 끌 어떤 행동도 하지 않고 겨우 세 번만 힐끔거리고 말았다.

존 쏘오프는 캐서린과 함께 걸었는데, 몇 분 동안 조용히 걷다가 또 마차 얘기를 꺼냈다. "몰란드 양, 사람들이 알아보다시피 싸게 산 물건이랍니다. 그다음 날 10기니를 더 얹어서 되팔 수도 있었을 거라고요. 오리엘*에 다니는 잭슨이 60기니를 부르며 흥정을 했다니까요. 몰란드도 봤어요."

"그랬지." 얘기를 듣던 몰란드가 반응했다. "근데 말까지 쳐서 부른 거였어."

"말까지! 젠장! 100기니를 줘도 말은 안 내놓지. 덮개 없는 마차 좋아해요, 몰란드 양?"

"아주 좋아하죠. 그런데 타 본 적은 없어요. 정말 좋아하지만요."

"잘됐네요. 매일 태워 줄게요."

"고마워요." 캐서린은 그런 제안을 받아들이는 게 적절한지 의아해하면서 걱정스럽게 대답했다.

"내일 랜즈다운 힐까지 태워 줄게요."

"고마워요. 근데 말이 좀 쉬어야죠?"

"쉬다니요! 겨우 23마일 달렸다고요. 휴식은 무슨. 말은 쉬게 하면 상해요. 금방 퍼져요. 안 돼요. 여기 있는 동안 하루에 네 시간씩 훈련을 시켜야겠어요."

"정말요!" 캐서린이 진지하게 물었다. "하루에 40마일인데."

"40마일이라니! 50마일이죠. 내일 랜즈다운 힐까지 가요. 약속했으니 기억할게요."

"얼마나 재미있을까!" 이자벨라가 돌아보며 거들었다. "내 친구 캐서린, 부러워. 오빠, 한 사람 더 앉을 자리는 없겠지."

"없고말고! 여동생 관광이나 시켜 주려고 바쓰에 오진 않았어. 그건 웃음거리야! 넌 몰란드가 태워 줄거야."

그러자 이자벨라와 제임스가 대화를 나누었다. 캐서린은 자세한 내용도, 결론도 못 들었다. 옆에서 활기차게 떠들던 남자는 지금은 스쳐 지나가는 여성의 얼굴을 칭찬하거나 욕하는 짤막하고 단호한 문장을 내뱉고 있었다. 캐서린은 다른 주제도 아니고 여성의 아름다움에 대해 확신에 찬 남성에게 반대하는 의견을 내놓게 될까 두려워하면서 젊은 여성이 갖추어야 할 조심스러움과 예의를 다 차려 그의 말을 들어 주고 맞장구를 쳐 준 다음에, 드디어 주제를 슬쩍 바꿔서 오랫동안 마음속에서 일 순위를 차지하고 있던 질문을 던졌다. 바로 이것이었다. 『유돌포』 읽었나요, 쏘오프 씨?"

"『유돌포』! 맙소사! 아뇨. 난 소설 안 읽어요. 할 일이 얼마나 많은데."

캐서린이 무안하고 부끄러워서 사과하려 하자 그가 덧붙였다. "소설은 전부 황당한 얘기예요. 『수도사』를 제외하고는 『톰 존스』 이후에 나온 소설 가운데 그럭저럭 읽을 만한 게 없어요.*『수도사』는 얼마 전에 읽었죠. 나머지는 다 한심하기 짝이 없어요."

"『유돌포』는 좋아할 거예요. 정말 재미있어요."

"천만에요! 뭔가 읽는다면 래드클리프 소설을 읽겠죠. 그녀가 쓴 소설은 흥미로워요. 읽을 가치가 있죠. 재미도 있고 자연 묘사도 나오니까."

"래드클리프가 쓴 게 『유돌포』인데." 그에게 망신을 줄까 봐 약간 망설이다가 캐서린이 말했다.

"아닌데. 그런가? 아, 이제 기억나네요. 사람들이 좋다고 떠드는 여류 소설가, 남편이 프랑스 출신 이민자이고. 그 작자*가 쓴 한심한 소설을 말하던 참이었어요."

"『까밀라』요?"

"맞아요. 말도 안 되는 이야기죠! 시소를 타는 늙은 남자 이야기라니! 1권을 읽다가 도저히 안 될 것 같아서 그만뒀어요. 사실 읽기 전에 무슨 이야기인지 짐작했어요. 이민자와 결혼했다는 소리를 들었을 때부터 끝까지 읽어 줄 수 없을 것 같더라니."

"안 읽어 봤어요."

"안 읽길 잘했어요. 당신이 상상할 수 있는 최악의 황당한 이야기니까요. 늙은 남자가 시소를 타고 라틴어를 배우는 게 전부에요. 그거밖에 없다니까요.*"

딱한 캐서린으로서는 그 정당성을 가늠할 수 없는 소설평이 쏟아지는 사이 쏘오프 부인이 머무는 숙소 앞에 도착했고, 부인이 위에서 이들을 알아보고 인사한 다음 복도로 나오자 『까밀라』를 제대로 파악하고 편견 없이 읽은 독자는 사라지고 다정다감한 효자 아들이 나타났다. "어머니! 잘 지내셨죠?" 그는 호탕하게 악수하며 인사했다. "이 웃기는 모자는 어디서 났어요? 늙은 마녀 같잖아요. 이 친구는 몰란드라고 해요. 어머니랑 며칠 지낼 거니까 이 근처에 숙소를 알아봐 주세요." 기쁨에 넘친 지극한 애정으로 아들을 대하는 부인은 인사만 나누는데도 어머니로서 품은 모든 소망을 다 이룬 사람 같았다. 그는 두 여동생에게 잘 지내는지 묻고 또 못생겼다고 놀리면서 스스럼없는 오빠의 모습을 두루 보여주었다.

캐서린은 그의 태도가 마음에 들지 않았다. 그래도 오빠의 친구이고 이자벨라의 오빠니까 할 수 없었다. 이자벨라와 단둘이 새로 산 모자를 보는 동안 이자벨라가 존이 자신을 세상에서 제일 예쁘다고 말해 주었고 또 헤어질 때는 그가 직접 다가와 이따 저녁에 무도회에서 춤추자고 부탁하는 바람에 판단이 흔들리기도 했고 말이다. 나이가 더 들었거나 허영기가 더 있었더라면 그의 공세가 소용없었을 것이다. 하지만 어리고 자신감도 없는 상황에서 세상에서 가장 예쁘다는 말을 들은 데다 또 일찌감치 춤추자는 부탁을 받고도 넘어가지 않으려면 드물게 탄탄한 이성이 버텨 줘야 하는 법이니. 몰란드 남매가 쏘오프 가족과 한 시간을 보낸 후에 앨런 씨 숙소를 향해 떠나는 길에 제임스는 등 뒤에서 문 닫는 소리가 나자마자 바로 질문을 던졌다. "자, 캐서린, 내 친구 쏘오프 어때?" 그가 오빠의 친구가 아니고 듣기 좋은 말을 해 주지 않았다면 아마도 "별로"라고 대답했을 것이다. 그 대신에 이렇게 대답할 수밖에 없었다. "아주 마음에 들어. 좋은 사람 같아."

"저렇게 착한 친구 다신 없어. 약간 허풍스럽긴 하지만. 여자들에겐 그것도 매력이지. 가족도 마음에 들어?"

"아주 좋아. 특히 이자벨라."

"그렇게 말하니 다행이다. 네가 바로 저런 아가씨와 가깝게 지내길 바랐단다. 분별력이 뛰어나고 꾸밈이 전혀 없고 사랑스러워. 그녀와 친구가 되길 바랐어. 그녀도 널 좋아하는 것 같아. 네게 상상할 수 있는 최고의 찬사를 하더라. 쏘오프 양 같은 사람이 하는 칭찬이니까 캐서린 너마저도 뿌듯할걸." 그는 동생의 손을 다정하게 잡으며 말했다.

"정말 그래." 그녀가 대답했다. "그녀가 아주 좋고, 오빠도 그렇다니까 기뻐. 근데 그 집을 방문해 놓고 편지에는 아무 말도 안 했더라."

"곧 널 만날 거라서 안 썼어. 바쓰에 있을 때 자주 만나렴. 사랑스러운 아가씨야. 정말 똑똑해! 가족이 모두 얼마나 아끼는지. 집안에서 사랑을 독차지해. 이런 도시에선 두말하면 잔소리고, 그렇지?"

"맞아. 앨런 씨는 바쓰에서 이자벨라가 제일 예쁘대."

"그래. 앨런 씨만큼 아름다움을 알아보는 안목을 갖춘 사람은 없어. 캐서린, 바쓰에서 행복하게 지내는지 물어볼 필요도 없겠지. 이자벨라 쏘오프 같은 동료와 친구가 있는데 행복하지 않을 리가 없잖아. 앨런 부부도 잘해 주시지?"

"정말 친절하셔. 최고로 행복해. 오빠까지 만났으니 금상첨화야. 날 보려고 와 줘서 고마워."

제임스는 감사의 인사를 받자 양심이 찔리지 않도록 완벽한 진심을 담아 대답했다. "캐서린, 널 정말로 사랑한단다."

제임스가 쏘오프 양을 칭찬하느라 잠깐 주제에서 벗어난 것을 빼고, 그들은 몇몇 형제자매의 안부, 어린 동생들의 성장, 기타 가족 문제를 묻고 대답하면서 풀트니 거리까지 계속 걸었고, 앨런 부부는 제임스를 친절하게 맞았다. 앨런 씨는 저녁을 먹고 가라고 했고 앨런 부인은 새로 산 토시와 어깨목도리의 가격과 장점을 맞춰 보라고 했다. 그는 에드가 빌딩에서 선약이 있다며 저녁 초대를 거절하고 앨런 부인의 요구에 대충 대꾸하고는 서둘러 나왔다. 남매가 무도회장의 옥타곤 방에서 만나기로 약속을 다시 맞춘 다음 오빠가 떠나자 캐서린은 『유돌포』를 읽으며 자극받고 흥분되고 긴장한 상상력의 호사에 겨워서 드레스와 무도회에 관련된 모든 세속적 고민을 깡그리 잊을 수 있었는데, 그러느라고 앨런 부인이 드레스가 늦게 온다고 걱정해도 위로해 주지 못했고 무도회에서 춤출 약속을 이미 잡아 놓은 데서 오는 행복감조차 그저 반짝하고 스쳐 지나가고 말았다.

8장

『유돌포』와 드레스 때문에 약간 지체되었음에도 불구하고, 풀트니 거리에서 어퍼 무도회장까지 시간에 맞추어 무사히 갈 수 있었다. 쏘오프 가족과 제임스 몰란드가 간발의 차이로 먼저 도착해 있었다. 이자벨라가 만면에 웃음을 띠며 달려 나와 캐서린을 맞이하면서 가운을 칭찬하고 머리가 예쁘게 손질되었다고 부러워하는 등 인사치레를 마치자, 모두들 팔짱을 낀 채 후견인을 앞세우고 무도회장으로 따라 들어가면서 떠오르는 생각을 서로에게 속삭이고, 또 손을 꼭 잡아 주거나 애정 어린 웃음을 주고받는 모습을 연출했다.

들어가서 앉자마자 춤이 시작되었다. 여동생과 마찬가지로 일찌감치 춤출 짝을 정해 둔 제임스는 이자벨라에게 어서 춤추러 가자고 졸랐다. 하지만 그녀는 존이 어떤 친구에게 할 말이 있다며 카드놀이방으로 가 버린 상태에서 사랑하는 친구 캐서린의 짝을 맞출 수 없으므로 절대로 춤추지 않겠다고 선언했다. "당신의 소중한 여동생과 함께하지 못한다면 싫어요"라고 말이다. "내가 춤추러 들어가면 우린 저녁 내내 떨어져 있어야 하거든요." 캐서린은 그녀의 친절에 고마워했고 그들은 삼 분이나 더 기다렸는데 그동안 이자벨라는 캐서린과 붙어 있지 않은 반대쪽으로 제임스와 계속 속삭이더니 결국 캐서린 쪽을 돌아보며 말했다. "친구야, 네 오빠가 하도 안달하니까 춤추러 들어가야겠어. 내가 없어도 괜찮을 거고, 존이 곧 돌아오면 그때 또 보면 되니까." 캐서린은 약간 실망했지만 마음이 착해서 그저 가만 있자 두 사람은 춤추러 일어났고 이자벨라는 캐서린의 손을 잡고 "안녕, 사랑하는 친구"라는 인사를 남기고 서둘러 사라져 버렸다. 이자벨라의 여동생들도 춤추느라 바빠서 캐서린은 쏘오프 부인과 앨런 부인 사이에 덩그러니 남겨졌다. 쏘오프가 돌아오지 않아서 속상했는데, 춤추고 싶기도 했고 또 그를 기다리는 자신의 처지를 시시콜콜 떠들 수도 없는 채로 짝을 구하지 못해 불명예스럽게 앉아서 기다리는 수십 명의 아가씨들과 동등하게 취급당하는 것이 싫었다. 마음은 순수하고 행동은 잘못이 없는데 다른 사람의 잘못으로 망신당하고 세상 사람들에게 우스운 꼴을 보이고 불명예스러워지는 것이야말로 여주인공의 삶이며, 그런 상황에서 발휘하는 용기야말로 여주인공에게 위엄을 주는 법. 캐서린도 용기를 내 버렸다. 괴로웠지만, 한마디도 투덜거리지 않았다.

　십 분이 흐른 후에 앉아 있는 곳에서 3야드*도 안 되는 거리에 쏘오프가 아니라 틸니가 나타나자 캐서린은 굴욕감에서 벗어나 한결 밝아졌다. 그가 이쪽으로 오고 있었는데, 갑작스런 등장이 불러일으킨 그녀의 웃음과 발그레해진 뺨을 들키지 않아서 그녀는 여주인공다운 위엄을 지킬 수 있었다. 그는 여전히 잘생겼고 활달해 보였으며 옆에서 팔짱을 끼고 있는 잘 차려입은 예쁜 아가씨와 얘기를 나누고 있었는데, 캐서린은 그녀가 여동생일 거라고 즉시 짐작했다. 이것으로 그가 결혼해서 다른 여자에게 영원히 가 버렸을 가능성을 숙고할 기회를 날려 버렸다. 단순 명쾌하고 그럴 법한 사실만 믿는 그녀로서는 틸니가 결혼했으리라고 조금도 상상할 수 없었다. 그는 지금까지 봐 왔던 결혼한 남자들처럼 행동하거나 말한 적이 없었다. 아내 얘기를 꺼낸 적이 없는 데다, 여동생이 있다고 말했었다. 이런 정황을 고려하여 옆에 있는 아가씨가 여동생이라고 단박에 결론을 내렸다. 그렇게, 캐서린은 죽은 사람처럼 창백한 얼굴로 앨런 부인의 품에 쓰러지는 대신* 완벽하게 이성을 발휘하면서 뺨만 평소보다 약간 붉어진 채 꼿꼿하게 앉아 있었다.

틸니와 그의 동행이 천천히 다가올 때 어떤 부인이 바로 앞서서 이끌고 있었는데 마침 쏘오프 부인과 아는 사이였다. 부인이 멈춰서서 쏘오프 부인과 말하느라 그들도 멈추어 기다렸는데, 이때 캐서린이 틸니의 눈과 마주치자 그가 웃어 주며 알은체했다. 그녀가 기뻐하자 그가 가까이 다가와서 그녀와 앨런 부인에게 말을 걸었고 앨런 부인은 정중하게 인사를 받아 주었다. "다시 만나서 정말 반가워요. 바쓰를 떠났나 했어요." 그는 고맙다고 인사하면서 저번에 만나서 반가웠고 그다음 날 아침부터 일주일 동안 바쓰를 비웠다고 설명했다.

"잘 돌아왔어요. 젊은 사람들은 여길 좋아하죠. 사실 모두들 좋아하니까. 앨런 씨가 지겨워하기에 내가 불평하지 말라고 했어요. 워낙 기분 좋은 곳이라서 이런 계절에는 집에 있는 것보다 여기 나와 있는 게 훨씬 좋아요. 앨런 씨에게 이런 데서 건강을 돌볼 수 있어서 행운이라고 말해 줬답니다."

"이곳이 건강에 도움이 된다는 걸 알면 앨런 씨도 기뻐하실 겁니다."

"고마워요. 그럴 거예요. 이웃에 사는 의사 스키너 씨도 작년 겨울에 여기 왔다가 꽤 건강해져서 돌아갔다니까요."

"그거 좋은 소식이네요."

"그렇죠. 스키너 씨 가족이 여기 석 달 머물렀어요. 그래서 앨런 씨에게도 서두르지 말라고 한 거예요."

이때 쏘오프 부인이 앨런 부인에게 휴즈 부인과 틸니 양이 합석하기로 했으니 옆으로 살짝 움직여 달라고 부탁했다. 앨런 부인이 그렇게 했고 틸니는 여전히 서 있었다. 그는 얼마간 생각한 끝에 캐서린에게 춤추자고 부탁했다. 이런 요청은 기쁘면서도 정말 당황스러웠다. 그녀는 그의 요청을 거절하면서 마치 진심을 토로하듯이 대놓고 아쉽다고 말했는데, 막 돌아온 쏘오프가 조금만 일찍 돌아와서 이걸 봤더라면 그녀의 반응이 약간 심하다고 생각했을지도 모르겠다. 쏘오프는 기다리게 해서 미안하다는 인사를 가볍게 던졌는데, 전혀 그녀의 기분을 풀어 주지 못했다. 그는 춤추는 동안 방금 만나고 온 친구가 데리고 있는 말과 개에 대해 소상하게 말하면서 사냥개를 교환하기로 했다는 얘기를 늘어놓았고, 캐서린은 너무나 지겨운 나머지 아까 틸니 씨를 만났던 쪽을 계속 돌아보았다. 특별히 그를 소개시켜 주고 싶었던 친구 이자벨라는 보이지도 않았다. 그녀는 다른 대형에서 춤추고 있었다. 캐서린은 같이 있던 사람들과 떨어져 아는 사람들로부터 멀어졌다. 속상한 일을 연달아 겪다 보니 하나의 교훈, 즉 젊은 아가씨가 무도회에서 춤추기로 약속했다고 해서 반드시 위엄이나 즐거움이 증가하는 것은 아니라는 사실을 깨달았다. 이렇게 교훈을 새기던 중 갑자기 어깨 위에 손길이 느껴져 돌아보니 바로 뒤에서 휴즈 부인이 틸니 양과 한 신사를 대동하고 서 있었다. "몰란드 양, 실례합니다." 그녀가 말했다. "도무지 쏘오프 양은 어디 있는지. 쏘오프 부인이 말하기를 몰란드 양이 이 아가씨를 기꺼이 맡아 줄 거라고 하길래." 휴즈 부인은 이 무도회장에서 캐서린보다 더 기쁜 마음으로 틸니 양을 떠맡아 줄 사람을 구할 수 없었을 것이다. 두 아가씨가 인사를 나눌 때, 틸니 양은 환대를 알아채고 고마워했고 몰란드 양은 상대방이 미안해하지 않도록 아주 섬세하게 관대함을 베풀었다.* 휴즈 부인은 자신이 데려온 아가씨가 사교계에 점잖게 안착한 것에 만족해서 돌아갔다.

틸니 양은 좋은 몸매와 예쁜 얼굴과 굉장히 호감 가는 용모를 갖추었다. 쏘오프 양처럼 드러나게 꾸미거나 확고한 스타일을 가지지는 않았지만 진정한 우아함을 더 많이 풍겼다. 분별 있는 매너를 갖추었고 잘 교육받은 티가 역력했다. 부끄러워 움츠러들지 않았고 안 부끄러운 척 나서지도 않았다. 가만있어도 충분히 젊고 매력적이어서 무도회에서 굳이 주변 남성의 관심을 끌려고 하지 않았고, 모든 사소한 일에 황홀하게 기뻐하거나 무지막지 괴로워하면서 과장된 감정에 휘둘리지 않았다. 그녀의 외모와 그녀가 틸니의 여동생이라는 사실에 끌린 캐서린은 그녀와 가까워지고 싶은 마음에 뭐든 떠오르는 대로 바로 말을 붙이면서 용기와 여유를 가지고 대화를 이어갔다. 그러나 이들이 급속하게 친해지는 데에는 방해물이 있었는데, 바쓰를 얼마나 좋아하는지, 건물과 주변 자연환경을 얼마나 아끼는지, 그림을 그리고 피아노를 연주하고 노래를 부르는지, 말타기를 좋아하는지 등등 이런 필수 사항을 확인하느라고 서로를 알아가는 초보적인 단계 이상으로 진도를 낼 수가 없었다.

두 번의 춤이 끝나기 전에 충실한 친구 이자벨라가 그녀의 팔을 잡고 흥분해서 외쳤다. "드디어 찾았어. 사랑하는 친구, 내내 찾아다녔잖아. 내가 저쪽에 속해 있는 걸 알면서도 이쪽에 계속 남아있었어? 나 혼자 외로워 죽을 뻔했어."

"이자벨라, 어떻게 네게 갈 수 있었겠어? 어디 있는지 보이지도 않았는데."

"네 오빠에게 계속 말했지만 안 들어주더라. 몰란드 씨, 캐서린 찾아보세요, 이렇게 말했지만 소용없었어. 그가 꼼짝도 안 했어. 그랬죠, 몰란드 씨? 남자들은 정말 말도 안 되게 게을러요! 이렇게 말하면서 네 오빠를 얼마나 닦달했는지, 사랑하는 캐서린, 알면 깜짝 놀랄걸. 알다시피 난 그런 족속은 안 봐 줘."

"머리에 하얀 구슬 장식을 한 저 아가씨 좀 봐." 제임스에게서 이자벨라를 떼어 내면서 캐서린이 속삭였다. "틸니 씨 여동생이야."

"와! 세상에! 정말이야! 어디 한번 보자. 멋진데! 저렇게 아름다운 사람은 처음이야! 근데 매력 덩어리인 그녀의 오빠는 어디에 있어? 여기 있어? 있으면 당장 알려 줘. 보고 싶어 죽겠어. 몰란드 씨, 신경 쓰지 말아요. 당신 얘기하는 거 아니거든요."

"뭘 그렇게 속삭여요? 무슨 일이에요?"

"이것 보라니까요. 남자들의 못 말리는 호기심이란! 여성의 호기심! 그건 아무것도 아니에요. 그냥 그러려니 해요. 뭐가 뭔지 알 수 없을 걸요."

"이 대답에 내가 물러설 것 같아요?"

"글쎄요, 당신 같은 사람은 처음이에요. 우리가 하는 얘기가 당신에게 무슨 의미가 있을까요? 우리가 당신에 대해 말할 수도 있으니까 안 듣는 게 좋을 거예요. 그다지 유쾌하지 않은 말일 수도 있으니까요."

얼마간 이런 평범한 대화를 나누는 사이 처음의 화제는 완전히 잊혀졌다. 화제가 잊히는 건 괜찮았지만 캐서린으로서는 이자벨라가 틸니 씨를 보고 싶어 안달하던 게 의아할 수밖에 없었다. 악단의 연주가 다음 곡으로 넘어가자 제임스가 아름다운 짝을 다시 데려가려 했고, 저항이 따라 나왔다. "몰란드 씨." 그녀가 말했다. "난 절대로 그런 사람이 아니에요. 어쩜 이렇게 귀찮게 해요. 캐서린, 네 오라버니가 원하는 게 뭔지 알겠지. 다시 춤추자고 하는데, 그건 적절한 행동이 아니고 무도회의 규칙에 완전히 어긋나잖니. 이제 짝을 바꿔서 춤추지 않으면 사람들이 수군거릴 거야."

"이런 대중 무도회에서는 그렇게 하기도 합니다." 제임스가 말했다.

"어떻게 그런 말도 안 되는 소리를 해요? 남자들은 원하는 게 있으면 물불 안 가리죠. 착한 캐서린, 내 편 좀 들어 줘. 오라버니를 설득해서 그러면 안 된다고 말해 줘. 내가 계속 그와 춤추면 충격받을 거라고 말해 줄래?"

"괜찮아. 그래도 정 잘못이라고 생각하면 짝을 바꾸든가."

"바로 그거야." 이자벨라가 소리쳤다. "여동생이 이렇게 말하는 걸 듣고도 신경 쓰지 않는군요. 그렇다면 바쓰의 모든 중년 부인들이 수군거려도 내 잘못은 아니에요. 내 친구 캐서린, 제발 이리 와서 날 지켜 줘." 말은 이렇게 하면서도 그녀는 아까 춤추던 자리로 돌아갔다. 그사이 존 쏘오프도 가 버렸다. 캐서린은 우쭐함을 느끼게 해 주었던 틸니의 기분 좋은 춤 요청을 다시 받고 싶은 마음에 앨런 부인과 쏘오프 부인 쪽으로 재빠르게 움직이면서 그가 아직 거기에 머물러 있기를 바랐다. 그가 없는 걸 보고서야 말도 안 되는 희망이었음을 깨달았다. 쏘오프 부인은 아들 자랑에 빠져서 말했다. "기분 좋은 짝을 만났기를 바란다."

"아주 좋은 짝이었어요."

"다행이다. 존은 아주 쾌활해, 그렇지?"

"애야, 틸니 씨를 만났니?" 앨런 부인이 물었다.

"아뇨. 어디 있어요?"

"방금까지 여기 있었는데, 빈둥거리는 게 지겹다면서 춤추러 간다고 하던데. 그래서 네게 춤을 요청할 줄 알았지."

"어디에 있을까요?" 캐서린이 돌아보면서 말했다. 그러다 곧 그가 젊은 아가씨를 데리고 춤추러 가는 것을 보았다.

"아! 짝을 구했네. 너랑 춤추길 바랐는데." 앨런 부인이 말했다. 잠깐 침묵이 흐른 후에 부인이 다시 말했다. "아주 괜찮은 청년이지."

"정말이야." 쏘오프 부인이 만족스럽게 웃으며 거들었다. "엄마로서 내 입으로 말하긴 좀 그렇지만 내 아들보다 괜찮은 청년은 없지."

이 엉뚱한 대꾸를 받아 줄 사람은 없었다. 하지만 앨런 부인은 황당해하지 않고 잠깐 생각하더니 캐서린에게 속삭였다. "자기 아들 얘기하는 줄 알았나 봐."

캐서린은 실망스러웠고 속상했다. 마음에 품어 왔던 바로 그 사람을 눈앞에서 놓쳤다. 이런 생각을 하느라 잠시 후에 존 쏘오프가 다가와서 "몰란드 양, 나와 함께 다시 한판 춤춰요"라고 말하자 전혀 맞장구를 쳐 줄 기분이 아니었다.

"됐어요. 두 번 췄잖아요. 좀 피곤해서 춤은 그만둘래요."

"그래요? 그럼 한 바퀴 돌면서 사람들 놀리기나 합시다. 여기에서 제일 놀림받는 인간 네 명을 보여 줄게요. 여동생 두 명과 그들의 짝들입니다. 아까부터 계속 걔들을 보고 한참 놀려 먹고 있었거든요."

캐서린은 사양했다. 결국 그는 혼자 여동생들을 놀리러 걸어갔다. 나머지 시간은 정말 지루했다. 틸니 씨는 저쪽 무리에 섞여 차를 마시며 함께 춤춘 짝에게 차를 대접하고 있었다. 틸니 양은 이쪽에 함께 있었지만 가까이 앉아 있지 않았고, 이자벨라는 제임스와 둘만의 대화에 푹 빠져서 캐서린을 챙겨 준 것이라고는 단 한 번 웃어 주고 단 한 번 손을 꼭 잡아 주고 단 한 번 "사랑하는 캐서린"이라고 불러 준 게 다였다.

9장

그날 저녁에 시작된 캐서린의 불행은 이렇게 진행되었다. 처음에는 무도회장에 머무는 동안 주변의 모든 사람이 마음에 안 들어서 피로감이 심했고 당장 집으로 돌아가고 싶은 강렬한 욕구를 느꼈다. 풀트니 거리의 숙소로 돌아오자 맹렬한 허기가 발동하여 그걸 채우고 나니 자러 가고 싶은 욕구가 간절하게 몰려왔다. 그녀가 겪은 고통의 극한은 거기까지였다. 그대로 쓰러져 아홉 시간을 푹 자고 나니 완전히 기운을 차렸고 새로운 희망과 계획으로 부풀어 올랐다. 가장 바라는 것은 틸니 양과 더 친해지는 것이니까 당장 정오에 광천수 사교장에 달려가 그녀를 찾아볼까 싶었다. 광천수 사교장은 바쓰에 막 도착한 사람이 입문하는 곳이었는데, 캐서린은 이미 그곳을 훌륭한 여성들을 만나고 우정을 완성하기에 유리하고 비밀을 고백하고 은밀한 대화를 나누기에도 딱 좋은 장소라고 믿고 있어서 당연히 거기에 가면 그 친구를 만나리라고 기대했다. 그렇게 오전 계획을 세워 놓고, 아침 식사 후에 조용히 앉아 책을 읽다 보니 1시까지 꼼짝 않고 그러고 있을까 싶었다. 평소 앨런 부인은 멍하게 아무 생각이 없는 사람이다 보니 말이 많지도 아예 없지도 않아서 뜬금없는 말이나 삼탄사를 내뱉곤 했는데, 캐서린은 워낙 적응이 되어 별로 개의치 않았다. 부인은 바느질감을 들고 앉아 있다가 바늘을 떨어트리거나 실이 끊어지거나 마차 지나가는 소리를 듣거나 가운에 무엇이 묻은 걸 보거나 하면 말대꾸해 줄 사람이 있거나 말거나 혼자 큰 소리로 말했다. 12시 반 정도에 엄청나게 소란스러운 소리가 나서 부인이 잽싸게 창문 밖을 내다본 다음, 문 앞에 도착한 앞 마차에는 하인 혼자 타고 있고 다음 마차에 캐서린의 오빠가 쏘오프 양을 태우고 왔다는 설명을 캐서린에게 미처 다 마치기도 전에 존이 계단을 올라오면서 크게 인사했다. "몰란드 양, 도착했어요. 오래 기다렸어요? 더 일찍 올 수가 없었어요. 망할 마차꾼*이 타고 나갈 마차 하나 고르는데 어찌나 오래 걸리는지, 겨우 출발했는데 골목을 벗어나기 전에 주저앉을 겁니다. 앨런 부인, 안녕하세요? 어젯밤은 한바탕 잘 놀았죠? 자, 몰란드 양, 서둘러요. 다들 미친 듯이 급해요. 달리다 자빠지고 싶어서 환장이라니까요."

"무슨 말이에요?" 캐서린이 물었다. "다들 어딜 가요?"

"어딜 가냐고요? 약속한 거 잊었군요! 오늘 아침에 마차 타기로 하지 않았나? 정신을 어디다 두는지! 클래브튼 공원에* 갈 겁니다."

"비슷한 얘기가 나오긴 했죠." 캐서린이 앨런 부인을 돌아보며 물어보듯 말했다. "이렇게 올 줄은 몰랐는데."

"몰랐다고요! 둘러대기는! 내가 안 왔으면 난리를 쳤을 텐데."

캐서린이 앨런 부인에게 말없이 도움을 청했지만, 턱도 없는 일이었다. 생각을 표정으로 전달하는 걸 해 본 적 없는 사람이 누군가 표정으로 뭔가 말하려 한다는 사실을 알기나 할까. 캐서린은 틸니 양을 보려던 것을 잠시 연기하고 이자벨라도 제임스와 동행하고 있으니까 쏘오프와 마차를 타도 부적절한 건 아니라는 판단이 들어 아예 대놓고 물었다. "부인, 어떻게 생각하세요? 제가 한두 시간 비워도 괜찮을까요? 갈까요?"

"맘대로 하렴." 부인이 더없이 초연하게 반응했다. 이 말에 캐서린은 바로 외출 준비를 하러 갔다. 쏘오프는 부인이 마차를 칭찬하도록 유도한 다음 몇 마디를 더 나누려 했는데, 금방 캐서린이 돌아왔다. 부인의 인사를 들으면서 두 사람은 서둘러 계단을 내려갔다. "소중한 친구." 캐서린이 마차에 오르기 전 이자벨라가 우정의 의무를 다하느라 반갑게 인사했다. "무슨 외출 준비에 세 시간이나 걸리는지. 아파서 못 나오는 줄 알았잖아. 어제 무도회는 정말 즐거웠어. 할 말 무지 많아. 빨리 출발하게 어서 올라타."

시키는 대로 마차에 오르려고 몸을 돌리는 순간 이자벨라가 제임스에게 크게 외치는 소리가 들렸다. "정말 착해! 예뻐 죽겠어요."

"몰란드 양, 놀라지 말아요." 그녀를 부축하면서 쏘오프가 말했다. "출발할 때 말이 좀 날뛸 겁니다. 한두 번 뒷다리를 쳐들었다가 잠잠해져요. 금방 주인을 알아봐요. 기분이 좋아서 까불기도 하는데, 나쁜 녀석은 아니에요."

캐서린은 이런 묘사가 썩 달갑지 않았지만 물러설 수는 없었고 지레 겁먹은 게 좀 한심하기도 했다. 그래서 운명에 맡기기로 하고, 주인의 과장에 따르면 이 동물이 말을 잘 듣는다니 그걸 믿는 심정으로 차분하게 자리를 잡았고 쏘오프도 그녀 옆에 올라탔다. 모든 준비가 완료되어 말 옆에 서 있던 하인에게 근엄한 목소리로 "출발시켜"라고 명령하자, 말은 조금도 날뛰거나 하지 않고 상상할 수 있는 가장 조용한 출발을 선사했다. 캐서린은 무사히 출발한 것에 기뻐하면서 큰 소리로 고마워하고 환호했다. 쏘오프는 부드러운 출발은 전적으로 말의 고삐를 영리하게 잘 잡고 독특한 분별력과 요령으로 채찍을 잘 휘두른 덕분이라고 단도직입적으로 주장했다. 캐서린은 그가 완벽하게 말을 잘 다루면서 괜히 장난쳐서 겁줄 필요가 있었는지 의아했지만, 그렇게 훌륭한 마차꾼의 보호를 받게 된 점을 진심으로 다행으로 여겼다. 말이 기분을 내거나 까부는 성향을 조금도 드러내지 않고 계속 조용히 달리는 데다 (시간당 10마일의 속도는 나야 하는 걸 감안할 때) 겁먹을 정도로 빨리 달리는 건 아니어서 캐서린은 비로소 2월의 어느 따뜻한 날 기운을 북돋워 주는 바람을 쐬며 아무 위협 없이 야외에서 활동하는 즐거움을 만끽했다. 처음 나눴던 대화 이후 몇 분간 말이 없었다. 쏘오프가 갑자기 침묵을 깼다. "앨런 영감은 유대인처럼 부자죠?" 캐서린은 무슨 말인지 알아듣지 못했다. 그가 설명을 보태며 반복했다. "함께 지내는 앨런 영감 말입니다."

"아! 앨런 씨요. 맞아요. 아주 부자예요."

"자식이 없어요?"

"없어요."

"다음 상속자는 복 터졌네요. 당신의 대부 맞죠?"

"대부라니요! 아니에요."

"늘 부부와 함께 있잖아요."

"그렇죠."

"그러니까요. 좋은 노인 같던데, 한창때 잘나갔나 봐요. 통풍에 괜히 걸릴 리 없죠. 요즘은 하루에 한 병인가요?"

"하루에 한 병이라니! 왜 그런 생각을 해요? 아주 절제하는 분인데, 설마 어젯밤에 앨런 씨가 술 마셨다고 생각해요?"

"이런! 남자들이 술 마신다고 잔소리하는 건 여자들이잖아요. 딱 한 병만 마신 거라고 생각해 주면 안 돼요? 내가 한마디 꼭 하고 싶은데 말이죠, 매일 한 병만 마시면 세상은 지금의 반만큼도 무질서하지 않을 겁니다. 그럼 우리 모두 행복해질 거라고요."

"말도 안 돼요."

"믿어 줘요! 그렇게만 하면 수천 병을 아끼겠죠. 이 나라에서는 포도주를 백 배는 더 마셔야 정상입니다. 축축한 날씨를 견디려면 말입니다."

"옥스퍼드에서 포도주를 많이 마신다던데요."

"옥스퍼드! 지금은 안 그래요. 아무도 술 안 마셔요. 최고 주량이 4파인트*를 넘는 사람도 별로 없을걸요. 예를 들자면, 내 방에서 있었던 마지막 술자리에서 놀랍게도 우리가 평균 5파인트를 마셨댔죠. 매우 드문 일이란 말입니다. 내가 좀 유명하거든요. 옥스퍼드에서 자주 있는 일이 아니다 보니 그렇게 유명해진 거죠. 어쨌거나 그런 상황이니까 일반적인 음주량이 어떤지 감 잡겠죠."

"감 잡았어요." 캐서린이 흥분하여 대답했다. "그러니까 학생들 모두 내가 생각한 것보다 훨씬 더 마시는군요. 하지만 제임스는 그렇지 않을 거예요."

그의 우렁차고 일방적인 대답이 되돌아왔지만 거의 맹세에 버금가는 많은 감탄사를 제외하고는 제대로 알아들을 수 없었고, 캐서린은 옥스퍼드에서 포도주를 꽤 많이 마신다고 확신하는 동시에 자기 오빠는 상대적으로 절주한다고 행복한 마음으로 더욱더 확신하게 되었다.

이제 쏘오프는 자기 말과 마차의 장점을 늘어놓았고 캐서린은 그의 말이 기운차고 자유롭게 움직이고 뛰어난 출발과 속도로 마차를 편안하게 끌고 있다는 점을 칭찬해 줘야 했다. 그가 늘어놓는 칭찬에 할 수 있는 한 맞춰 줘야 했다. 그보다 앞서가거나 그를 넘어서기는 불가능했다. 말과 마차에 관한 그의 지식과 그녀의 무지, 그의 재빠른 표현과 그녀의 소심함이 너무도 확연했다. 조금이라도 새로운 칭찬을 내놓을 수 없어서 그가 하는 말을 무엇이든 그대로 따라하다가, 결국 그의 마차는 가장 산뜻하고 그의 말은 가장 훌륭하게 달리고 그 자신은 최고로 마차를 잘 몰기 때문에 그의 말과 마차를 합해서 영국에서 가장 완벽하다는 결론에 쉽사리 합의하고 말았다. "쏘오프 씨." 잠시 후 캐서린이 이 문제가 완전히 결정되었다고 생각하고 대화에 약간의 변화를 주려고 말을 꺼냈다. "제임스 오빠의 마차가 망가지지는 않겠죠?"

"망가지다니! 오! 맙소사! 저렇게 껑충껑충 날뛰는 꼴을 본 적 있어요? 멀쩡한 금속 조각은 하나도 없을 걸요. 몸체도 그렇고요. 한 십 년 된 바퀴가 꽤 닳았죠? 툭 건드리면 다 부서질지 몰라요.

맹세컨대, 저렇게 정신없이 흔들거리는 물건은 본 적이 없어요. 어휴! 우리 마차는 그보다 낫죠. 5만 파운드를 준대도 저걸 타고는 2마일도 안 가요."

"세상에!" 캐서린이 꽤 겁먹은 채 대답했다. "그럼 우리 돌아가요. 계속 가면 분명 사고 날 거예요. 돌아가요, 쏘오프 씨. 멈춰서 오빠에게 얼마나 위험한지 알려 주란 말이에요."

"위험하다니! 저런! 그게 뭐 대수예요? 마차가 주저앉으면 구르기밖에 더 하겠어요. 흙이 깔려 있잖아요. 흙에 구르면 어때서요. 아, 그만해요! 잘 몰기만 하면 마차는 괜찮다고요. 잘 다루기만 하면 저런 건 많이 닳은 다음에도 이십 년 넘게 타거든요. 진정해요! 나라면 5파운드를 걸고 요크까지 올라갔다가 그대로 멀쩡하게 돌아오겠어요."

캐서린은 경악했다. 하나를 두고 이렇게 다르게 말하는 것을 어떻게 받아들여야 할지 몰랐다. 그녀가 받은 교육으로는 허풍을 떠는 성향을 이해하거나 혹은 지나친 허영이 얼마나 허황된 주장과 뻔뻔한 거짓말을 낳는지 알 리 없었다. 그녀의 가족은 재기발랄함을 내세우는 법 없이 그저 평범하고 상식적이었다. 아버지는 기껏해야 단어놀이에 만족하는 사람이었고 어머니는 속담이면 충분했다. 자기를 내세우려고 거짓말을 하거나 나중에 뒤집을 말을 일단 하고 보는 사람들이 아니었다. 그녀는 당황한 채로 이 문제를 한동안 곱씹었고, 쏘오프 씨의 진짜 생각을 더 분명하게 밝히라고 부탁하고 싶은 마음이 한 번 이상 솟구쳤다. 그러나 그가 더 분명한 설명으로 아까 모호하게 대답한 것을 똑 부러지게 정리해 줄 사람이 아닌 것 같아서 그냥 참았다. 게다가 쉽게 미연에 방지할 수 있는 위험에 자기 여동생과 친구를 방치하지는 않을 거라는 생각이 들어서, 결국 그가 마차의 안전을 완벽하게 확신한다고 결론 내리고 더 이상 걱정하지 않았다. 그는 이 문제에 전혀 개의치 않았다. 그의 대화, 혹은 수다는 오로지 자신과 자신의 관심사로 수렴되었다. 싸게 사서 엄청나게 이윤을 남기고 팔았던 말에 대해 얘기했다. 경마에서 이기는 말을 정확하게 예측한 자신의 판단력에 대해 말했다. 수렵에서 (정조준하지는 못했지만) 다른 사람보다 많은 새를 쏘았다고 했다. 사냥개를 대동한 어느 유명한 사냥에서 사냥개를 인도하는 데 필요한 선견지명과 기술을 발휘해 고참 사냥꾼의 실수를 바로잡고 또 과감하게 말을 몰아서 자신의 목숨은 조금도 위험에 빠지게 하지 않으면서 다른 사람을 곤경에 빠트렸다면서 많은 사람의 목을 부러뜨렸노라고 차분하게 덧붙이기까지 했다.

캐서린은 혼자 척척 판단을 내리는 사람이 아니었고 남자가 어때야 하는지에 대해 일반적으로 정해진 생각도 없었지만, 끝없이 분출하는 그의 자만을 견뎌 내려니 그가 정말 완전히 괜찮은 사람인지 의구심을 억누를 수 없었다. 이자벨라의 오빠를 의심하다니, 과감한 추측이었다. 제임스는 여자들이 그의 매너를 좋아할 거라 장담했는데 말이다. 그럼에도 불구하고 출발한 지 한 시간도 지나지 않아 그와 함께 있는 데서 오는 극도의 피로감이 스멀거리다가 점점 증가하더니, 풀트니 거리에 멈추었을 때는 오빠의 높은 권위에 약간 반발하여 그가 사람들을 두루 즐겁게 해 주는 남자라는 말을 안 믿고 싶은 마음이 좀 생겼다.

앨런 부인의 숙소 앞에 도착하자 이자벨라는 친구를 따라 집 안으로 들어가기에 너무 늦었다는 사실에 어쩔 줄 몰라서 그만 말문이 막힌 모습이었다. "3시가 지났다니!" 상상할 수도 없고 믿을 수도 없고 말도 안 된다고 했다. 자기 시계도 자기 오빠의 시계도 하인의 시계도 못 믿겠다고 했다. 이성이나 현실 어디에도 근거가 없다고 우기니까, 제임스 몰란드가 시계를 꺼내 보여 주기까지 했다. 계속 의심하는 것이야말로 상상할 수도 없고 믿을 수도 없고 말도 안 되는 상황이었다. 그녀는 두 시간 반을 그렇게 시간 가는 줄 모르게 보낸 적이 없다고 거듭 말하면서 캐서린이 동의해 주기를 바랐다. 캐서린은 설사 이자벨라를 기쁘게 해 주는 일이라도 거짓말은 할 수 없었다. 이자벨라는 친구가 반대하는 대답을 내놓기를 기다리지도 않았다. 자신의 감정에 완전히 빠져 있었다. 헤어져야 한다는 사실 앞에서 자신의 비참함만이 가장 절실할 뿐이었다. 소중한 친구 캐서린과 마지막으로 짧은 대화를 나눈 지 너무 오래되었다고 했다. 할 말이 엄청 많은데 다시는 못 만날 것만 같다고 말이다. 여리디 여린 슬픔을 머금은 웃음을 지으며, 철저한 낙담을 머금은 눈웃음을 흘리며, 그렇게 그녀는 친구에게 작별 인사를 남기고 떠났다.

하는 일 없이 바쁘게 오전 일정을 보내고 막 돌아온 앨런 부인은 캐서린을 보자 즉시 반기며 "왔구나"라고 했다. 이의를 제기할 힘도 없었고 그러고 싶지도 않은 인사였다. "신선한 바깥 공기 좀 쏘였지?"

"네. 반겨 주셔서 감사합니다. 더할 나위 없이 좋은 날씨였어요."

"쏘오프 부인이 말하더라. 너희들이 함께 나가서 아주 기쁘다고 말이다."

"쏘오프 부인을 만나셨어요?"

"그래. 네가 나가고 광천수 사교장에 갔는데 거기서 만나서 아주 대화를 많이 나누었단다. 오늘은 시장에 송아지 고기가 하나도 없다면서 유난히 구하기 힘들다더라."

"우리가 아는 다른 사람도 보셨어요?"

"봤지. 크레센트를 한 바퀴 돌다가 거기서 함께 걷고 있는 휴즈 부인, 틸니 씨, 틸니 양을 봤단다."

"그래요? 그 사람들이 인사하던가요?"

"했지. 삼십 분 동안 크레센트를 함께 걸었다. 아주 괜찮은 사람들이야. 틸니 양은 굉장히 예쁜 물방울무늬 모슬린을 입고 있던데, 내 보기엔 말이다, 늘 옷을 잘 입는 것 같아. 휴즈 부인이 그 집안 얘기를 많이 해 줬거든."

"무슨 얘기를 하셨어요?"

"아! 정말 많이 해 줬어. 다른 얘기는 거의 안 했으니까."

"글로스터셔의 어느 쪽에서 왔는지 얘기하셨어요?"

"했지. 들어도 까먹었구나. 암튼 괜찮은 출신이고 아주 부자란다. 틸니 부인은 결혼 전에 드럼몬드 양이었는데 휴즈 부인과 학교를 같이 다녔대. 드럼몬드 양은 물려받은 재산이 많았어. 결혼할 때 아버지가 2만 파운드를 줬고 결혼 예복에 500파운드를 썼다지. 휴즈 부인은 상점에서 보낸 결혼 예복을 몽땅 구경했다더라."

"틸니 부부도 바쓰에 머물고 있어요?"

"그렇지 싶은데 확신할 수는 없구나. 그런데 다시 생각해 보니 세상을 뜬 것도 같아. 적어도 어머니는 말이다. 그렇지. 휴즈 부인이 말하기를 드럼몬드 씨가 딸이 결혼할 때 아름다운 진주를 줬는데 지금은 틸니 양이 가지고 있다니까 어머니가 죽으면서 그녀에게 물려줬을 테고 그러니까 틸니 부인은 죽은 게 맞을 거다."

"틸니 씨, 나랑 춤추었던 그분, 유일한 아들이에요?"

"잘 모르겠구나. 그럴 것 같다만. 휴즈 부인이 말하기를 훌륭한 젊은이라서 잘살 거라고 하더라."

캐서린은 더 묻지 않았다. 듣고 보니 앨런 부인은 제대로 아는 게 없었고, 직접 남매를 만날 기회를 놓쳐 버린 게 두고두고 안타까울 따름이었다. 그럴 줄 알았더라면 다른 사람들과 외출하지 않았을 것이다. 불운을 원망하며 놓쳐 버린 행운을 거듭 떠올릴 수밖에 없었고, 결국 오늘 산책이 전혀 즐겁지 않았고 존 쏘오프가 아주 불쾌한 사람이라는 사실이 분명해지고 말았다.

10장

저녁에 앨런 부부, 쏘오프 남매, 몰란드 남매 모두 극장에서 재회했다. 캐서린과 이자벨라가 나란히 앉아서 그들을 갈라놓았던 헤아릴 수도 없이 길었던 시간 동안 발생한 수천 가지 일 가운데 몇 가지를 추려서 말할 수 있는 기회였다. "어머! 사랑하는 캐서린, 드디어 만난 것 맞아?" 캐서린이 발코니 자리로 들어와 옆에 앉자 이자벨라는 호들갑을 떨었다. "자, 몰란드 씨." 옆에 가까이 앉아 있던 그에게 말했다. "저녁 내내 당신과는 한마디도 나누지 않을래요. 아예 기대하지 말아요. 어여쁜 캐서린, 그동안 어떻게 지냈어? 말하지 않아도 좋아 보인다만. 머리 정말 근사하게 꾸몄구나. 엉큼한 아가씨, 누굴 유혹하려고? 오빠는 벌써 네게 푹 빠져 있거든. 틸니 씨라면 이미 다 드러났으니까 네가 아무리 겸손하더라도 그의 애정을 의심할 수 없어. 바쓰로 돌아온 걸 보면 분명하잖아. 아! 정말 만나고 싶어! 만날 때까지 기다리려니까 미치겠어. 어머니가 그러던데 세상에서 제일 유쾌한 남자라더라. 오늘 오전에 봤대. 소개시켜 줘. 여기 왔을까? 찾아봐, 제발! 만나고 싶어 죽겠어."

"아니." 캐서린이 대답했다. "없어. 안 보여."

"싫어! 그 사람 못 만나면 어떡해? 가운 어때? 제대로지. 소매가 생각했던 그대로야. 바쓰는 미치게 지긋지긋해. 네 오빠랑 오전에도 이런 말을 나눴지만, 여기서 몇 주를 보내기는 아주 좋은데 살진 못하겠어. 그 어떤 곳보다 시골을 좋아하는 취향이 정확하게 일치하더라니까. 정말이지 우린 의견이 말도 안 되게 똑같지 뭐니! 서로 다른 부분이 단 한 가지도 없어. 네 눈을 피해 갈 수 없었을 거야. 네가 워낙 눈치가 빠르니까 분명 민망한 표현을 하든가 뭐든 한마디 했겠지."

"그렇지 않아."

"넌 그랬을걸. 너보다 내가 너를 더 잘 알아. 우리 두 사람이 운명적으로 맺어졌다든가 그런 우스꽝스러운 말로 나를 엄청 골려 먹었을걸. 그럼 내 뺨은 네 입술처럼 붉어졌겠지. 네 눈을 어떻게 피할 수 있었겠느냐고."

"날 믿어 줘. 무슨 일이 있어도 그렇게 부적절한 말을 했을 리 없어. 그런 생각조차 스친 적 없는데."

이자벨라는 못 믿겠다는 표정으로 웃음을 지었고, 그 후 저녁 내내 제임스와 대화했다.

다음 날 아침이 되자 어떻게든 틸니 양을 만나야겠다는 결심이 점점 세차게 솟았다. 평상시처럼 광천수 사교장으로 출발하기 전에 또 무슨 방해가 일어날까 싶어 전전긍긍했다. 하지만 방문객이 들이닥쳐 출발이 늦어지는 일 없이 세 사람은 제 시간에 맞춰서 광천수 사교장으로 떠났고 도착한 다음 늘 하던 행동과 대화를 이어갔다. 앨런 씨는 물 한 잔*을 마신 다음 신사들에게 합류하더니 정치를 주제로 각자 신문에서 읽은 것을 토론했다. 숙녀들은 어울려 사교장을 돌아다니며 새 얼굴을 하나하나 확인하고 새로운 모자도 거의 빼놓지 않고 점검했다. 십오 분이 채 지나지 않았을 때 쏘오프 집안 여성들이 제임스 몰란드의 안내를 받으면서 사람들 사이에 모습을 드러냈고 캐서린은 즉시 평소 하던 대로 친구 옆자리를 차지했다. 이제는 제임스도 계속 떠나지 않고 옆자리를 차지했고, 그렇게 나머지 사람들로부터 떨어진 채로 셋이서 한참 걷다 보니 캐서린은 친구와 오빠에게 딱 달라붙어 있으면서도 친구나 오빠의 관심을 받지도 못하는 상황이 뭐가 좋은지 의심스러워졌다. 두 사람은 항상 무슨 감상적인 대화나 활발한 토론에 빠져 있었는데 그들의 생각은 속삭임에 가려 안 들리고 그들의 활기는 웃음꽃에 파묻히는 바람에 그들 중 한 사람이 캐서린에게 동의를 구하는 순간이 없지 않았음에도 불구하고 그녀는 무슨 주제인지 도통 알아들을 수 없었고 어떤 의견을 내놓을 수도 없었다. 마침내 틸니 양이 휴즈 부인을 따라 들어오는 것을 보고 아주 기뻐하면서 그녀에게 인사하러 가야겠다고 당당하게 밝히고는 친구와 씩씩하게 헤어졌고, 그녀에게 다가갈 때 전날 실망했기 때문에 더 그런지 반드시 인사를 나누고야 말겠다는 결연한 심정이었다. 틸니 양은 굉장히 정중했고 인사에 똑같은 선의로 화답했으며, 함께 머무는 동안 계속 대화를 이어갔다. 두 사람 사이에 오간 화제나 대화는 바쓰의 사교철만 되면 광천수 사교장의 지붕 아래에서 마르고 닳도록 회자된 것이었지만, 꾸밈없이 소박한 진심에서 우러나온 것이어서 얼마든지 각별할 수 있었다.

"오빠의 춤 솜씨가 대단해요!" 대화가 끝나갈 무렵 캐서린이 천진하게 감탄하자 상대방이 놀라는 동시에 관심을 보였다.

"헨리!" 그녀가 웃으며 대답했다. "맞아요."

"저번에 내가 춤출 사람이 있다면서 혼자 앉아 있어서 이상하게 여겼을 거예요. 그런데 정말로 그날 내내 쏘오프 씨와 춤추기로 약속되어 있었어요." 틸니 양이 고개를 끄덕였다. 잠시 침묵한 후 캐서린이 덧붙였다. "다시 만나서 얼마나 놀랐는지 몰라요. 정말 가 버린 줄 알았거든요."

"헨리가 당신을 처음 만났을 때엔 바쓰에 단 이틀째 머물던 참이었어요. 숙소를 물색하느라고요."

"그런 줄도 모르고, 다 찾아도 없기에 떠난 줄 알았어요. 월요일에 스미스 양과 춤췄죠?"

"네. 휴즈 부인이 소개해 주셔서요."

"그 아가씨는 즐거웠을 거예요. 그 아가씨 예쁘죠?"

"글쎄요."

"그 사람은 광천수 사교장에 안 오는 모양인데, 그렇죠?"

"가끔 와요. 오늘 오전에는 아버지와 말 타러 나갔어요."

휴즈 부인이 와서 틸니 양에게 나가자고 했다. "다시 만나면 반가울 거예요." 캐서린이 마저 말했다. "내일 코티용* 무도회에 나오나요?"

"아마도 우린, 그게 그러니까, 그럴 거예요."

"우리도 가니까 잘됐어요." 공손한 인사가 오갔다. 그들이 헤어질 때, 틸니 양은 새로 만난 아가씨의 감정을 어느 정도 파악한 반면, 캐서린은 자신의 감정을 드러냈다고는 조금도 의식하지 못했다.

그녀는 아주 행복해져서 집으로 돌아갔다. 오전에 희망이 다 이루어졌으니, 이젠 다가올 다음 날 저녁만 기다리고 준비하면 된다. 어떤 가운과 머리 장식을 갖출지가 주된 관심사로 떠올랐다. 그러면 안 되는데도 그랬다. 옷으로 튀어 봤자 거기서 거기인 데다가 지나치게 신경을 쓰다가는 종종 목적을 망치기 십상이다. 캐서린도 잘 알고 있었다. 지난 크리스마스에 고모할머니가 이 주제에 대해 훈계하기도 했었다. 그런데도 물방울무늬 모슬린과 자수 놓은 모슬린 중 무엇을 입을지를 두고 수요일 밤에 십 분간 고민했는데, 시간이 없지만 않았다면 새 드레스를 사고 말았을 것이다. 그랬다면 흔히 하는 큰 실수를 저지른 셈이 됐을 것이다. 여자가 아닌 반대의 성을 가진 사람, 그러니까 고모할머니가 아니라 오빠라면 그러지 말라고 말렸을지도 모른다. 남자는 여자의 새 가운에 관심이 없다는 걸 남자나 알지 누가 알까. 남자의 마음이 비싼 옷이나 새로 산 옷에 흔들리지 않는다는 사실, 모슬린의 결에 따라 판단이 좌우되지 않으며 물방울무늬나 나뭇잎무늬, 얇은 면사나 두툼한 원단이나 어디에도 각별한 애정 없이 둔감하다는 사실을 안다면 숙녀들은 상처받을 것이다. 혼자 기분 좋으라고 입으면 그만이다. 옷 때문에 여자를 더 좋아할 남자는 없고, 그럴 여자도 없다. 깔끔하고 유행에 맞는 옷이면 남자들에게 충분하고, 초라하거나 부적절한 옷이면 여자들에게 소중한 수다거리로 사랑받는다. 물론 캐서린은 이런 진지한 교훈에 무릎을 칠 사람이 아니었지만.

목요일 저녁, 그녀는 지난 월요일에 품었던 것과는 다른 감정을 품고 무도회장에 들어갔다. 그때는 쏘오프와 춤출 약속 때문에 흥분했지만 지금은 그가 다시 자신을 차지할 수 없도록 아예 안 마주치고 싶었다. 틸니 씨가 세 번째로 춤을 요청할 리 만무했지만, 그녀의 소망과 희망과 계획은 거기로 모아졌다. 젊은 아가씨라면 언젠가 똑같은 흥분을 경험해 본 적이 있을 테니까 이 결정적인 순간을 마주한 여주인공에게 공감하리라. 피하고 싶은 누군가에게 쫓기는 위험을 겪거나 적어도 쫓긴다고 믿었던 적이 다들 있었을 테니까. 또 잘 보이고 싶은 누군가의 관심을 끌고 싶었던 적도 다들 있었을 테니까 말이다. 쏘오프 남매가 다가오자 캐서린은 고통스러웠다. 존 쏘오프가 접근하는지 노심초사하며 가능한 한 눈에 안 띄게 숨으려 했고, 그가 말을 걸어오자 못 들은 척했다. 코티용이 끝나고 시골춤이 시작되었지만 틸니 남매는 안 보였다. "놀라지 마, 내 친구 캐서린." 이자벨라가 속삭였다. "네 오빠랑 다시 춤출래. 내가 생각해도 꽤 놀랄 일이야. 그에게 창피한 줄 알라고 구박하겠지만, 너와 존이 눈감아 줘야겠어. 곧 따라와 줘, 친구야. 방금 존을 봤는데 금방 합류할거야."

뭐라고 대답할 여유도 의지도 없었다. 그들이 춤추러 나가 버리고 존 쏘오프만 계속 눈앞에 어른거리니까 어쩔 수 없구나 싶었다. 그래도 그를 바라보거나 기다리는 것처럼 보이긴 싫어서 부채만 뚫어져라 바라보며 딴청을 부렸다. 시간이 흐르다 보면 붐비는 와중에도 틸니 남매를 만날 수 있지 않을까 기대하는 게 얼마나 한심한지 자책감이 드는 찰나 틸니 씨가 불쑥 다가와서 춤추자고 요청했다. 얼마나 눈을 반짝이며 얼마나 재빠르게 그의 부탁을 수락했는지, 얼마나 기뻐서 쿵쾅거리는 가슴으로 그를 따라 춤추러 걸어갔는지 상상하고도 남으리라. 존 쏘오프에게 곧 잡힐 것만 같은 순간에 틸니 씨가 마치 작정하고 그녀를 찾아 헤매던 사람처럼 나타나 춤추자고 요청하다니! 살면서 이보다 더 큰 행복이 또 올까 싶었다.

그들이 조용한 곳을 찾아가기 전에 존 쏘오프가 뒤에서 그녀를 불러 세웠다. "우와, 몰란드 양!" 그가 말했다. "뭐하는 거예요? 나랑 춤추기로 했잖아요."

"약속하지도 않았으면서 왜 그렇게 말하는지 모르겠네요."

"그렇게 빠져나가려 하다니! 여기 들어오자마자 말했고, 지금 막 반복하려던 참인데 돌아서 보니 사라지고 없더라고요! 짓궂게 구차한 전술을 쓰다니! 오로지 당신과 춤추려고 왔고 지난 월요일 이후로 당신이 내 짝이라고 굳게 믿고 있어요. 맞아요. 이제 기억났는데, 당신이 망토를 맡기느라고 복도에서 기다릴 때 내가 춤추자고 했잖아요. 아는 사람들에게 이 방에서 가장 아름다운 아가씨와 춤출 거라고 떠들고 다녔단 말입니다. 당신이 다른 사람과 춤추는 걸 본다면 다들 날 놀려 먹겠어요."

"안 돼요. 그렇게 말해 버렸으니 사람들이 나를 싫어할 거예요."

"그래 봤자 내가 그 바보들을 쫓아내면 됩니다. 저 작자는 누굽니까?" 캐서린이 그의 호기심을 풀어 줬다. "틸니." 그가 따라했다.
"음, 모르는 사람이에요. 훤칠하네요. 허우대가 멀쩡해요. 혹시 말
을 구한대요? 친구 샘 플래처가 누구나 좋아할 말을 팔려고 하는
데. 이동용으로 잘 달리는 아주 멋진 말을 단돈 40기니에 내놓았
어요. 좋은 말을 보거든 일단 사라는 신조도 있으니, 백 번이라도
사고 싶죠. 근데 사냥용이 아니라서 내겐 안 맞아요. 정말 좋은 사
냥용이면 얼마든지 산다고요. 지금 세 마리가 있는데 최고죠. 8백
기니에도 안 팔아요. 플래처와 난 다음 사냥철에 대비해서 레이스
터셔에 말을 보러 갈 작정이에요. 여관에 머물러야 하니, 젠장, 불
편하겠지만."

　이 말을 남기고 그는 길게 줄지어 무도회장을 한 바퀴 도는 숙
녀들의 행렬에 떠밀려 멀어져 갔고 더 이상 캐서린을 괴롭히지 못
했다. 그녀의 짝이 다가와 말했다. "저 신사가 조금만 더 머물렀다
면 인내심이 바닥났을 거예요. 내 짝의 관심을 가로채려 하다니.
우린 오늘 저녁 서로 상냥하게 대하기로 계약을 맺은 사이이고,
상냥함을 오로지 서로를 향해서만 베풀어야 합니다. 누군가 한
사람의 관심을 차지해 버리면 다른 한 사람의 권리는 훼손됩니다.
시골춤은 결혼의 상징이에요. 신의와 순종은 양쪽의 중요한 의무
이고요. 춤추지 않고 결혼하지 않기로 작정한 남자라면 이웃에
사는 짝이나 남의 아내나 개의치 않겠지만요."

　"하지만 결혼과 춤은 아주 달라요!"

　"비교하면 안 된다는 말이군요."

　"안 돼요. 결혼하는 사람들은 헤어지지 않고 돌아가서 함께 집

을 지켜요. 춤추는 사람들은 삼십 분 동안 길쭉한 방에서 그냥 마주 보고 서 있을 뿐이고요."

"결혼과 춤에 대한 당신의 정의는 그렇군요. 확실히 그런 관점에서 보면 별로 닮지 않았어요. 내 생각은 이래요. 결혼이나 춤이나 남자가 선택할 자유를 가지고 여자는 거절할 자유만 가집니다. 남자와 여자가 서로 득을 보려고 맺은 약속이라는 점도 같아요. 일단 서로 맺어지면 약속이 소멸할 때까지 한눈팔면 안 되고요. 상대방이 아닌 다른 사람에게 가고 싶은 마음이 안 생기도록 서로 최선을 다하고, 또 다른 사람과 함께 있으면 더 행복할 거라 꿈꾸거나 옆집 이웃의 완벽한 행복을 넋 놓고 바라보지 않도록 상상력을 잘 간수할 의무가 있습니다. 여기까지 동의하죠?"

"그렇게 말하니까 진짜 맞는 말 같아요. 하지만 여전히 달라요. 결혼과 춤을 같은 관점에서 볼 수 없고, 동일한 의무가 부과된다고 생각할 수 없는걸요."

"한 가지 점에서 확실히 다릅니다. 결혼하면 남자는 여자를 먹여 살리고 여자는 남자가 편안하도록 집을 가꾸도록 되어 있죠. 남자는 돈을 벌고 여자는 웃어야 합니다. 춤출 때는 서로 의무를 바꿔야 해요. 상냥하게 굴고 고분고분한 건 남자 몫이고 여자는 부채를 들고 라벤더 향수나 뿌리면서 진정하면 됩니다. 그러니까 당신은 이렇게 의무가 뒤바뀐 걸 보고 둘을 비교할 수 없다고 본 거죠?"

"아니에요. 그렇게 생각해 보지 않았어요."

"그렇다면 더 할 말 없네요. 다만 한 가지는 확실합니다. 당신 성향에 꽤 놀랐어요. 의무의 측면에서 조금도 안 닮았다고 주장하니 말입니다. 춤출 때 갖춰야 하는 의무에 대해 나만큼 엄격하게 따지지 않는다는 뜻으로 이해해야 하나요? 방금 당신에게 말 걸었던 그 신사가 또 나타나거나 다른 신사가 당신에게 다가오면 원하는 만큼 거리낌 없이 그와 대화를 나눌까 봐 내가 걱정해야 하나요?"

"쏘오프 씨는 오빠의 절친한 친구니까 그가 말을 걸어오면 대답해야죠. 그를 제외하면 여기서 아는 남자라곤 세 명도 안 되는걸요."

"고작 그 말에 마음을 놓으라고요? 어휴, 이런!"

"이걸로 충분하잖아요. 아무도 모르는데 누구와 말을 나누겠어요. 게다가 그 누구와 말하고 싶지도 않아요."

"확실히 안심시켜 주네요. 그럼 용기를 내야겠군요. 처음에 물어봤을 때 대답한 것처럼 아직도 바쓰가 좋아요?"

"네. 사실 더 좋아졌답니다."

"더 좋아졌다니! 방심했다가는 적당한 때가 와도 싫증 내는 걸 까먹을 거예요. 6주가 지나면 싫증 나야 한답니다."

"여섯 달을 보내도 싫증 나지 않을 거예요."

"런던에 비하면 바쓰는 변화가 없는 곳이라고 모두들 말합니다. '바쓰는 6주면 충분해. 그다음에는 세상에서 가장 지겨운 곳이지'라고요. 겨울만 되면 찾아왔다가 6주를 넘겨 10주나 11주 동안 머물다가 결국 견디지 못하고 떠난 이들이 다 이렇게들 말할 겁니다."

"글쎄요. 각자 알아서 결정할 일이고, 런던으로 떠나는 사람들이야 바쓰를 별로라 하겠죠. 하지만 시골의 작은 마을에서 온 내겐 집에서 보듯 늘 똑같은 거라곤 하나도 안 보여서 좋아요. 여기서는 하루 종일 즐길 것도 볼 것도 할 것도 많은데 집에서는 안 그렇거든요."

"시골을 좋아하지 않는군요."

"좋아해요. 여태 시골에서 행복하게 살아왔고요. 하지만 바쓰보다 시골이 훨씬 단조롭잖아요. 시골의 하루는 그다음 날과 다를 게 없거든요."

"하지만 시골에서 훨씬 이성적으로 시간을 보내죠."

"그런가요?"

"그렇지 않아요?"

"별 차이 없어요."

"여기서는 하루 종일 즐길 거리만 찾아다니잖아요."

"집에서도 마찬가지예요. 못 찾아서 탈이죠. 여기저기 쏘다니면서요. 여기서는 가는 곳마다 다양한 사람들을 만나지만 집에 있으면 만날 사람이라곤 앨런 부인밖에 없어요."

틸니 씨는 굉장히 즐거워했다. "만날 사람이라곤 앨런 부인밖에 없다!" 그가 따라했다. "지적 빈곤 그 자체군요! 다시 그런 심연에 빠진다면 그땐 할 말 많겠군요. 바쓰 얘기, 여기서 무엇을 했는지 모두 얘기하면 되잖아요."

"그럼요! 앨런 부인이나 다른 누구와 대화할 때 화젯거리가 부족하지는 않을 거예요. 집에 돌아가면 진짜 매일 바쓰 얘기일 거예요. 이곳이 좋아요. 아버지와 어머니와 나머지 가족과 함께 여기 머문다면 너무 행복할 거예요! 큰오빠 제임스가 와서 아주 기쁘고, 더구나 우리가 아주 가까워진 가족이 예전부터 오빠와 절친했던 친구의 가족이거든요. 아! 어떻게 바쓰에 싫증 나겠어요?"

"당신처럼 뭐든 그렇게 신선한 감정을 품은 사람들에겐 그럴 일이 없겠죠. 하지만 바쓰의 단골들에게는 아버지와 어머니와 형제들과 가까운 친구들 모두 그저 지나갈 뿐이고 무도회와 연극의 순수한 즐거움과 나날의 풍경도 그들과 함께 지나가는 거겠죠."

대화가 여기서 멈추었다. 춤이 점점 까다로워져서 집중해야 했다.

춤추는 대형의 끄트머리에 도달하자 캐서린은 상대방의 바로 뒤에 선 채 구경꾼들 사이로 그녀를 진지하게 바라보는 한 신사를 의식했다. 훤칠하지만 위압적인 데가 있고 한창때를 넘겼지만 활력이 넘치는 신사였다. 그녀를 쳐다보면서 틸니 씨에게 친숙하게 뭐라고 속삭이는 게 보였다. 그의 시선을 받으니 당황스러웠고 뭔가 자신의 외모에 문제가 있어서 쳐다보는가 싶은 불안감에 얼굴까지 붉어져서 고개를 돌려 버렸다. 그러는 사이에 그 신사가 뒤로 물러나고 그녀의 짝이 가까이 오더니 말했다. "내가 방금 무슨 부탁을 받았는지 궁금할 겁니다. 저분은 당신이 누군지 아니까 당신도 그가 누군지 알 권리가 있어요. 아버지 틸니 장군*입니다."

캐서린의 대답은 그저 "아!"였다. 필요한 모든 것을 전부 담은 "아!"였다. 그가 하는 말에 집중하고 그 진실을 전적으로 믿는 반응이었다. 그녀는 군중을 헤치고 지나가는 장군에게 깊은 관심과 강렬한 존경심을 느끼며 몰래 혼잣말을 했다. '온 가족이 얼마나 잘생겼는지!'

그날 밤이 저물기 전, 그녀는 틸니 양과 대화를 나누다가 기뻐할 일이 생겼다. 바쓰에 온 이후로 산책을 나간 적이 없었다. 사람들이 많이 가는 장소를 잘 알고 있는 틸니 양의 얘기를 들으니 그런 장소를 더 알고 싶은 마음이 열렬해졌다. 동행할 사람이 없을 거라고 대놓고 걱정하자 남매가 언제 오전에 함께 산책하자고 제안했다. "이보다 좋은 일이 있을까요." 그녀가 환호했다. "연기하지 말고 내일 바로 가면 어때요." 틸니 양은 비가 내리지만 않는다면 그렇게 하자고 흔쾌히 동의했고, 캐서린은 비가 내리지 않을 거라고 확신했다. 정오에 그들이 풀트니 거리로 데리러 오기로 했다. "잊지 말아요. 정오예요." 새로 사귄 친구에게 그녀는 이렇게 말하면서 헤어졌다. 또 다른 친구, 먼저 사귀어서 오래된 친구, 2주일 동안 충실하고 소중한 친구였던 이자벨라는 저녁 내내 거의 보지 못했다. 그녀에게 자신의 행복을 알려 주고 싶었지만 앨런 씨의 뜻에 따라서 선선히 다소 이른 시간에 자리를 떴는데, 집으로 돌아오는 내내 마차에 앉은 채로 춤추는 것 같았고 거기에 맞춰 그녀의 기분도 춤췄다.

11장

다음 날 아침 날씨는 차분했다. 태양이 보일락 말락 했다. 캐서린은 모든 일이 바라는 대로 될 징조라고 여겼다. 이 계절에는 이른 아침에 화창해도 비가 오기 마련이니까 흐린 아침은 오히려 시간이 흐르면 나아질 수 있으려니 했다. 앨런 씨에게 희망을 확인받고 싶어서 물었지만 그리고 다른 하늘을 보고 있는 것도 아니니 햇살이 날 거라는 단호한 전망을 아끼는 수밖에. 앨런 부인에게 묻자 훨씬 긍정적인 의견이 나왔다. "분명히 화창한 날씨가 될거다. 구름이 사라지고 해가 쭉 나와 있기만 하면 말이다."

11시 즈음 주의 깊게 내다보던 캐서린은 창문에 빗방울이 떨어지는 것을 포착했다. "이런! 비 오겠네." 아주 낙담한 목소리가 터져 나왔다.

"이럴 줄 알았지." 앨런 부인이 대답했다.

"산책은 못 하겠어요." 캐서린이 탄식했다. "하지만 지나가는 비인지도 모르고 정오가 되기 전에 그칠지도 몰라요."

"그럴지도 모른다만, 애야, 길이 엉망일 텐데."

"아! 그건 상관없어요. 엉망이면 어때서요."

"상관없지." 그녀의 친구가 침착하게 대꾸해 줬다. "없고말고."

잠시 후, 창밖을 내다보던 캐서린이 말했다. "점점 더 많이 와요!"

"그러게. 계속 내리면 흙탕길이 될 거다."

"벌써 우산이 네 개나 지나갔어요. 제발 우산이 안 보였으면!"

"우산을 들고 다니긴 고약해. 무조건 마차를 타는 게 상책이지."

"아침에 그렇게 날씨가 좋더니! 비 오지 않을 줄 알았는데!"

"누구라도 그렇게 생각했을 거다. 오전 내내 비가 오면 광천수 사교장에 사람이 없겠구나. 앨런 씨가 외출할 때 외투를 입고 갔으면 좋겠는데 외투를 입고 걷기를 끔찍하게 싫어하니 그냥 나가겠지. 입으면 편할 텐데 왜 그렇게 싫어하는지."

비는 그치지 않았다. 쏟아지진 않아도 주룩주룩 내렸다. 캐서린은 오 분이 멀다 하고 시계를 보러 가다가 뒤돌아서서는 오 분 후에도 계속 비가 오면 포기하겠다고 다짐했다. 시계가 정오를 알릴 때까지 비는 계속 내렸다. "외출은 안 되겠구나, 애야."

"아직 포기하지 않았어요. 십오 분까지 기다릴래요. 비가 그 정도 지나면 개는 게 보통이고, 빗줄기가 좀 약해진 것도 같아요. 어머, 이십 분이 됐으니까 완전히 포기할게요. 아! 유돌포처럼 아니면 적어도 투스카나나 프랑스 남부처럼 날씨가 좋았으면! 불쌍한 세인트 우빈이 죽은 날 밤은 정말 아름다운 날씨였는데!"

삼십 분에 캐서린이 모두 포기하고 더 이상 개일 거라고 우기지 않자 하늘이 저절로 개기 시작했다. 한 줄기 햇살마저 비쳐서 그녀는 화들짝 놀랐다. 주변을 돌아봤다. 구름이 흩어지고 있었고, 창가로 달려간 그녀는 반색했다. 십 분만 더 있으면 분명 화창한 오후가 열리고 "언젠가 비가 그치겠지"라던 앨런 부인이 옳았음이 드러날 것이다. 하지만 캐서린이 친구들의 방문을 기다려도 되는지, 틸니 양이 길을 나서기에는 비가 너무 많이 온 게 아닌지는 좀 두고 볼 일이다.

앨런 부인이 남편을 따라 광천수 사교장에 나가기에는 길이 너무 나빴다. 그는 혼자 떠났고, 캐서린은 길을 나선 그를 내다보다가 며칠 전 오전에 그녀를 놀라게 했던 것과 똑같이 지붕 없는 마차 두 대가 세 사람을 태우고 오는 풍경을 봤다.

"이자벨라, 오빠, 쏘오프 씨가 틀림없어요! 나를 보러 오나 봐요. 난 안 나갈 거예요. 틸니 양이 올지도 모르니까 자리를 비울 수 없거든요." 앨런 부인도 동의했다. 존 쏘오프가 계단을 오르면서부터 몰란드 양에게 서두르라고 외치는 바람에 그가 나타나기도 전에 목소리부터 쩌렁쩌렁 울렸다. "빨리! 빨리!" 문을 열어젖히며 그가 외쳤다. "당장 모자부터 챙겨요. 머뭇거릴 시간이 없어요. 브리스톨에 갈 거예요. 앨런 부인, 안녕하세요?"

"브리스톨! 너무 멀지 않아요? 오늘은 다른 약속이 있어서 못 나가요. 곧 다른 친구가 오기로 했어요." 물론 이 대답은 말도 안 되는 것으로 가차 없이 묵살당하고 말았다. 앨런 부인에게 도움을 청하는 순간 나머지 두 사람이 들어와 합세했다. "귀염둥이 캐서린, 근사하지? 최고로 환상적인 여행이 될 거야. 네 오빠와 내가 계획을 짜낸 덕분이지. 아침을 먹다가 이 계획이 우리의 뇌리를 스치고 지나가는데, 정말 한순간에 동시에 그랬다니까. 끔찍한 비만 아니었으면 두 시간 전에 떠났어야 해. 어쨌든 이젠 상관없고, 달빛이 있을 테니 걱정 없고, 다 괜찮을 거야. 아! 조용한 곳에서 시골 공기를 쐰다는 생각만으로도 황홀해! 로어 무도회장에 나가는 것보다 훨씬 좋아. 바로 클리프튼까지 가서 저녁 먹자. 먹자마자 시간이 되면 킹즈웨스턴에도 가고."

"그렇게까지 할 시간은 없는데." 몰란드가 말했다.

"잔소리는!" 쏘오프가 소리쳤다. "그렇게 열 번이나 하고도 시간이 남아돌아. 킹즈웨스턴! 그리고 블레이즈 성도 보고, 내키면 어디든 가면 돼. 문제는 네 동생이 안 간다잖아."

"블레이즈 성!" 캐서린이 소리쳤다. "어떤 곳이야?"

"영국 최고의 명소야. 언제든지 50마일이라도 내달려서 볼 만한 가치가 있는 곳이지."

"그러니까 진짜 성, 오래된 성이야?"

"영국에서 가장 오래된 성*이지."

"책에서 읽은 그런 성 같아?"

"물론. 바로 그대로지."

"정말? 망루랑 긴 회랑이랑 있어?"

"열 개 넘게."

"보고 싶어. 하지만 안 돼. 갈 수 없어."

"갈 수 없다니! 사랑하는 친구야, 왜 그래?"

"갈 수 없어." (이자벨라의 웃음이 두려워서 그녀는 고개를 들 수 없었다.) "틸니 남매가 같이 산책하러 오기로 했기 때문이야.

정오에 오기로 했는데 비가 왔잖아. 지금 날씨가 좋아졌으니 곧 올 거야."

"안 옵니다." 쏘오프가 외쳤다. "우리가 브로드 거리를 돌다가 그 사람들 봤어요. 밝은 갈색 말이 끄는 사륜마차를 타지 않나요?"

"그런 건 몰라요."

"맞아요, 그 사람. 내가 봤다니까요. 지난밤에 춤췄던 남자 말하는 거 맞죠?"

"네."

"랜즈다운 대로를 지나가는 걸 봤어요. 멋들어진 아가씨를 태우고요."

"정말이에요?"

"맹세해요. 바로 알아봤는데, 꽤 괜찮은 말이던데요."

"그럴 리가! 그렇다면 산책하기에는 길이 엉망이라고 생각했나 봐요."

"잘 생각한 거죠. 오늘처럼 길이 엉망인 건 처음 봤어요. 산책이라니! 차라리 날아다녔으면 다녔지 어떻게 걷겠어요! 겨울 내내 이렇게 질척거린 적이 없었는데. 어딜 가나 발목이 푹푹 빠진다고요."

이자벨라가 거들었다. "사랑하는 캐서린, 길이 얼마나 엉망인지 상상도 못 해. 제발, 같이 가자. 거절하지 마."

"성을 보고 싶어. 전부 둘러보면 안 돼? 계단도 모두 오르고 방마다 들어가 보고?"

"그렇게 하고말고. 구석구석 보자."

"근데 그들이 한 시간만 외출하고 돌아와 길이 나아졌으니 산책하자고 오면?"

"그럴 위험은 없으니까 안심해요. 틸니가 옆에 말을 타고 지나가는 사람에게 소리치길 자기들은 윅 락스*까지 간다고 했어요."

"그럼 갈게요. 앨런 부인, 그래도 되겠죠?"

"마음대로 하렴."

"앨런 부인, 가라고 해 주세요." 다들 이렇게 애원했다. 부인도 무심하지는 않았다. "애야." 그녀가 말했다. "다녀오렴." 그리고 잠시 후에 모두 떠났다.

마차에 올라탈 때 캐서린의 감정은 몹시 흔들렸다. 한 가지 기쁨을 놓친 안타까움, 그리고 종류는 다르지만 거의 비슷한 정도의 다른 기쁨을 누릴 희망, 그 사이에서 갈팡질팡했다. 틸니 남매가 한마디 변명도 없이 약속을 그렇게 빨리 포기한 것을 좋게 봐 줄 수 없었다. 산책하기로 정한 데서 한 시간이 지났다. 흙탕길이 넘실댄다는 소리를 들었지만 막상 살펴보니까 별로 불편하지 않게 산책할 수 있을 것 같았다. 그들이 자신을 가볍게 대했다는 생각에 괴로웠다. 다른 한편, 블레이즈 성을 유돌포 같은 곳이라고 상상하면서 그 건물을 탐험하는 기쁨을 즐기다 보면 괴로움이 상쇄되어 그 무엇이라도 위로받을 것 같았다.

그들은 별 대화를 나누지 않은 채 풀트니 거리를 서둘러 빠져나와 로라 플레이스를 통과했다. 쏘오프는 말에게 뭐라고 중얼거렸고, 그녀는 깨진 약속, 무너진 기둥, 사륜마차, 눈을 속이는 양탄자, 틸니 남매, 성안의 비밀스러운 문 등을 차례차례 떠올렸다. 아게일 빌딩을 통과할 때 그의 짝이 말을 걸어와 정신을 차렸다. "저 아가씨가 지나가면서 당신을 뚫어져라 쳐다보던데, 누구예요?"

"누구요? 어디요?"

"오른쪽 도로에요. 지금은 거의 안 보일 텐데." 캐서린이 돌아보니 틸니 양이 오빠의 팔에 기대어 천천히 길을 따라 가고 있었다. 그녀를 돌아보는 중이었다. "멈춰요, 멈춰, 쏘오프 씨." 그녀가 흥분하여 소리쳤다. "틸니 양이에요. 정말이라고요. 왜 그 사람들이 떠났다고 했어요? 멈추라고요. 당장 내려서 만나야겠어요." 외친들 무슨 소용이 있단 말인가? 쏘오프는 아예 채찍을 휘둘러 더 빨리 달리게 재촉했다. 틸니 남매는 돌아보던 시선을 거두고 로라 플레이스 모퉁이에서 금방 사라져 버렸고 그녀는 곧 시장 골목으로 휩쓸려 가고 말았다. 그녀는 거리 하나를 통과하는 내내 멈춰 달라고 하소연했다. "제발, 제발, 멈춰요, 쏘오프 씨. 계속 갈 수 없어요. 안 간다고요. 틸니 양에게 돌아가겠어요." 쏘오프는 웃기만 하면서 채찍을 휘둘러 말을 내달리게 했고 이상한 소리까지 내면서 계속 나갔다. 캐서린은 화나고 분했지만 빠져나갈 길이 없어 포기하고 따르는 수밖에 없었다. 그러나 비난 한마디를 퍼붓지 않을 수 없었다. "어떻게 이렇게 속일 수 있어요, 쏘오프 씨? 랜즈다운 대로를 지나가는 걸 봤다면서요? 참을 수 없어요. 그들이 이상하게 생각할 거예요. 나를 얼마나 무례하다고 생각할지! 한마디도 못하고 그들을 지나치다니! 내가 얼마나 속상한지 모를 거예요. 클리프튼에 가든 뭘 하든 난 즐겁지 않아요. 골백번이라도 지금 당장 내려서 그들에게 가고 싶어요. 사륜마차 타고 가는 걸 봤다더니, 도대체 말이 돼요?" 쏘오프는 그렇게 닮은 남자를 본 적이 없다며, 틀림없이 틸니였다고 우기면서 퉁명스럽게 자신을 변호하려 들었다.

말싸움은 그만뒀지만 여정이 유쾌할 수는 없었다. 캐서린은 예전처럼 고분고분하지 않았다. 마지못해 듣는 척했고 짤막하게 응대했다. 블레이즈 성만이 그녀의 유일한 위안이었다. 그곳을 향해 가는 길에 때때로 기쁨이 스쳤다. 약속한 산책에 실망하는 것보다, 특히나 틸니 남매에게 나쁜 사람이 되는 것보다 그 성이 줄 수 있는 모든 행복을 기꺼이 포기할 마음이 들긴 했지만 말이다. 비록 몇 년째 사람이 살지 않는데도 위엄 있는 가구의 흔적이 남아 있을 천장 높은 방들이 붙어 있는 긴 복도를 따라가는 행복, 좁다랗게 굽이진 아치형 회랑을 따라가다가 납작하고 삐걱거리는 문 앞에서 멈춰 서는 행복, 심지어 호롱불 하나 달랑 들고 가다가 갑자기 몰아친 바람에 불빛이 꺼지는 바람에 짙은 어둠 속에 홀로 남겨지는 행복까지도. 별다른 불운 없이 여정이 계속되었다. 캔샴 시내가 보이는 곳까지 왔을 때 뒤에 따라오던 몰란드가 큰 소리로 친구를 불러 멈춰 세웠다. 모두들 가까이 모이자 몰란드가 말했다. "돌아가는 게 좋겠어, 쏘오프. 오늘은 너무 늦었어. 네 동생과도 얘기했어. 풀트니 거리를 떠난 지 딱 한 시간인데 겨우 7마일 왔어. 적어도 8마일은 더 남았어.* 이건 아니야. 너무 늦게 길을 나선 게 문제야. 다른 날로 연기하고 지금 돌아가자."

"그러든가." 쏘오프가 약간 짜증스럽게 대답했다. 즉시 말을 돌렸고 바쓰로 향했다.

"당신 오빠가 마차를 그 따위로 엉성하게 몰지만 않았어도 우리 모두 잘 달리고 있을 거예요." 곧 그가 불평을 쏟아 냈다. "내 말은 가만 놔두기만 하면 한 시간에 클리프튼까지 달리는데, 저놈의 비실거리는 퇴물에 맞춰 달리도록 붙잡느라고 팔목이 빠질 뻔했어요. 몰란드가 한심하게도 자기 말과 마차가 없으니까 이 모양이라고요."

"없는 거 맞아요." 캐서린이 흥분해서 대꾸했다. "그럴 여유가 없으니까요."

"어째서 그럴 여유가 없어요?"

"돈이 충분하지 않잖아요."

"그건 누구 탓이죠?"

"그 누구의 탓도 아니에요." 그러자 쏘오프가 종종 회피할 때 하듯이 큰 소리로 더럽게 인색하네 어쩌네 하면서 앞뒤가 맞지도 않게 떠들어 댔다. 돈이 남아도는 사람들이 안 쓰면 누가 쓰겠느냐고도 했다. 캐서린은 귀 기울이지도 않았다. 처음에 낙담했던 것에 위로가 되었어야 할 일에 또 실망하자 상냥하게 굴거나 일행을 좋게 생각하기가 점점 힘들어졌다. 풀트니 거리로 돌아오는 동안 그녀는 몇 마디 하지 않았다.

집으로 들어오자 하인이 그녀가 떠난 후 얼마 지나지 않아 신사와 숙녀가 찾아왔다고 전했다. 쏘오프 씨와 외출했다고 하니까, 메시지를 남기고 외출했느냐고 숙녀가 물었다고 했다. 아니라고 하자, 숙녀는 명함을 남기고 싶지만 안 가져왔다면서 그냥 떠났다는 것이다. 가슴이 무너지는 소식을 곱씹으면서 캐서린은 천천히 계단을 올라갔다. 다 오른 후 앨런 씨를 만나 빨리 되돌아온 이유를 설명하자 그가 말했다. "네 오빠가 정신을 차려 다행이구나. 잘 왔다. 엉뚱하고 위험한 계획이었어."

쏘오프 가족의 숙소에서 저녁을 보냈다. 캐서린은 언짢았고 기운이 없었다. 이자벨라는 몰란드와 짝을 이뤄 커머스 카드놀이에 빠졌는데, 그게 클리프튼의 식당에서 조용한 시골 공기를 쐬는 일을 대신한다며 아주 잘되었다고 좋아했다. 저녁을 로어 무도회장에서 보내지 않아서 얼마나 좋은지도 한 번 이상 말했다. "거기 가는 사람들이 불쌍해! 그들과 섞이지 않아서 얼마나 기쁜지! 무도회가 만원인지 아닌지 궁금해요! 아직 시작하지 않았겠죠. 거긴 절대 안 갈 거예요. 때때로 저녁을 혼자 보내는 건 정말 좋아요. 오늘 무도회는 별로일 거예요. 미첼 가족도 안 간다고 했거든요. 거기 모인 불쌍한 인간들. 그래도 몰란드 씨는 가고 싶죠? 그럴 거예요. 그럼, 여기 있는 사람들 눈치 보지 말아요. 당신 없어도 우리끼리 잘 지낼 수 있어요. 남자들은 자기들이 없으면 안 되는 줄 알지만요."

캐서린은 슬픔에 빠진 자신을 따뜻하게 대해 주지 않는 이자벨라를 거의 비난하고픈 심정이었다. 그들이 자신의 마음을 별로 생각해 주지 않는 것 같았고, 그녀가 위로랍시고 내놓은 말은 아주 부적절했다. "그렇게 뚱하게 있지 마, 친구야." 그녀가 속삭였다. "그러면 내 마음이 아프잖아. 그 일은 정말 충격적이었어. 하지만 틸니 남매가 전적으로 잘못한 거잖아. 시간 좀 잘 지키면 어때서? 길이 엉망이었지만 그게 뭐 대수라고? 오빠랑 나는 길에 신경도 안 쓰고 갔을 거야. 친구가 있는 곳이면 뭐든 헤치고 가니까. 그게 내 천성이고, 오빠도 마찬가지야. 감정이 강렬하니까. 어머! 카드 따는 솜씨 좀 봐! 패를 쓸어 가네! 정말 잘됐어! 골백번이라도 날 이기고 쓸어 가렴."

이제 그만 우리의 여주인공을 잠 못 드는 소파로, 진정한 여주인공이 있어야 할 그곳으로 보내야겠다. 가시가 흩뿌려지고 눈물로 젖은 베개로. 그녀는 앞으로 석 달 동안 하룻밤이라도 푹 잔다면 다행이라 생각하리라.

12장

"앨런 부인." 다음 날 아침 캐서린이 물었다. "오늘 틸니 양을 방문해도 괜찮을까요? 모든 걸 설명해야 마음이 편안해지겠어요."

"괜찮다마다. 흰색 가운을 입고 가렴. 요새 틸니 양이 그렇게 차려입더구나."

캐서린은 쾌활한 기분으로 차려입었다. 제대로 준비를 마치자마자 광천수 사교장에 달려가 다급하게 틸니 장군의 숙소를 알아냈다. 밀썸 거리는 확실한데 어느 집인지 불확실했고 앨런 부인의 오락가락하는 대답 때문에 더 의심스러웠던 것이다. 드디어 밀썸 거리로 향했다. 주소를 완벽하게 숙지한 다음, 그들을 방문해 자신의 행동을 설명하고 용서받을 생각에 간절한 발걸음과 뛰는 가슴으로 서둘렀다. 교회 앞마당을 가볍게 지나치고, 사랑하는 친구 이자벨라와 그 소중한 가족이 쇼핑하고 있을 게 분명한 가게 앞을 지날 때는 그들을 마주치지 않으려고 단호하게 고개를 돌려 버렸다. 무사히 집 앞에 도착해서 주소를 확인하고 문을 두드려 틸니 양을 찾았다. 하인은 틸니 양이 집에 있는 것 같지만 확실하지 않다고 했다. 이름을 말하면 그녀가 기뻐할까? 명함을 전달했다. 몇 분 지나서 하인이 아까 했던 말과 어긋나는 표정으로 돌아오더니 자기가 잘못 알고 있었다면서 틸니 양이 외출 중이라고 했다. 캐서린은 당황하여 얼굴을 붉히며 집을 나왔다. 집에 머물고 있을 거란 느낌이 들었지만 그걸 인정하려니 너무 기분이 나빴다. 거리를 걸어 나오면서 혹시 그녀를 볼까 싶어서 응접실 창문을 뚫어져라 쳐다봤지만 창가에는 아무도 나타나지 않았다. 거리가 끝나갈 무렵 다시 뒤돌아봤는데 그때 창문이 아니라 문에서 나타나는 틸니 양을 포착했다. 아버지라고 생각되는 신사가 뒤따라 나오더니 함께 에드가 빌딩 쪽으로 걸어갔다. 캐서린은 깊은 모욕감에 빠져 길을 걸었다. 옹졸한 무례에 화가 치밀었다. 그러나 원망하는 감정을 자제했다. 자신이 저지른 잘못을 떠올렸다. 자신이 먼저 저질렀던 무례가 속세의 예의범절 기준에 따라 어떻게 분류될지, 어느 정도의 처벌이 따라오는 게 적절한지, 얼마나 지독한 무례까지 정당한 복수로 받아들여야 하는지 가늠이 서지 않았다.

낙담하고 자존심이 상한 나머지, 그날 밤에는 극장에 나가지 않고 빠질 생각까지 했다. 그러나 오래가지 않았다. 일단 집에 남겠다고 둘러댈 아무런 명분이 없었다. 다음으로, 굉장히 보고 싶어 하던 연극이었다. 결국 극장에 갔다. 틸니 가족이 안 보여서 괴롭든지 반갑든지 할 게 없었다. 연극을 좋아하는 취향 같은 건 그 가족의 무수한 장점 축에 들지 않는 모양이었다. 아니면 런던의 수준 높은 공연에 익숙한 나머지 이자벨라의 말마따나 다른 것들은 "엄청 끔찍하다"고 생각하는지도 몰랐다. 연극에 대한 그녀의 기대는 배반당하지 않았다. 코미디가 시름을 잊게 해 준 덕분에, 처음 4막이 진행되는 동안 그녀를 지켜 본 사람이라면 그녀가 비참한 상태라고 짐작할 수 없었을 것이다. 그러나 5막이 시작하자 헨리 틸니 씨와 그의 아버지가 반대편의 발코니 좌석에 들어오는 걸 갑자기 목격하면서부터 불안과 고통이 살아났다. 더 이상 무대를 진심으로 즐길 수 없었다. 무대에 집중할 수도 없었다. 시선은 두 번에 한 번 꼴로 건너편 좌석으로 향했다. 두 장면이 공연되는 동안 헨리 틸니를 쳐다보았지만 그의 시선을 잡지 못했다. 그는 연극에 무심한 사람이 아니었다. 두 장면 내내 그의 시선은 무대에서 떠나지 않았다. 마침내 그가 그녀 쪽을 알아보고 인사했다. 그것도 인사라고! 웃음기도 없었고 눈길이 머물지도 않았다. 금세 시선을 거두어 아까 보던 쪽으로 돌아갔다. 캐서린은 견딜 수 없이 비참했다. 그가 앉아 있는 자리로 달려가서 설명을 듣게 만들고 싶었다. 그녀를 휩싼 감정은 영웅적이라기보다는 자연스러운 것이었다. 그렇게 계산된 비난에 자신의 위엄이 훼손당했다고 여기는 대신, 즉 자신의 결백함을 의심하고 있을 그에게 분노를 표출하고 그가 설명을 찾아 나서도록 부담을 지우고 또 그의 시선을 피해 다니거나 또는 다른 남자와 연애함으로써 지난 일의 진실을 깨닫도록 만들겠다고 당당히 결심하며 자신의 무고함을 확인하는 대신에, 그녀는 그저 잘못된, 또는 적어도 잘못된 것으로 여겨질 행동을 저질렀다는 부끄러움을 떠안은 채 해명할 기회만을 간절히 원했다.

연극이 끝났다. 커튼이 내려왔다. 헨리 틸니가 자리에서 사라졌고 그의 아버지만 남아 있는 것으로 보아 아마도 그가 이들의 자리로 곧 찾아올 것 같았다. 그녀가 옳았다. 몇 분 후에 그가 보였고 극장을 빠져나가는 사람들을 헤치며 다가오더니 앨런 부인과 그 동행에게 정중함을 갖추어 침착하게 인사했다. 캐서린은 똑같이 침착하게 응대할 수 없었다. "아! 틸니 씨, 정말로 만나서 사과하고 싶어서 안절부절못했어요. 내가 아주 무례하다고 생각했을 거예요. 사실 내 잘못만은 아니에요. 그렇죠, 앨런 부인? 틸니 씨와 여동생이 사륜마차를 타고 가는 걸 봤다고 거짓말을 했잖아요? 내가 어떻게 할 수가 있었겠어요? 수만 배나 더 당신들과 함께 있고 싶었다고요. 그렇죠, 앨런 부인?"

"애야, 내 가운 구겨진다." 부인이 대답했다.

그러면서도 확인해 줄 사람이 그녀밖에 없는 상황에서 맡은 일을 해 줬다. 그의 얼굴에 더 다정하고 자연스러운 미소가 나타났고, 목소리에는 짐짓 점잖 빼는 어조가 남을락 말락 했다. "어쨌거나 아게일 거리에서 스쳐 지나간 다음에 우리가 즐겁게 산책하기를 기원해 줘서 고마웠어요. 친절하게도 우리를 생각하고 돌아봐 줬잖아요."

"즐겁게 산책하기를 기원한 건 아니었어요. 그런 생각은 하지도 못할 지경이었어요. 다만 쏘오프 씨에게 제발 멈추라고 애원했어요. 당신이 지나가는 걸 보자마자 그에게 부탁했어요. 맞죠, 앨런 부인? 참! 부인은 거기 안 계셨죠. 암튼 그랬다고요. 쏘오프 씨가 멈추었다면 뛰어내려서 쫓아갔을 거예요."

이런 고백 앞에 헨리라는 이름을 가진 남자치고 무심할 수 있을까? 적어도 헨리 틸니는 그렇지 않았다. 더욱 다정해진 미소를 띠고 그는 여동생이 캐서린의 명예를 걱정했고 안타까워했고 또 신뢰했다는 말을 전달하려고 노력했다. "아! 틸니 양은 괜찮다고 말하지 마세요." 캐서린이 소리쳤다. "화났을 거예요. 오늘 오전에 찾아갔는데 안 만나 줬어요. 돌아서서 오다가 바로 돌아보니까 집에서 나오더라고요. 마음이 아팠지만 분하지는 않았어요. 당신은 내가 방문한 줄도 몰랐죠."

"난 집에 없었어요. 엘레노어에게 들었는데요, 당신을 만나 그 무례를 해명하고 싶어 해요. 내가 해도 되겠군요. 아버지 때문이었어요. 함께 산책 나가려던 참이었는데, 시간은 촉박하고 산책을 미루기는 싫으시니까 방문객을 못 받게 하셔서 그렇게 된 거예요. 정말 이게 다예요. 그 애는 아주 속상해했어요, 최대한 빨리 사과할 작정이랍니다."

설명을 들으니 마음이 한결 편안해졌지만 꺼림칙한 게 남아 있어서 이렇게 묻고 말았는데, 신사에게는 당황스러울지 몰라도 전적으로 꾸밈없이 나온 말이었다. "그런데 틸니 씨, 당신은 왜 여동생보다 덜 너그럽죠? 여동생은 내 진심을 그렇게 믿어 주고 무슨 실수일 거라고 짐작했다는데, 당신은 화부터 내야 했어요?"

"내가! 내가 화를!"

"여기 인사하러 올 때 보니까 화났던데."

"내가 화를! 내게 그럴 권리가 어디 있다고요."

"당신 표정을 본 사람이라면 그런 권리가 없는 사람의 얼굴이라고 생각할 수 없었을걸요." 그는 대답 대신 자리를 잡더니 연극 애기로 넘어갔다.

그는 한동안 머무르며 캐서린이 더없이 만족할 정도로 명랑하게 굴다가 돌아갔다. 그들은 가능한 한 빨리 산책 약속을 지키기로 하고 헤어졌다. 헤어지는 순간 비참했던 것만 빼면 그녀는 대체로 이 세상에서 가장 행복한 사람이었다.

그들이 대화를 나누는 동안 그녀는 극장에 들어와서 한곳에 십 분도 머물지 않고 돌아다니던 존 쏘오프가 틸니 장군과 한참이나 대화를 나누는 걸 목격하고 약간 놀랐다. 두 남자의 관심과 대화의 대상이 바로 자신이라는 사실을 알아채자 놀라움 이상의 감정이 일었다. 그녀를 두고 무슨 말을 하는 걸까? 그녀는 틸니 장군이 자신의 외모를 좋아하지 않을까 봐 두려웠다. 산책을 몇 분미루는 대신 딸을 만나러 온 자신을 문전박대한 걸 보면 말이다. 두 사람을 가리키면서 그녀가 걱정스럽게 물었다. "쏘오프 씨가 어떻게 당신 아버지를 알죠?" 그는 아는 바가 없었다. 아버지도 여느 군인처럼 인맥이 많으려니 했다.

대화를 마친 후 쏘오프가 그들을 안내하러 왔다. 그의 기사도의 주된 대상은 캐서린이었다. 로비에서 마차를 기다릴 때 그녀가 마음속에서 일렁이던 질문을 거의 입 밖으로 꺼내려는 찰나에 그가 먼저 틸니 장군과 대화하는 걸 봤느냐며 으스대는 목소리로 물었다. "우와! 대단한 양반이에요. 건강하고 활력이 넘치잖아요. 아들만큼 젊어 보여요. 잘 모셔야죠. 신사답고 화통하기로 끝내 줍니다."

"어떻게 알게 됐어요?"

"알다마다요! 내가 이 동네에 모르는 사람이 어디 있겠어요. 베드포드*에서 처음 만났죠. 오늘 당구장에 들어올 때 바로 알아봤어요. 지나가는 말이지만, 당구 실력도 최고예요. 처음에는 거의 자신이 없었시만 함께 쳤죠. 5대 4로 불리했어요. 그 누구도 성공한 적 없는 깔끔한 스트로크가 아니었다면, 그의 공을 정확하게 때리지 못했을 겁니다. 당구대가 없으니 알아듣게 설명할 수 없지만. 암튼 내가 이겼단 말입니다. 멋진 양반이에요. 유대인처럼 돈도 많죠. 저녁에 초대받고 싶군요. 유명한 만찬으로 대접하겠지요. 어쨌든 우리가 무슨 얘기를 했게요? 당신 얘기였어요. 진짜로! 바쓰에서 제일 예쁜 아가씨라고."

"말도 안 돼요! 그런 말이 어디 있어요?"

"내가 뭐라고 했게요?" (목소리를 낮추며) "잘 보셨습니다, 장군. 동감입니다. 이렇게 대꾸했죠."

캐서린은 장군의 칭찬보다 그의 칭찬에 훨씬 덜 만족스러워했고, 앨런 씨가 부르자 기다렸다는 듯이 움직였다. 쏘오프는 마차까지 그녀를 계속 따라왔고, 그만하라고 간청하는데도 그녀가 마차에 올라탈 때까지 비슷한 종류의 세세한 아부를 늘어놨다.

틸니 장군이 그녀를 싫어하지 않고 좋아한다니 정말 기뻤다. 그 가족 중에 만나기를 두려워해야 할 이가 하나도 없어서 다행이었다. 기대할 수 있었던 것 이상으로 훨씬 더 좋은 저녁이었다.

13장

지금까지 독자들 앞에 월요일, 화요일, 수요일, 목요일, 금요일, 토요일이 차례로 펼쳐졌다. 매일의 사건, 희망과 두려움, 상처와 즐거움을 각각 진술했고, 이제 일요일의 고통만 묘사하고 나면 일주일이 끝난다. 클리프튼 여행은 사라진 게 아니라 연기되었던 터라 이날 오후에 크레센트를 걷다가 다시 이 주제가 나왔다. 단단히 벼르고 있는 이자벨라와 그녀를 즐겁게 해 주려고 안달 난 제임스가 머리를 맞대고 의논한 결과, 날씨만 좋으면 다음 날 아침에 출발하자고 의기투합했다. 제 시간에 귀가할 수 있도록 굉장히 일찍 출발하기로 했다. 그렇게 결정하고 쏘오프가 승인하자 캐서린에게만 알리면 되는 상황이었다. 그녀는 틸니 양과 대화하느라고 잠시 떠나 있었다. 그사이에 계획이 섰고, 그녀는 돌아오자마자 동의해야 하는 처지에 몰렸다. 이자벨라의 기대대로 즐겁게 동의해 주는 대신 그녀는 심각한 표정을 짓더니 미안하지만 갈 수 없다고 했다. 지난번에 그러지 말았어야 했는데 그들을 따라나서는 바람에 지키지 못했던 약속을 이번에 지켜야 하므로 동참할 수 없다고 했다. 그때 못 지켰던 산책 약속을 내일 지키기로 틸니 양과 막 결정한 참이었으니까 말이다. 그녀는 단호했고 무슨 일이 있어도 철회하지 않을 작정이었다. 당장 쏘오프 남매가 나서서 마땅히 철회해야 한다고, 당연히 철회해야 한다고 흥분했다. 내일 클리프튼에 가야 하는데 그녀가 빠지면 갈 수 없고, 그까짓 산책을 하루 연기하는 것은 아무 일도 아니며, 거절을 수용할 수 없다고 버텼다. 캐서린은 난감했지만 물러서지 않았다. "강요하지 마, 이자벨라. 틸니 양과 약속했어. 난 못 가." 아무리 말해도 소용없었다. 그들은 자신들의 주장을 반복하며 몰아세웠다. 마땅히 가야 하고 당연히 가야 하고 거절은 받아들일 수 없다고 했다. "틸니 양에게 가서 막 선약이 떠올랐으니까 산책을 화요일로 연기하자고 부탁하면 간단하잖아."

"아냐. 간단하지 않아. 그럴 수 없어. 선약이 어디 있다고." 이자벨라는 점점 다급해졌다. 세상에서 가장 다정하게 그녀를 불렀다. 세상에서 가장 사랑스러운 호칭을 동원했다. 가장 소중하고 가장 착한 캐서린이 자기를 그렇게 아끼고 사랑하는 친구의 작은 부탁 하나를 정말로 거절하진 않을 거라고 했다. 사랑하는 캐서린이 정이 많고 착해서 사랑하는 사람들에게 잘 설득될 줄 알았다고 했다. 하지만 전부 소용없었다. 캐서린은 자신이 옳다고 느꼈고, 살갑고 우쭐하게 만들어 주는 호소를 들으려니 괴롭긴 했지만 흔들리지 않았다. 그러자 이자벨라가 다른 방법을 썼다. 친분이 얼마 되지도 않은 틸니 양을 가장 오랜 절친한 친구보다 더 좋아한다고 비난했다. 한마디로, 자신에게 차갑고 무심해졌다는 것이다. "캐서린, 낯선 사람들을 위해 나를, 너를 정말 미친 듯이 사랑하는 나를 무시하는 걸 보니 질투 나. 난 일단 마음을 주고 나면 그걸 바꿀 수 없어. 내 감정은 다른 누구보다 강렬해. 너무 강렬해서 스스로 괴로울 지경이야. 낯선 사람들에게 내 우정을 빼앗기다니 정말 가슴에 비수가 꽂힌 기분이야. 틸니 집안 때문에 모든 게 엉망이야."

캐서린은 이런 비난이 뜬금없고도 잔인하다고 생각했다. 자신의 감정을 다른 사람들이 다 알도록 이렇게 내보이는 게 친구가 할 일인가? 용렬하고 이기적이고 자신의 감정 이외에 모든 것을 무시하는 사람 같았다. 이런 고통스러운 생각이 스쳤지만 아무 말도 안 했다. 그동안 이자벨라는 손수건을 꺼내 눈물을 닦았다. 몰란드가 이 광경에 괴로워하며 나섰다. "캐서린, 이제 그만 버텨. 뭐 그리 대단한 희생이라고. 친구를 봐서라도 양보해. 계속 버티면 정말 매정한 거야."

오빠가 대놓고 그녀의 반대편에 서기는 처음이어서, 그를 불쾌하게 만들지 않으려고 타협안을 제시했다. 그들이 여행 계획을 화요일로 연기해 주면, 즉 다른 사람이 아닌 바로 그들만 연관된 일이어서 쉽게 조정할 수 있으니까, 그렇게 해 주면 다 함께 갈 수 있고 모두들 만족할 것이다. "안 돼, 안 돼, 안 돼!"라는 대답이 바로 나왔다. "그건 안 돼. 쏘오프가 화요일에 런던에 갈지 알 수 없단 말이야." 캐서린은 유감이지만 더는 물러설 수 없었다. 짧은 침묵이 흐르고, 이자벨라가 말했다. 차가운 원망의 목소리였다. "그럼 우린 깨지는 거야. 캐서린이 안 가면 나도 안 가. 여자 혼자 어떻게 가. 무슨 일이 있어도 그렇게 부적절한 행동을 할 수는 없어."

"캐서린, 같이 가 줘." 제임스가 부탁했다.

"쏘오프 씨가 여동생을 데려가면 되잖아? 둘 중 한 명은 가고 싶을 거야."

"고맙군요." 쏘오프가 소리쳤다. "내가 바쓰까지 와서 여동생들 관광이나 시켜 주는 멍청이도 아니고. 빌어먹을, 내 꼴만 우습네요. 난 오직 당신을 태워 주고 싶어서 가는 건데."

"그런 말 하나도 반갑지 않아요." 휙 돌아서 버린 쏘오프는 이 대답을 듣지도 않았다.

세 사람이 함께 모여 있다가, 불쌍한 캐서린 쪽으로 아주 어정쩡하게 다가왔다. 한마디도 안 하는가 싶더니 다시 간청과 비난을 오가며 그녀를 괴롭혔는데, 이때만 해도 그녀와 이자벨라는 마음으로는 싸우면서도 서로 팔짱을 낀 채 말했다. 캐서린은 한순간 누그러졌다가 다음 순간 분노했다. 어떻게 해도 난감하기 짝이 없었지만, 침착하게 버텼다.

"이렇게 고집스럽다니, 캐서린." 제임스가 말했다. "예전에는 고분고분했는데. 그때는 여동생들 가운데 가장 친절하고 착한 아이였는데."

"지금도 그때보다 덜하지 않아." 그녀가 감정이 복받치는 듯 대꾸했다. "정말 갈 수 없어서 그래. 내가 틀리더라도, 지금으로서는 옳다고 믿으니까 이러는 거야."

"별로 고민하는 것 같지 않아." 이자벨라가 나지막하게 말했다.

캐서린은 가슴이 터질 것 같았다. 팔짱을 풀어 버리자 이자벨라도 말리지 않았다. 십 분이 지난 다음 쏘오프가 환해진 얼굴로 돌아왔다. "내가 문제를 해결했으니까, 양심의 가책 느끼지 말고 다 함께 내일 떠납시다. 틸니 양을 만나서 당신이 못 간다고 양해를 구했어요."

"뭐라고요!" 캐서린이 소리쳤다.

"말하고 왔다니까요. 방금 만났다고요. 내일 우리와 클리프튼에 가기로 한 선약이 방금 떠올라서 화요일 이후에나 만나서 산책할 수 있을 거란 말을 전달하려고 나를 보냈다고 이야기했어요. 그녀는 화요일도 괜찮답니다. 이렇게 모든 문제가 다 해결되었어요. 머리 한번 잘 굴렸죠?"

이자벨라의 표정에 다시 웃음과 활기가 돌아왔고, 제임스도 행복해 보였다.

"정말 기막히게 굴렸네! 사랑하는 친구 캐서린, 이제 고민 끝났어. 약속에서 명예롭게 풀려났으니까 즐겁게 노는 것만 남았어."

"이건 아냐." 캐서린이 말했다. "따를 수 없어. 바로 틸니 양에게 가서 바른대로 말할 거야."

이자벨라가 한 손을 붙잡았다. 쏘오프는 다른 손을 붙잡았다. 세 사람이 비난을 퍼부었다. 제임스마저도 제법 분노했다. 그들은 틸니 양이 화요일이 괜찮다고 해서 모든 게 해결된 마당에 계속 반대하는 건 매우 우스꽝스럽고 어리석다고 했다.

"상관없어. 쏘오프 씨는 그런 말을 꾸며 내선 안 돼. 약속을 연기하는 게 옳다고 생각했다면 내가 직접 틸니 양에게 말했을 거야. 이런 식으로는 무례만 쌓일 뿐이야. 쏘오프 씨가 뭐라 말했는지 어떻게 알겠어. 이번에도 잘못 말했겠지. 지난 금요일에도 잘못 말해서 내가 무례를 저질렀잖아. 놔요, 쏘오프 씨. 이자벨라, 잡지 마."

쏘오프는 틸니 남매를 따라가도 소용없을 거라고 대꾸했다. 아까 그들을 따라잡았을 때 브록 거리로 들어가고 있었으니까 지금쯤이면 집에 들어갔을 거라고 했다.

"따라 들어가면 되죠." 캐서린이 대답했다. "그들이 어디 있든 따라갈 거예요. 말을 못하면 어때요. 잘못인 줄 알면서도 일을 저지를까 봐 그러지 않으려고 이렇게 버텼는데, 또 속아 넘어갈 수 없다고요." 그녀는 서둘러 떠났다. 급하게 쫓아가는 쏘오프를 몰란드가 말렸다.

"내버려 둬. 내버려 두라고. 고집 한번……."

쏘오프는 비유를 덧붙이고 싶었지만 적절하지 않은 말이어서 그만두었다.

몹시 흥분한 채로 캐서린은 추격당할까 두려워하는 동시에 기필코 이겨 내겠다고 다짐하면서 빠르게 군중을 헤치고 걸어 나갔다. 걸으면서 지난 일을 떠올려 보았다. 그들을 실망시키고 불쾌하게 만들어서, 특히나 오빠까지 언짢게 만들어서 괴로웠다. 그래도 저항을 후회하지 않았다. 자신의 의도가 어찌 됐든 틸니 양과 약속을 두 번이나 깨트린 것, 자기가 나서서 오 분 전에 했던 약속을 그것도 꾸며 낸 핑계를 둘러대면서 철회한 건 한참 잘못이었다. 이기적인 이유만으로 그들을 버린 게 아니고, 단지 자기만족에 충실했던 게 아니었다. 정말 그러고 싶었다면 소풍을 가는 것으로, 블레이즈 성을 보는 것으로 어느 정도 원하는 대로 할 수 있었다. 그 대신 다른 사람들의 정당한 몫을 생각했고 자신에 대한 그들의 평가를 생각했던 것이다. 그럼에도 자신이 옳았다는 확신만으로는 평정심을 회복할 수 없었다. 틸니 양에게 밝히기 전에는 편안해질 수가 없었다. 크레센트를 지나면서 걸음이 빨라졌고, 밀썸 거리의 막바지에 도달할 때까지 달리다시피 했다. 워낙 신속하게 움직인 덕분에 틸니 남매를 포착했을 때 그들은 일찍 출발해서 유리했음에도 겨우 숙소로 막 들어서려는 참이었다. 하인이 문을 완전히 닫기 전에 달려가 당장 틸니 양을 만나야 한다고 정중하게 말하고는 허겁지겁 계단을 올라갔다. 눈앞에 보이는 문을 잡고 열었는데, 하필 틸니 장군과 아들과 딸이 모여 있는 응접실에 바로 들어갈 수 있도록 연결되어 있었다. 온 신경이 곤두선 채 숨을 몰아쉬면서 바로 내놓은 설명은, 설명이라고 할 수도 없었지만, 이랬다. "급하게 달려왔어요. 모두 잘못됐어요. 가기로 약속한 적 없어요. 처음부터 못 간다고 했다고요. 그걸 설명하려고 급하게 달려왔어요. 나를 이상하게 생각해도 할 수 없어요. 하인이 안내해 주길 기다릴 수 없었어요."

이런 말로 완벽하게 설명된 건 아니지만 수수께끼는 풀렸다. 존 쏘오프가 메시지를 전달하긴 했던 모양이다. 틸니 양은 메시지를 받고 굉장히 놀랐다고 툭 터놓고 말했다. 캐서린은 본능적으로 남매에게 공평하게 설명하려고 했지만 이번에도 오빠가 여동생보다 원망하는 마음이 더 큰지는 알 수 없었다. 그녀가 도착하기 전에 남매가 어떤 상태였는지 모르겠지만, 열정적인 설명을 듣자마자 그들의 표정과 말이 더 바랄 게 없을 정도로 부드러워졌다.

일이 잘 해결된 후 틸니 양이 아버지에게 그녀를 소개했는데, 그가 워낙 반갑고 정중하게 맞이해 주니까 전에 쏘오프가 그를 좋게 말했던 게 떠올랐고 가끔은 쏘오프가 믿을 만하다는 생각까지 들어서 흐뭇해졌다. 장군은 그녀가 엄청나게 재빠르게 집으로 뛰어 들어온 것을 모른 채 하인이 손님맞이를 게을리해서 그녀가 직접 응접실 문을 열고 들어왔다며 꽤 흥분하기까지 하면서 까다롭게 예의를 차렸다. "도대체 윌리엄은 무슨 생각을 한 거야? 어떻게 오셨냐고 물어봤어야지." 하인에게는 잘못이 없다고 캐서린이 열심히 설명하지 않았더라면 윌리엄은 그녀의 재빠른 동작 탓에 이 집에서 쫓겨나지는 않았더라도 영원히 주인의 눈 밖에 났을지도 몰랐다.

십오 분 동안* 앉아 있다가 떠날 채비를 하던 그녀는 틸니 장군이 저녁을 먹고 함께 시간을 보내면 딸이 좋아할 거라고 말하자 기분 좋게 놀랐다. 틸니 양도 거들었다. 아주 고마웠다. 하지만 그럴 수 없었다. 앨런 부부가 기다리고 있다고 했다. 장군은 더 이상 권하지 않았다. 앨런 부부를 생각해야 했다. 나중에 시간을 넉넉하게 두고 초대를 하면 허락해 줄 거라고 장군은 기대했다. "그럼요. 전혀 반대하시지 않으실 테니 그때가 되면 아주 기쁜 마음으로 방문하겠습니다." 장군은 현관문까지 따라 나와서 계단을 내려가는 동안 온갖 예의를 차렸는데, 그녀의 걸음이 민첩하다고 칭찬하면서 그렇게 민첩하니 춤도 잘 추는 거라고 치켜세우는가 하면 헤어질 때는 그녀가 평생 본 것 중 가장 우아한 목례로 인사했다.

캐서린은 모든 일이 잘 풀려 기쁜 마음으로 풀트니 거리 쪽으로 가볍게 걸었다. 전에는 한 번도 의식해 본 적이 없었는데, 새삼 자신의 걸음이 민첩하다는 생각까지 하면서 말이다. 화난 친구들의 그림자도 스치지 않고 무사히 집에 도착했다. 그녀가 줄곧 물러서지 않았고 끝까지 주장을 내세워 산책 약속을 잡았지만, (흥분이 가라앉아서 그런지) 정말로 자신이 완벽하게 옳았는지 의심이 들기 시작했다. 희생은 고귀하다. 그들의 부탁을 들어줬다면, 친구를 불쾌하게 만들고 오빠를 화나게 만들고 그 두 사람을 행복하게 해 줄 계획을 자신이 나서서 망쳤다는 괴로운 자책에 빠지지 않았을 텐데. 편견이 없는 사람의 의견을 들어 보면 그녀의 행동에 대해 확신이 들고 마음이 편안해질 것 같아서 다음 날 앨런 씨에게 자기 오빠와 쏘오프 남매가 짜다 만 여행 계획을 털어놓았다. 앨런 씨는 바로 알아들었다. "그래서 따라가려고?" 그가 물었다.

"아니에요. 그들이 말하기 전에 틸니 양과 산책하기로 약속해 버린 상태였어요. 그러니까 함께 갈 수 없겠죠?"

"없고말고. 차라리 다행이다. 그 계획은 말이 안 돼. 젊은 남녀가 지붕 없는 마차를 타고 시골 여행을! 때때로 괜찮다만. 하지만 여관과 공공장소에 함께 들락거리다니! 그건 아니지. 쏘오프 부인이 허락할지 모르겠구나. 안 간다니 다행이다. 분명 몰란드 부인도 반가워하지 않을 거다. 여보, 동의하오? 이런 계획 짜는 거, 못마땅하지 않소?"

"싫다마다요. 지붕 없는 마차는 얄궂은 물건이에요. 깨끗한 가운을 입고 오 분도 못 앉아 있어요. 탈 때나 내릴 때 흙이 튀잖아요. 바람을 맞으니까 머리며 모자며 사방으로 휘날리고요. 난 질색이에요."

"알고 있소. 그런데 그걸 물어본 게 아니잖소. 젊은 아가씨들이 친척도 아닌 젊은 남자를 따라 그걸 타고 돌아다니는 게 이상하지 않소?"

"네, 여보. 정말 이상해요. 못 봐 주겠어요."

"부인." 캐서린이 반응했다. "그러면 왜 진작 말씀하시지 않으셨어요? 그게 부적절하다는 걸 알았다면 쏘오프 씨를 따라 나가지도 않았을 거예요. 제가 뭘 잘못하면 항상 말씀해 주세요."

"그럴 테니 걱정 마라. 떠날 때 몰란드 부인에게 말했다시피, 할 수 있는 한 널 위해 최선을 다 하마. 그래도 너무 깐깐하게 굴긴 그렇구나. 네 어머니도 알다시피 젊은이들이 다 그렇지. 여기 처음 왔을 때 나는 그 나뭇잎무늬 모슬린을 안 샀으면 했다만 넌 사더구나. 젊은이들은 하지 말라고 하면 싫어하니까."

"하지만 이건 정말 중요한 문제예요. 제가 말 잘 듣는 거 아시잖아요."

"지금까지는 아무 문제도 없었지." 앨런 씨가 말했다. "한마디 조언한다면, 쏘오프 씨와 더 이상 어울리지 않았으면 좋겠구나."

"나도 그렇게 말하려던 참이다." 그의 아내도 거들었다.

캐서린은 안도감을 느꼈지만 이자벨라가 마음에 걸렸다. 몇 분 생각한 다음, 그녀에게 편지를 써서 자신처럼 그녀가 깨닫지 못하고 있었던 부적절함을 설명해 주는 일이 온당하고 친절한지를 앨런 씨에게 물었다. 그렇지 않으면 이자벨라는 모든 소동에도 불구하고 날이 밝으면 기어코 클리프튼에 가고 말 것 같았다. 앞선 대화에도 불구하고 앨런 씨는 굳이 그렇게 할 건 없다고 대답했다. "그 아가씨도 자신이 뭘 하는지 알 만큼 나이를 먹었으니 그냥 내버려 두렴. 가르쳐 줄 어머니도 있고 말이다. 쏘오프 부인이 자식을 좀 심하다 싶게 풀어 놓긴 하더라만. 그래도 간섭하지 마라. 그 아가씨나 네 오빠는 가겠다고 나설 테고, 괜히 너만 미움받는다."

　캐서린은 그대로 따랐다. 이자벨라가 잘못을 저지르는 게 안타깝지만 앨런 씨가 자신의 행동을 인정해 줘서 아주 안심했고 그의 충고 덕분에 잘못에 빠질 위험에서 벗어나서 진심으로 기뻤다. 클리프튼에 가지 않고 빠져나온 것은 정말 탈출이었다. 그 자체로 너무나 잘못된 일을 벌이느라 틸니 남매와 했던 약속을 저버렸다면 그들이 자신을 어떻게 생각했을까? 법도에 어긋난 잘못을 저지르고 그럼으로써 또다시 법도에 어긋나는 잘못을 저지를 뿐이라면 말이다.

14장

다음 날 아침 날씨가 맑자, 캐서린은 친구들이 한 번 더 공격해 올 줄 알았다. 앨런 씨가 편을 들어 줘 두렵지는 않았다. 그래도 친구들을 이겨 봤자 괴로울 테니 싸우지 않고 넘어가면 좋겠다 싶었다. 결국 그들은 오지 않았고 연락도 없어서 정말 안도했다. 틸니 남매는 약속한 시간에 왔다. 새로 문제가 발생하지 않았고 갑작스런 기억이나 예기치 않은 호출이나 무례한 방해로 계획이 흐트러지지도 않아서 여주인공은 정말 뜻밖에도 약속을 지킬 수 있었다. 남자 주인공과의 약속이니 당연하지만. 그들은 비천 클리프 주변을 산책하기로 했는데, 그 우아한 언덕은 아름다운 신록과 깎아지른 절벽을 품고 있어 바쓰의 탁 트인 곳 어디서나 보이는 눈부신 명소였다.

"저길 볼 때마다 프랑스 남부가 떠올라요." 강을 따라 걸으면서 캐서린이 말했다.

"외국 여행을 다녀왔어요?" 헨리가 약간 놀라며 물었다.

"어머! 아니에요. 그냥 읽은 거예요. 저길 보면『유돌포의 비밀』에서 에밀리가 아버지랑 여행하던 지역이 떠올라요. 당신은 아예 소설은 안 읽겠죠?"

"읽으면 안 되나요?"

"수준에 안 맞잖아요. 신사들은 고상한 책을 읽으니까요."

"신사든 숙녀든, 좋은 소설을 읽는 재미를 모르는 사람이라면 형편없이 지루한 사람일걸요. 난 래드클리프의 작품은 전부 읽었는데요, 대부분 굉장히 재미있더군요.『유돌포의 비밀』을 읽기 시작하니까 손에서 못 놓겠더라고요. 이틀 걸려 다 읽은 기억이 나요. 읽는 내내 머리카락이 곤두섰어요."

"맞아." 틸니 양이 대답했다. "오빠가 큰 소리로 읽어 주기로 했는데, 답장 보낼 일이 있어 딱 오 분 나갔다 왔더니 그걸 못 기다리고 책을 들고 산책로로 나가 버려서 오빠가 다 읽고 돌아올 때까지 기다렸지."

"고마워, 엘레노어. 정말 영예로운 증언을 해 줘서. 몰란드 양, 나를 얼마나 부당하게 의심했는지 보라고요. 그러니까 난 계속 읽고 싶은 나머지 단 오 분도 못 기다리고는 낭독해 주겠다던 약속을 깨고 얘를 정말 흥미진진한 대목에 기다리게 해 놓고 책을 들고 가 버렸다고요. 더구나 내 책도 아닌데. 지금 생각하니 자랑스러운 게, 그 사건 때문에 나를 좋게 생각하겠네요."

"그 얘길 들어서 다행인 게 앞으로『유돌포』를 좋아한다고 부끄러워하지 않을래요. 여태까지 젊은 신사들은 진짜 소설을 엄청 싫어하는 줄 알았어요."

"엄청난 생각이네요. 그들이 정말로 소설을 싫어한다면, 그게 더 엄청난 일 같은데요. 남자도 여자처럼 소설 많이 읽어요. 난 수백 권 읽었어요. 줄리아와 루이자가 등장하는 소설은 몽땅 섭렵했으니까 나와 겨룰 생각은 말아요. 우리가 구체적으로 들어가서 '이것 읽었어?'와 '저것 읽었어?'를 따지는 끝없는 싸움에 돌입한다면, 뭐라고 해야 하나? 이럴 때 적당히 빼기는 미소를 지어 줘야 하는데 말이죠. 당신이 아끼는 에밀리가 이모와 함께 이탈리아로 떠날 때 불쌍한 발란코트에게서 멀어지는 것만큼이나 내가 저만치 앞서 가며 멀어질걸요. 내가 당신보다 몇 년이나 먼저 시작했는지 생각해 봐요. 당신이 집에서 자수 교본이나 가지고 노는 착한 아이였을 때 난 옥스퍼드에 공부하러 갔으니까요!"

"별로 착하진 않았는데. 하지만 정말로 『유돌포』를 최고의 소설이라고 생각하는 거예요?"

"최고라고 말하는군요. 그 말은 가장 깔끔하다는 뜻이겠죠. 그건 책의 제본 상태를 봐야 해요."

"헨리." 틸니 양이 나섰다. "너무 무례하게 굴지 마. 몰란드 양, 오빠가 여동생을 대하듯 당신을 대하네요. 말 한마디 틀리면 언제나 지적하는데, 지금 당신이 걸려들었어요. '최고'라는 단어가 거슬린 거예요. 가능한 한 빨리 그 단어를 바꾸지 않으면 하루 종일 존슨이니 블레어니* 들먹이며 꼼짝 못하게 만들 거예요."

"내가 잘못 말한 건 없어요." 캐서린이 말했다. "좋은 책인데, 왜 좋다고 말하면 안 돼요?"

"맞아요." 헨리가 말했다. "좋은 날씨고, 우린 좋은 산책을 하고 있고, 두 사람은 아주 좋은 숙녀들입니다. 아! 정말 좋은 단어군요! 모든 곳에 다 쓸 수 있어요. 아마 처음엔 깔끔함, 적절함, 섬세함 또는 세련됨을 의미해서, 옷을 잘 입는다거나 감정이나 판단이 적절하다는 식으로 쓰였을 거예요. 지금은 주제가 뭐든 칭찬할 거리만 있으면 바로 그 단어가 출몰하죠."

"그럼 이 단어는 오빠한테만 써야겠네. 칭찬기는 쏙 빼고 말이야." 여동생이 반박했다. "오빠는 현명하기보다는 좋은 사람이니까. 몰란드 양, 혼신의 단어 선택을 하지 못한 우리의 잘못을 혼자 곱씹게 내버려 두고 우린 제일 하고 싶은 대로 『유돌포』 얘기나 해요. 아주 재미있는 책이에요. 그런 책 좋아해요?"

"솔직히 말하면 다른 건 별로예요."

"그래요!"

"그러니까, 시와 연극 같은 종류를 읽고요, 여행기도 싫진 않아요. 하지만 역사, 실제 역사에는 흥미가 없어요. 당신은 어때요?"

"난 역사를 좋아해요."

"나도 그랬으면. 억지로 좀 읽어 봤는데, 불편하고 피곤하게 만들지 않는 얘기는 하나도 없었어요. 페이지마다 교황과 왕이 전쟁하거나 전염병이 도는 얘기잖아요. 남자는 아무짝에도 쓸모없고, 여자는 아예 나오지도 않아요. 정말 지루해요. 상당히 많은 부분은 지어낸 이야기가 분명한데, 너무 재미없게 지어내서 참 이상하다니까요. 영웅이 쏟아 내는 연설, 그들의 생각과 의도 말이에요, 대부분 지어낸 이야기잖아요. 다른 책에 나오는 지어낸 이야기는 정말 재밌던데."

"역사가들은 상상력을 풀어 놓지 않는다고 생각하는군요." 틸니 양이 말했다. "그들은 재미에 호소하지 않아서 그렇지, 상상력이 있어요. 난 역사를 좋아해요. 지어낸 이야기도 받아들이죠. 역사가들은 지난 역사와 기록에서 지식의 자원이 되는 주요한 사실을 발굴하는데, 거기에 의존하는 만큼이나 바로 지켜보는 앞에서 일어나지 않은 일에도 의존한다고 봐요. 당신이 말한 약간의 윤색 작업에 대해서 난 윤색 그 자체로 좋아해요. 연설이 지어낸 거라면 그걸 누가 지어냈든 즐겁게 읽으면 되죠. 아마도 카락타쿠스, 아그리콜라, 또는 알프레드 대제의 진짜 연설보다 흄이나 로보트슨이 지어낸 걸 더 즐겁게 읽을 거예요.*"

"역사가 좋다니! 앨런 씨와 아버지도 그래요. 두 남동생도 싫어하지 않고요. 몇 명 되지도 않는 지인들 중에 꼽아 보니 아주 많은 게 놀랍네요! 이 정도라면 역사가들을 딱하게 여기지 말아야겠어요. 사람들이 역사책을 좋아한다면 그건 다 좋은 일인데, 아무도 들여다보려 하지 않을 거라 생각했던 커다란 책을 쓰려고 그렇게 노력하고 어린 소년 소녀를 고문하려고 그렇게 고생하는 사람들은 참 고달픈 운명을 타고났지 뭐예요. 다 옳고 필요한 일인 줄 알지만, 그런 일을 마음먹고 하려는 용기에 종종 감탄했거든요."

"어린 소년 소녀를 고문한다는 건 문명화된 상태의 인간 본성을 조금이라도 아는 사람이라면 부인할 수 없겠죠." 헨리가 말했다. "하지만 가장 훌륭한 역사가들 편에서 한마디 하자면, 그들이 더 높은 목적이 없는 사람들로 여겨지는 게 언짢을 수 있고 또 그들의 방법과 스타일을 볼 때 그들은 가장 진보한 이성을 가지고 성숙기를 보내고 있는 독자마저 완벽하게 고문할 수 있는 사람들이에요. 내가 '가르친다' 대신 '고문하다'라는 동사를 사용한 이유는 당신의 어법을 보니 두 단어가 동의어로 쓰인 것 같아서 말입니다."

"교육을 고문이라 했다고 날 놀리겠지만, 불쌍한 어린아이들이 처음 알파벳을 배우고 그다음 받아쓰기를 배우는 것을 나처럼 지켜봤다면, 오전 내내 그 아이들이 얼마나 멍청한지 그리고 불쌍한 내 어머니가 오전이 끝날 때 얼마나 힘들어하는지를 지금껏 거의 매일 지켜본 적이 있다면, '고문하다'와 '가르치다'를 가끔 동의어로 쓰라고 허락할걸요."

"그렇겠네요. 하지만 읽기를 깨우치는 게 어렵다고 역사가를 탓할 수는 없어요. 아주 어렵고 지독한 공부를 딱히 좋아할 것 같지 않은 당신조차도 남은 인생을 책을 읽으며 살려면 인생의 이삼 년은 고문당할 가치가 있다는 사실을 시인하게 될 겁니다. 상상해 봐요. 읽을 줄 모른다면, 래드클리프 소설을 읽어 줄 사람이 없다면 어떨지를. 또는 래드클리프가 아예 쓸 수조차 없었으면 어떨지를."

캐서린은 수긍했다. 그 여성 소설가의 장점을 열렬하게 찬양하면서 대화를 마무리했다. 틸니 남매는 그녀가 낄 수 없는 다른 주제를 두고 대화를 나눴다. 그들은 그림 그리기에 익숙한 눈으로 풍경을 감상했고, 풍경이 어떻게 그림으로 그려질 수 있는지를 두고 진정한 안목에서 나오는 열렬함으로 대화를 이어갔다. 캐서린은 아주 당황했다. 그림에 무지했다. 안목이 뭔지도 몰랐다. 아무리 귀 기울여도 그저 무의미한 구절이 난무하는 셈이니 건질 게 없었다. 그나마 그녀가 알아들은 내용은 쥐꼬리만큼 알고 있던 개념과 충돌했다. 높은 언덕의 꼭대기에서 본다고 좋은 풍경이 잡히는 게 아니었고, 푸른 하늘을 그린다고 좋은 날씨라고 말할 수 없다니 말이다. 무지가 진심으로 부끄러웠다. 이건 번지수를 잘못 찾은 부끄러움이다. 누구와 친하고 싶다면 항상 무식해야 한다. 학식이 쌓이면 다른 사람들의 허영을 부추겨 줄 수 없으니, 똑똑한 사람이라면 이를 늘 피해야 한다. 특히 여성은 불행하게도 무엇이든 알고 있다면 할 수 있는 한 그걸 감추어야 하는 법.

아름다운 아가씨의 타고난 어리석음에 대해서는 이미 자매 작가*가 써 놓았다. 그 주제에 대해 써 놓은 것에다 난 그저 남성에게 공정하게 하려고 한마디를 보태려 한다. 비록 대부분의 시시한 남성들에게 여성의 우둔함은 개인적 매력을 크게 높여 주는 것으로 보이겠지만, 이성적이고 잘 교육받은 부류의 남성은 여성에게 무지 말고 다른 것을 원한다. 그러나 캐서린은 자신의 장점조차 몰랐다. 살가운 마음씨에 무식을 장착한 참한 아가씨는 웬만큼 상황이 나쁘지 않다면 반드시 똑똑한 청년을 유혹할 수 있다는 걸 말이다. 현재 이야기로 돌아오면, 캐서린은 지식의 결핍을 고백하며 한탄했다. 그림을 그릴 수 있다면 뭐든 하겠다고 덤볐다. 픽처레스크* 수업이 곧 열렸는데, 그의 가르침이 워낙 확실해서 그녀는 그가 좋아하는 모든 것에서 곧 아름다움을 알아볼 수 있었고 그녀의 관심이 워낙 열렬해서 그는 그녀가 상당한 안목을 타고났다며 완전히 만족했다. 그는 전경, 원경, 중경, 옆면, 원근법, 빛과 그림자 등등을 설명했다. 캐서린은 희망에 부푼 미술학도가 되어 비천

클리프 정상에 올라서자 누가 묻지도 않았는데 바쓰 도시 전체가 풍경에 포함될 가치도 없다며 알은체했다. 헨리는 그녀의 배움에 기뻐하면서도 그녀가 한꺼번에 너무 많이 배울까 봐 그 주제를 밀쳐 두고 바윗돌과 정상 주변에 놓인 시든 떡갈나무로부터 일반적인 떡갈나무, 숲, 인클로저, 황무지, 국유지, 정부 운운하며* 자연스럽게 주제를 넘나들더니 곧 정치 얘기로 넘어갔다. 정치 얘기가 나오면 조용해지는 법. 나라의 현실에 대한 그의 짤막한 강연이 끝난 후 조용해지자 캐서린이 약간 엄숙한 목소리로 말했다. "아주 충격적인 사태가 런던에서 벌어질 거래요."

주로 틸니 양을 보고 말하자 그녀가 화들짝 놀라며 다급하게 반응했다. "그래요! 어떤 일이요?"

"그건 모르겠고, 누가 썼는지도 몰라요. 우리가 지금까지 본 것보다 훨씬 끔찍한 일일 거라는 말만 들었어요."

"세상에! 그런 말을 어디서?"

"친구가 어제 런던에서 편지를 보냈어요. 아주 무시무시할 거래요. 살인이나 그런 종류겠죠."

"그런 말을 그렇게 침착하게! 친구의 말은 과장일 거예요. 그런 사건이 미리 알려진다면 분명 정부가 그런 일이 발생하지 않도록 적절하게 조치하겠죠."

"정부는 그런 일에 간섭할 뜻이 없고 감히 그럴 수도 없어." 헨리가 웃음을 참으며 말했다. "살인이 일어나겠지. 정부는 얼마나 많이 일어나든 상관하지 않는다고."

숙녀들이 쳐다봤다. 그가 웃음을 터트리며 말했다. "두 사람을 이해시켜 줄까요, 아님 알아서 이해하도록 내버려 둘까요? 아니, 선심 쓰죠, 뭐. 정신이 맑은 것으로 보나 마음이 관대한 것으로 보나 내가 남자다운 태도를 보여야죠. 동료 남성들이 당신들 수준의 이해력에 머물러 있다면 못 봐 줄 겁니다. 여성의 능력은 견고하지도 예리하지도 않아요. 열정적이지도 집요하지도 않고요. 관찰, 분별, 판단, 열정, 천재, 위트가 없어요."

"몰란드 양, 저 말에 신경 쓰지 말아요. 무시무시한 폭동에 대해서 더 말해 줘요."

"폭동! 무슨 폭동?"

"제발, 엘레노어, 폭동은 네 머릿속에만 있어. 터무니없는 오해야. 몰란드 양이 말한 무시무시한 사건은 각각 270쪽인 세 권짜리 전집의 맨 앞표지에 두 개의 묘비와 호롱불이 그려진 신간 소설이 곧 나올 예정이라는 거야, 알겠어? 그리고 몰란드 양, 내 어리숙한 동생이 당신이 굉장히 정확하게 표현한 것을 모조리 오해했어요. 런던에서 벌어질 공포를 말했고 이성적인 사람이라면 그런 말이 순회도서관을 뜻한다고 금방 알아들었겠지만, 내 동생이 떠올린 건 세인트 조지 광장에 모인 3천 명의 폭도였어요. 은행이 습격당하고 런던탑이 위협받고 런던의 거리가 피로 물들고 (이 나라의 희망인) 열두 번째 드래군 부대가 노스햄튼으로부터 폭동을 진압하려고 호출되고 용감한 프레드릭 틸니 대령이 부대를 통솔하는 순간 위층 창문에서 날아온 벽돌에 맞아 말에서 떨어지는 등등을 모두 상상한 거예요.* 그녀의 어리석음을 용서해요. 여성의 약점에다 겁이 많기까지. 평소엔 어리석은 사람이 아닌데 말이죠."

캐서린은 심각한 얼굴이었다. "알았어, 헨리." 틸니 양이 말했다. "우리가 서로 이해하도록 도와줬으니까, 이제 몰란드 양에게 양해를 구하는 게 좋겠어. 몰란드 양이 오빠를 여동생에게 심하게 무례한 사람으로 여기고 또 여성에 대해 아주 못된 견해를 가진 사람으로 생각해도 좋은 게 아니라면 말이지. 몰란드 양은 오빠의 장난에 익숙하지 않아."

"그러니까 익숙해지도록 연습시키는 거잖아."

"그렇겠지. 그래도 지금은 곤란해."

"어떻게 하라는 거야?"

"알면서 묻긴. 그녀에게 오빠가 어떤 사람인지 밝혀 줘. 여성의 이해력을 높이 평가한다고 말하란 말야."

"몰란드 양, 여성의 이해력을 아주 높이 평가합니다. 특히나 내가 어쩌다 보니 함께 있게 되는 여성들을요."

"부족해. 더 진지하게 해 줘."

"몰란드 양, 이 세상에 나보다 더 여성의 이해력을 높이 평가하는 남자는 없습니다. 내가 생각하기에, 여성은 이해력을 너무 많이 타고나서 절대로 절반 넘게 쓸 일이 없답니다."

"지금으로서는 더 진지한 사과를 듣긴 틀렸어요, 몰란드 양. 멀쩡한 기분이 아니라서 저래요. 하지만 오빠가 혹시 어떤 여성에게 부당한 말을 하거나 내게 불친절한 말을 하는 것 같다면 그건 전적으로 오해라고 확신해요."

캐서린은 헨리 틸니가 잘못할 리가 없다고 쉽게 믿었다. 가끔 그의 행동에 놀랄 때가 있지만 그의 의도는 언제나 옳았다. 이해하지 못해도, 이해한 것을 좋아하는 만큼이나 그것도 좋아할 만반의 준비가 되어 있었다. 산책은 즐거웠고, 너무 일찍 끝나긴 했지만 마지막에 기분 좋게 마무리되있다. 그들이 집까지 데려다준 다음 헤어지기 전에 틸니 양이 캐서린과 앨런 부인에게 똑같이 정중하게 인사하면서 모레 저녁에 와 달라고 간곡하게 초대했기 때문이다. 앨런 부인 쪽에서는 아무 문제가 없었다. 캐서린으로서는 지나친 기쁨을 감추는 게 문제였을 뿐.

오전에 워낙 즐거운 시간을 보내다 보니 친구나 가족이 하나도 생각나지 않았다. 산책하는 중에 그녀는 이자벨라와 제임스를 전혀 떠올리지 않았다. 틸니 남매가 돌아가고 나서야 그녀는 다시 착한 사람으로 돌아왔고 한동안 그런 상태로 기다렸지만 기별이 없었다. 앨런 부인도 아무것도 듣지 못한 처지라 이렇다 할 소식으로 그녀의 걱정을 풀어 줄 수 없었다. 오전이 끝나 갈 무렵 리본 몇 야드가 없으면 안 되는 상황이 생기자 캐서린은 지체 없이 그걸 구입하러 시내로 나갔고, 본드 거리에서 쏘오프 집안 둘째 딸을 만났는데 그녀는 이 세상에서 가장 착하게 생긴 아가씨 두 명과 함께 오전을 보내면서 에드가 빌딩 쪽을 배회하고 있었다. 나머지 가족은 클리프튼으로 소풍 갔다고 했다. "아침 8시에 출발했어요." 앤 양이 알려 줬다. "난 그깟 소풍 하나도 부럽지 않아요. 아가씨나 나나 빠져서 다행이죠. 이맘때 클리프튼에는 사람이 하나도 없어서 이 세상에서 제일 재미없거든요. 벨라*는 아가씨 오빠와, 존은 마리아와 함께 타고 갔어요."

캐서린은 그렇게 짝지었다는 얘기에 기쁘다고 말했다.

"그렇죠!" 상대방도 호응했다. "마리아가 갔어요. 가고 싶어서 난리였거든요. 아주 재미있을 줄 알고. 도무지 취향을 이해할 수 없어요. 같이 가자고 졸랐어도 난 애초에 안 갈 작정이었어요."

캐서린은 조금 의심스러워서 이렇게 대꾸했다. "갔으면 좋았을 거예요. 다 함께 못 갔다니 유감이에요."

"고마워요. 하지만 난 정말 관심 없어요. 정말 안 갔을 거라고요. 안 그래도 여기 에밀리와 소피아에게 그렇게 말하려던 참인데."

캐서린은 여전히 믿지 않았다. 하지만 앤이 친구인 에밀리와 소피아에게 위로받는 게 다행이다 싶어서 별로 찜찜해하지 않으면서 작별 인사를 건넸고, 자기가 함께 가지 않아도 그들끼리 갔다는 점에 안도했고 또 여행이 너무 유쾌한 나머지 제임스나 이자벨라가 자신의 불참을 더 이상 원망하지 않기를 진심으로 기원하면서 숙소로 돌아왔다.

15장

　다음 날 일찍 이자벨라가 보낸 쪽지는 문장마다 행복과 사랑이 묻어났는데, 몹시 중요한 문제가 있으니 즉시 와 달라는 부탁까지 담고 있어서 캐서린은 뿌듯함과 호기심이 넘치는 기분을 만끽하며 에드가 빌딩으로 달려갔다. 쏘오프 집안의 어린 두 딸이 거실에 있었다. 앤이 언니를 부르러 나간 사이 캐서린은 남아 있는 동생에게 어제 소풍에 대해 구체적으로 물었다. 마리아는 기다렸다는 듯이 신나게 말했다. 전반적으로 더할 나위 없이 즐거웠다고 했다. 얼마나 멋진 하루였는지 상상도 못 할 거라고, 생각하는 것 이상으로 훨씬 재미있었다고 했다. 처음 대답은 그랬다. 그다음 이야기가 줄줄이 이어졌다. 요크 호텔로 바로 가서 수프를 먹고 이른 저녁을 주문해 두고 광천수 사교장으로 걸어가서 물맛을 보고 기념품이니 돌로 만든 보석을 사느라고 돈을 펑펑 썼다. 제과점에 들러 얼음을 맛보고 호텔로 서둘러 돌아와 어두워지기 전에 이동하려고 급하게 저녁을 해치웠다. 신나게 집으로 돌아오는 길에 달빛이 없었고 비가 약간 내렸고 몰란드 씨의 말이 너무 지쳐서 거의 달릴 수 없는 지경이었다 등등.

캐서린은 진심으로 만족스러웠다. 블레이즈 성까지 갈 순 없었던 모양이다. 그것만 빼고는 조금도 아쉬울 게 없는 여행 같았다. 마리아의 보고는 여행에 동행하지 못해 못 말리게 짜증을 부렸다는 앤에게 안쓰러운 감정이 폭발하는 것으로 마무리되었다.

"절대로 날 용서하지 않겠죠. 하지만 나라고 어쩌겠어요? 존 오빠가 내게는 가자고 하고 앤은 발목이 굵다며 절대 안 데려가려 했거든요. 앤이 기분을 풀려면 한 달은 걸릴걸요. 그래도 내가 참아 줘야죠. 사소한 일에 짜증 내 뭐하겠어요."

이때 이자벨라가 기다렸다는 듯이 방으로 들어오며 하도 진지하고도 행복한 표정을 지어서 눈길을 확 끌었다. 마리아를 인사말도 없이 내보내더니 캐서린과 포옹하며 말했다. "사랑하는 친구 캐서린, 정말 사랑해. 너의 통찰은 틀리는 법이 없어. 아! 너의 은밀한 눈을 봐! 모든 걸 꿰뚫어 보다니."

캐서린은 영문을 모른 채 쳐다볼 뿐이었다.

"내 사랑, 어여쁜 친구." 상대방이 계속했다. "놀라지 마. 보다시피 난 엄청나게 흥분했어. 앉아서 편하게 얘기 나누자. 내 쪽지 받자마자 추측했겠지. 음흉하긴! 아! 사랑하는 캐서린, 내 마음을 아는 너만이 내가 얼마나 행복한지 알거야. 네 오빠는 가장 멋진 남자야. 그에게 내가 지금보다 더 어울리는 짝이었으면 하고 바랄 뿐. 너의 훌륭한 부모님께서는 뭐라고 하실까? 아! 제발! 그분들 생각하면 너무 불안해!"

캐서린의 이해력이 깨어나기 시작했다. 갑자기 하나의 진실이 마음에 콱 박혔다. 완전히 새로운 감정이 밀려와 뺨이 붉어진 채로 환호했다. "어머! 이자벨라, 무슨 말이야? 정말로, 징말로 제임스를 사랑해?"

이 과감한 추측은 진실의 절반에 불과했다. 이자벨라의 간절한 애정이, 캐서린이 그녀의 모든 표정과 행동을 계속 지켜보면서 이미 눈치챈 것으로 오해받고 있는 그 애정이, 어제 소풍에서 똑같은 사랑 고백으로 달콤하게 보답받았다. 그녀의 마음과 믿음은 모두 제임스에게 바쳐졌다고 했다. 캐서린은 그렇게 관심과 경이와 기쁨으로 가득 찬 말을 들어 본 적이 없었다. 오빠와 친구가 약혼하다니! 이런 상황이 너무 낯설지만 정말 말할 수 없을 만큼 멋진 일 같아서, 보통 사람들이 거의 경험할 수 없는 위대한 사건들 중 하나라는 생각이 들었다. 감정이 얼마나 충만한지 말로 표현하기 어려웠다. 표현할 수 없는 그 감정에 친구는 흡족했다. 서로 자매가 된다는 게 일단 넘치게 행복해서 아리따운 두 아가씨는 껴안고 기쁨의 눈물을 글썽였다.

캐서린은 새 가족을 맞이한다는 전망에 진심으로 기뻤지만 애정 어린 기대를 훨씬 더 많이 품은 사람은 이자벨라일 수밖에 없었다. "캐서린, 넌 앤이나 마리아보다도 내게 영원히 더 소중한 사람이야. 내 가족보다 몰란드 가족에게 더 정 붙이고 살 거야."

캐서린은 이렇게까지 우정이 넘칠 줄은 몰랐다.

"넌 네 오빠랑 너무 닮아서 널 보자마자 아주 좋아했어." 이자벨라가 계속했다. "난 그런 사람이야. 처음에 모든 걸 결정해. 몰란드가 지난 크리스마스에 우릴 방문했을 때, 그를 처음 만난 그때, 내 마음은 이미 되돌릴 수 없었어. 노란색 가운을 입고 있었고 머리는 땋아서 올렸거든. 응접실에 나오니까 존이 그를 소개하는데, 난 그렇게 잘생긴 사람은 처음이었어."

캐서린은 속으로 사랑의 힘을 인정했다. 오빠를 엄청 좋아하고 그의 모든 재능을 아꼈지만 오빠가 잘생겼다고는 도통 생각해 보지 않았던 것이다.

"그날 저녁에 앤드류스 양이 우리랑 차를 마셨는데, 보랏빛이 도는 갈색의 얇은 비단옷을 입고 있었어. 너무 아름다워서 네 오빠가 분명 빠져들 줄 알았어. 고민하느라 한숨도 못 잤지. 아! 캐서린, 네 오빠 때문에 잠들지 못한 밤이 얼마나 많은지! 넌 내가 고통스러웠던 만큼의 절반이라도 겪으면 안 돼! 난 비참하게 피폐해졌어. 얼마나 괴로웠는지 말하지 않을게. 너도 다 봤잖아. 아예 속마음을 다 보여 줬으니까. 교회에 끌린다고 너무 조심성 없이 말해 버렸으니! 넌 언제나 내 비밀을 지켜 줬어."

캐서린은 아무것도 지켜 준 게 없었다. 전혀 모르고 있었던 게 부끄러웠고, 이제 와서 아니라고 반박할 수도 없었고 이자벨라가 봐 준 대로 눈치 빠른 통찰력과 따뜻한 공감이 넘치는 사람이 아니라고 발뺌하기도 뭣했다. 오빠는 풀러튼으로 전속력으로 달려가서 현재 상황을 알리고 허락을 받을 것이다. 이자벨라의 마음속 진짜 고민거리는 바로 여기에 있었다. 캐서린은 부모님이 아들의 소망을 꺾을 분들이 아니라는 말로 그녀를 안심시키려 했다. "우리 부모님은 세상 어떤 부모보다도 더 자식의 행복을 응원하고 도와주셔." 이렇게 말해 주었다. "틀림없이 당장 동의하실 거야."

"몰란드도 똑같이 말했어." 이자벨라가 대답했다. "그래도 어떻게 감히 바라겠어. 내가 너무 가난하잖아. 허락하시지 않을 거야. 오빠는 얼마든지 다른 사람과 결혼할 수 있는데!"

캐서린은 사랑의 힘을 거듭 확인했다.

"정말이지, 이자벨라, 너무 겸손해. 재산 차이는 아무것도 아니야."

"아! 착한 캐서린, 네 넓은 마음속에서는 아무것도 아니겠지. 그런 공평무사한 마음이 흔하진 않아. 난 오로지 우리 상황이 반대였으면 해. 내가 백만장자여서 이 모든 세상의 안주인이라면 오빠만 선택할 거야."

참신하고도 분별력 있는 사랑스러운 감정 표현을 듣고 캐서린은 알고 있는 모든 여주인공들을 흐뭇한 마음으로 떠올려 보았다. 그녀의 친구는 다른 때보다 화려하게 말할 때 가장 사랑스러워 보인다. "부모님이 허락하실 거야"라고 여러 번 말해 주었다. "틀림없이 널 좋아하실 거야"라고.

"내 입장에서는 단지 소박한 소망밖에 없고, 이 세상에서 가장 초라한 수입이라도 괜찮아." 이자벨라가 말했다. "두 사람이 정말 사랑한다면 가난 그 자체가 재산이야. 난 부귀영화 싫어. 세상을 다 준다고 해도 런던에서 살지 않을 거야. 조용하고 작은 마을의 시골집이면 그것으로 황홀해. 리치먼드* 주변에 예쁜 동네가 좀 있더라."

"리치먼드!" 캐서린이 놀랐다. "풀러튼 주변에 살아야지. 우리 집 근처에."

"근처에 살지 않으면 비참할 거야. 네가 사는 근처여야 해. 이런 한가한 얘긴 그만하자! 네 아버지의 말씀을 들을 때까지 이런 생각은 안 할래. 몰란드는 오늘 밤 솔즈베리에 소식을 전하고 내일까지 대답을 들을 거라고 했어. 내일 감히 편지를 열어 볼 용기가 없을 거야. 난 죽어도 못해."

확신에 이어 몽상이 펼쳐졌다. 이자벨라는 이제 웨딩드레스의 수준을 정하려 들었다.

그녀의 초조한 연인이 월셔로 떠나기 전에 작별 인사를 남기러 찾아오는 바람에 대화가 여기서 마무리되었다. 캐서린은 축하하고 싶었지만 어떻게 해야 할지 몰라서 오직 눈으로만 표현했다. 여덟 마디*로 쪼개진 축하 인사를 눈으로 유려하게 표현하자 제임스가 뚝딱 알아들었다. 집에 도착하여 할 일을 생각하느라 그런지 작별 인사는 길지 않았다. 어서 가라고 다급하게 재촉하는 그의 아름다운 애인 때문에 그가 자꾸 주춤하지 않았더라면 작별 인사는 더 짧았을 것이다. 하도 재촉해서 문 앞에서 두 번이나 돌아봐야 했다. "몰란드, 내가 데려다 주는 게 낫겠어요. 얼마나 멀리 가야 하는지 생각해 봐요. 머뭇거리면 어떡해요. 제발, 서둘러요. 어서 가요, 제발. 부탁이에요."

이제 예전보다 더 마음이 잘 통하는 두 친구는 그날 딱 붙어 있었다. 자매애가 넘치는 행복 속에서 시간 가는 줄 몰랐다. 사태를 파악하고 몰란드 씨의 허락만을 기다리며 이자벨라의 약혼을 그들 가족이 상상할 수 있는 가장 운 좋은 일로 간주하는 듯 보이는 쏘오프 부인과 그 아들도 두 친구의 대화에 끼어들어 나름의 의

미심장한 표정과 알 수 없는 표현을 남발하는 통에 뒷전으로 밀려났던 여동생들의 호기심이 끓어올랐다. 캐서린의 단순한 감정으로 보면 어머니와 아들이 보여 주는 어딘지 찜찜한 비밀스러움은 여동생들을 배려하는 것도 아니고 철저하지도 못했다. 그 허술함 덕분에 여동생들이 뭐가 어떻게 돌아가는지 알아챘기 망정이지, 그렇지 않았더라면 그 배려 없음을 참지 못하고 한마디 했을 것이다. 앤과 마리아가 곧 "나도 알아"라며 똘똘하게 알아들어 줘서 마음이 놓였다고나 할까. 그날 저녁은 일종의 눈치 싸움으로 흘러가면서 온 가족이 기예를 펼쳐 보였다. 한쪽에서는 비밀인 척, 다른 쪽에서는 알아챈 척 다들 예민했다.

다음 날 캐서린은 친구를 만나서 격려해 주고 편지가 올 때까지 지루한 시간을 죽이며 함께 있었다. 그러길 잘했다. 이성적으로 예상한 시간이 다가올수록 이자벨라는 점점 풀 죽은 모습이었고, 편지가 도착하기 직전 점점 더 고통스러운 상태에 빠졌다. 그러나 편지가 오자 고통은 어디로 갔는지. "자상한 부모님의 허락을 받는 데 아무 문제가 없었고 그들은 내 행복을 위해 힘이 닿는 데까지 모든 것을 해 주신다고 약속하셨어요"로 시작한 편지는 모든 것을 순식간에 해결했다. 이 세상에서 가장 환한 빛이 이자벨라의 온몸에 퍼지면서 걱정과 불안이 사라진 듯했고, 거의 제어되지 않을 정도로 기분이 좋아진 그녀는 이 세상에서 가장 행복한 사람이라고 망설임 없이 선언했다.

쏘오프 부인은 기쁨의 눈물에 차서 딸과 아들과 손님을 껴안았고, 바쓰 주민 절반을 껴안으며 좋아할 기세였다. 가슴에는 사랑이 넘쳐흘렀다. 말마다 "사랑하는 존"과 "사랑하는 캐서린"이었다. "사랑하는 앤과 사랑하는 마리아"도 곧 호출되어 행복에 동참할 터였다. 이자벨라의 이름 앞에 "사랑하는"을 두 번 연달아 붙여도 그 사랑하는 딸이 지금 성취한 것에는 충분하지 않았다. 존 역시 기쁨에 초를 칠 리 없었다. 몰란드가 이 세상에서 가장 멋진 친구라는 찬사를 내놓았을 뿐만 아니라 칭찬하는 말마다 맹세를 걸었다.

이 모든 행복을 몰고 온 편지는 짤막했고 성공의 확신 이외에는 별다른 말이 담겨 있지 않았다. 모든 세부 사항을 알리려면 제임스가 다시 쓸 때까지 기다려야 한다. 이자벨라는 세부 사항이 올 때를 기다리면 된다. 몰란드 씨의 약정에는 두루두루 다 들어 있을 것이다. 그는 명예를 걸고 모든 것을 수월하게 해 줄 것이다. 그들의 수입을 어떻게 마련해 줄지, 토지 재산을 나눠 줄지, 또는 예금을 줄지 등등, 사심 없는 그녀는 전혀 걱정하지 않았다. 명예롭고 신속하게 신혼살림을 확보한 것 같아서 벌써부터 거기에 따라오는 행복을 상상하고 있었다. 몇 주 후 자신의 모습, 풀러튼의 모든 새 친구들의 시선과 존경 그리고 퍼트니의 소중한 고향 친구들의 부러움을 받으며 마차를 호령하고 새 이름이 새겨진 마차표*와 눈부시게 빛나는 결혼반지를 소유한 자신의 모습을 말이다.

편지 내용을 확인하자, 편지가 도착하는 것만 보고 런던으로 갈 참이던 존 쏘오프가 떠날 채비를 했다. "저기, 몰란드 양." 그녀가 복도에 혼자 있는 걸 보자 그가 말을 걸었다. "작별 인사 하려고요." 캐서린은 잘 가라고 했다. 그는 인사를 듣는 둥 마는 둥 하더니 창문 쪽으로 가서 안절부절못하며 목소리를 가다듬는 데 완전히 집중한 모습이었다.

"그러다가 데비제스에 늦지 않겠어요?" 캐서린이 말했다. 아무 대답이 없었다. 잠시 침묵이 지난 후 그가 갑자기 외쳤다. "이번 결혼 계획은 정말 끝내줍니다! 몰란드와 벨라의 영리한 작전이에요. 몰란드 양, 어떻게 생각해요? 내가 보기엔 나쁘지 않단 말입니다."

"아주 좋다고 생각해요."

"그래요? 정직한 대답이군요! 당신이 결혼이라는 걸 반대하지 않아서 다행이에요. '결혼식에 가면 결혼한다' 이런 노래 들어 봤죠? 결혼식에 오길 바랍니다."

"갈 수만 있으면 가겠다고 약속했어요."

"그러면 말이죠." 그가 몸을 비틀면서 억지로 어색한 웃음을 만들어 보였다. "그러면 말입니다, 이 오랜 노래가 진실인지 한번 봅시다."

"그래요? 난 노래 안 하는데. 그럼 잘 가요. 오늘 틸니 양과 저녁 약속이 있어서 집에 가 봐야 해요."

"아니, 그렇게 서두를 건 없잖아요. 우리가 언제 다시 만날 지 누가 알겠어요? 2주일 후에 다시 오긴 하겠지만, 끔찍하게 긴 2주일이 될 것 같네요."

"정 그러면 빨리 오지 왜 그렇게 오래 있어요?" 그가 대답을 기다리자 캐서린이 이렇게 물어보았다.

"친절도 하셔라. 친절하고 착해요. 잊지 않겠어요. 이 세상 누구보다 착합니다. 말도 안 되게 착한 거고, 착할 뿐만 아니라 뭐든 넘치게, 너무 많이 갖고 있어요. 당신은 정말, 맹세코, 당신 같은 사람을 본 적이 없습니다."

"아! 나 같은 사람들 되게 많고요, 아예 나보다도 더 좋은 사람들이에요. 그럼 안녕."

"아니, 몰란드 양, 곧 인사하러 풀러튼에 가겠습니다. 싫어하지 않는다면."

"그래요. 부모님이 아주 반가워하실 거예요."

"그리고 말입니다, 몰란드 양도 나를 보는 게 싫지 않기를 바랍니다."

"어머! 싫기는요. 만나서 싫을 사람이 어디 있겠어요. 친구할 사람이 없어서 탈인데."

"내 사고방식이 바로 그렇습니다. 반가운 친구를 달라, 사랑하는 사람들을 가지게만 해 달라, 있고 싶은 곳에서 함께 있고 싶은 사람과 있게만 해 달라, 나머지는 내 알 바 아니다, 이겁니다. 당신도 같은 말을 하니 진심으로 기쁘네요. 몰란드 양, 우리는 대부분의 문제를 비슷하게 생각한다는 느낌이 들어요."

"그럴지도 모르죠. 하지만 그런 건 생각해 본 적 없어요. 대부분의 문제라고 했는데, 솔직히 난 많은 문제를 생각하지도 않거든요."

"나도 그렇다니까요. 내게 상관도 없는데 괜히 머리 아플 거 없잖아요. 내 철학은 간단해요. 내가 좋아하는 아가씨와 함께 있게만 해 달라, 이런 말이고요, 편안한 집만 있다면야 나머지는 내가 왜 신경 쓰겠어요? 재산은 아무것도 아닙니다. 내가 수입이 좋으니까요. 그녀에게 한 푼도 없다면 그럴수록 더 좋죠."

"맞아요. 동감이에요. 한쪽이 부자면 다른 쪽은 그럴 필요 없잖아요. 한쪽이면 충분해요. 재산이 많은데 굳이 재산이 많은 사람을 찾아다니다니, 이상해요. 돈을 보고 결혼하는 게 세상에서 제일 사악하죠. 잘 가요. 언제든 편할 때 풀러튼에 오면 정말 반가울 거예요." 이 말을 남기고 그녀는 떠났다. 그도 남자다운 예의가 있지 더 이상 붙잡을 수 없었다. 그녀의 의견을 듣고 그녀의 방문 초대를 받고 보니, 그녀를 못 가게 막을 이유가 하나도 없었다. 그녀는 총총히 떠났고, 그는 자신의 유쾌한 언변과 그녀의 노골적인 격려를 골똘히 생각했다.

　오빠의 약혼을 처음 들었을 때 워낙 흥분해서 캐서린은 이 근사한 사건을 앨런 부부에게 전하면 그들이 상당히 감정적으로 풍부해질 줄 기대했다. 얼마나 실망했는지! 단단히 준비해서 이 중요한 소식을 밝혔는데, 정작 부부는 공히 오빠의 도착 이후 이렇게 될 줄 예상하고 있던 것이다. 이 소식에 대한 그들의 반응은 젊은 사람들의 행복을 축복하는 것, 즉 앨런 씨는 이자벨라의 아름다움을 칭찬하고 부인은 이자벨라의 행운을 말하는 것으로 끝이었다. 그렇게나 무덤덤할 수 있다는 게 캐서린이 보기에는 최고로 놀라웠다. 제임스가 그저께 풀러튼으로 달려갔다는 비밀을 폭로하자 그제야 앨런 부인이 약간 동요했다. 앨런 부인은 이 소식을 완벽하고 차분하게 받아들일 수 없었다. 비밀이어야만 했는지 유감이라고 여러 번 말했고, 그런 줄 알았더라면 좋았을 거라고, 그가 떠나기 전에 만났더라면 좋았을 거라고 하면서, 그랬다면 그의 부모님에게 안부를 전해 달라고, 스키너 가족 모두에게 친절한 안부를 전해 달라고 부탁했을 거라고 아쉬워했다.

2권

1장

밀썸 거리의 그 집을 방문한다는 기대가 워낙 컸던지라 실망은 어쩌면 당연할 수밖에 없었다. 틸니 장군이 아주 정중하게 맞아 주었고 그의 딸도 친절하게 환영해 주었고 헨리도 있었고 다른 손님은 없었는데도, 돌아오는 길에 자신의 감정을 오래 들여다보지 않고서도 바로 깨달은 것은 자신이 과도한 행복을 기대하고 그 자리에 갔다는 점이었다. 같이 시간을 보내고 나서 틸니 양과 더 친해지기는커녕 예전처럼 친밀하게 느껴지지 않았다. 편안하게 가족들과 어울리는 헨리 틸니를 봐서 좋기는커녕 그렇게 말할 수 없고 유쾌하지 않은 모습은 처음이었다. 그들 부친의 정중한 예의에도 불구하고, 그러니까 그의 감사 인사와 초대와 칭찬에도 불구하고, 그와 떨어지니까 풀려나는 느낌이 들었다. 이 모든 걸 설명하려니 당황스러웠다. 틸니 장군의 잘못은 아닐 것이다. 그가 정말로 유쾌하고 호방하고 전체적으로 굉장히 매력적인 사람이라는 사실은 의심의 여지가 없다. 키가 크고 잘생긴 헨리의 부친이니까. 그의 자녀들이 풀 죽은 모습이라고 해서, 또는 그와 함께 있을 때 즐겁지 않다고 해서 그가 책임질 수는 없다. 자녀들이 풀 죽은 모습인 건 어쩌다 보니 그렇고, 그와 함께 있을 때 즐겁지 않은 건 그저 주변머리 없는 자신 탓이리라. 이자벨라는 자세한 내용을 듣고는 좀 다른 설명을 내놓았다. "그건 자존심, 자존심, 못 말리는 오만과 자만 탓이야! 진즉 그 가족이 아주 거만할 거라 생각은 했지만 오늘 얘길 들어 보니 딱 그렇군. 내 평생 틸니 양처럼 무례한 사람은 처음이야! 그 대단한 가문의 영예를 지키려니 평범한 가정교육으로는 역부족이겠지! 손님을 불러 놓고 그렇게 거만하게 굴다니! 그녀와 말도 하지 마!"

"그 정도는 아니었어, 이자벨라. 거만하지 않았어. 아주 정중했다니까."

"어휴! 감싸지 마! 그 오빠란 사람은 널 되게 좋아하는 것 같더라만! 세상에! 뭐, 사람의 감정은 알다가도 모르겠어. 그러니까 하루 종일 눈길 한 번 안 준 거야?"

"그렇진 않아. 암튼 기운이 없어 보였어."

"역겨워! 이 세상에서 변덕을 가장 싫어해. 그 사람 다시 생각하지 마, 캐서린. 그럴 가치도 없는 사람이야."

"가치가 없다니! 그 사람은 내가 안중에도 없을걸."

"내 말이 바로 그거야. 너는 안중에도 없어. 변덕쟁이! 아! 네 오빠랑 다르고 나와 너무 다른 사람이야! 그리고 난 정말로 가장 변함없는 마음을 가진 사람은 존이라 생각해."

"그래도 틸니 장군은 말이지, 그렇게 정중하고 깍듯하게 대해 준 사람은 처음이야. 오로지 날 즐겁고 행복하게 해 주려 했어."

"그래! 괜찮은 분이지. 오만하지 않아. 아주 신사 같은 분이지. 존이 좋게 말했고, 존의 판단으로 봐서……."

"그럼, 오늘 저녁에 어떻게 나오는지 볼게. 무도회장에서 볼 테니까."

"나도 갈까?"

"그럴 거 아니었어? 난 그런 줄 알고 있는데."

"그렇게 말하니까 꼼짝할 수 없네. 알다시피 내 마음이 수십 마일 멀리 가 있는 처지니까 유쾌하게 굴지 않더라도 봐 줘. 제발 춤추라고 하지 말고. 정말 불가능해. 찰스 호지가 따라다니며 괴롭힐 게 분명해. 단번에 거절해야지. 열 번 찍어서 한 번은 그 이유를 맞출 텐데, 그 순간을 피하려면 혼잣말로 추측하도록 내버려 둬야지."

틸니 가족에 대한 이자벨라의 견해는 별 영향을 발휘하지 못했다. 오빠나 여동생이나 매너가 무례한 건 분명 아니었다. 오만하다는 건 틀렸다. 이런 신뢰는 저녁에 보상받았다. 예전처럼 한 사람의 변함없는 친절과 또 한 사람의 변함없는 관심을 받았다. 틸니 양은 그녀 가까이에 머물려고 노력했고 헨리는 그녀에게 춤추자고 했다.

어제 밀섬 거리를 방문했을 때 맏이인 틸니 대령이 곧 도착할 거라더니, 아니나 다를까 처음 보는 굉장히 세련되고 잘생긴 청년이 그들과 어울리는 걸 보니 누군지 금방 알 수 있었다. 존경의 눈길로 그를 바라보면서, 비록 분위기는 동생보다 딱딱하고 용모가 덜 서글서글했지만 어떤 사람들 눈에는 동생보다 더 잘생겨 보일 수 있겠구나 생각했다. 그의 취향과 매너는 의심할 바 없이 열등했다. 춤추라고 하면 거절하는 데다 헨리가 춤추는 걸 놀리는 소리가 다 들렸다. 그 점으로 미루어 짐작컨대, 우리 여주인공이 그를 어떻게 판단하든지간에 그가 그녀를 좋아해서 사태가 꼬일 일은 없었다. 형제 사이에 싸울 일도 없고 숙녀를 박해할 일도 없으리라. 그는 승마코트를 휘날리는 세 명의 악당에게 그녀를 잡아 무시무시한 속도로 달려갈 사륜마차에 태우라고 교사하는 그런 유형이 아니다. 캐서린은 그런 끔찍한 예감은 꿈에도 모른 채 오로지 춤 대형이 짧은 것 말고는 아무 걱정 없이 오직 헨리 틸니와 함께 있는 순간을 즐기며 그가 말할 때마다 눈을 반짝이며 귀를 기울였다. 그녀는 그의 매력에 푹 빠져 있었다.

첫 춤이 끝날 때, 틸니 대령이 다가와 동생을 데려가 버려서 캐서린은 실망했다. 형제는 속삭이며 멀어져 갔다. 그녀의 섬세한 감수성이 화들짝 놀란 나머지 틸니 대령이 자신에 대한 악의적인 소리를 듣고 이들을 영원히 갈라놓을 심산으로 동생에게 서둘러 알려 주려고 달려온 게 틀림없다고 호들갑을 떨진 않았지만, 짝이 멀어져 가자 불안감이 없진 않았다. 오 분이 넘었다. 십오 분은 지났다 싶을 때 그들이 돌아왔는데, 헨리의 설명에 따르면 형이 그녀의 친구인 쏘오프 양과 인사를 나누고 싶은데 춤추자고 부탁하면 받아 주는지 알고 싶다는 것이었다. 그녀는 쏘오프 양은 전혀 춤출 생각이 없다고 바로 대답해 주었다. 냉정한 대답을 전해 듣자 그는 곧 가 버렸다.

"당신 형이 기분 나빠하지는 않겠죠." 그녀가 말했다. "아까 춤 추는 게 싫다고 했으니까요. 그래도 생각해 줘서 고맙네요. 이자 벨라가 앉아 있는 걸 보고 짝이 없는 줄 알았나 봐요. 그녀는 무 슨 일이 있어도 춤추지 않을 건데, 당신 형이 착각했네요."

헨리가 웃으며 말했다. "사람들의 행동 동기를 별생각 없이 그냥 받아들이는군요."

"네? 무슨 말이죠?"

"저 사람이 어떻게 영향을 받는지, 저 사람의 감정, 나이, 처지, 습관에 영향을 끼치는 요소가 무엇인지 고려하지 않는다고요. 근 데, 나는 어떻게 영향을 받나요, 내가 이런저런 행동을 하도록 영 향을 끼치는 건 뭘까요?"

"무슨 말인지 모르겠어요."

"그럼 우린 평등하지 않아요. 난 당신을 완전히 알겠는데."

"그래요? 알 수 없는 사람이 되려면 말주변이 좋아야 하는데."

"우와! 현대 언어에 대한 훌륭한 풍자입니다."

"무슨 뜻인지 말해 줘요."

"그럴까요? 정말로 알고 싶어요? 결과는 생각하지 않는군요. 당 신은 지독한 수치심에 빠지고, 분명 우린 다툴 거예요."

"아뇨. 그런 일 없을 거예요. 겁나지 않아요."

"그러니까 내 말은 형이 쏘오프 양과 춤추고 싶어 하는 것을 형 의 착한 마음으로만 여기는 당신이 착하기로는 이 세상 누구보다 월등한 사람이란 겁니다."

캐서린은 얼굴을 붉히며 아니라고 했지만, 이 신사의 말은 옳았다. 그의 말에는 괴롭고 혼란스러운 감정을 상쇄하는 무언가가 있었다. 그게 하도 마음에 계속 남아서 그녀는 말하고 듣기를 잊고 또 그녀가 지금 어디에 있는지도 잊을 정도로 한동안 혼자 침잠했다. 이자벨라의 목소리가 들려 정신을 차리고 고개를 들어 보니 그녀가 틸니 대령과 손을 맞잡을 준비를 하고 있었다.

이자벨라는 어깨를 으쓱하며 웃음 지었다. 놀라운 사태에 대해 이 순간에 가능한 유일한 설명이라는 듯이. 캐서린은 이해할 수 없었고, 그녀의 짝에게 자신이 받은 충격을 대놓고 털어놓았다.

"어떻게 이럴 수가! 이자벨라는 춤추지 않을 결심이었다고요."

"예전에 이자벨라가 마음을 바꾼 적이 없었나요?"

"아! 하지만, 당신 형! 내 말을 당신이 전했는데도 당신 형은 어떻게 그녀에게 춤추자고 요청할 수 있죠?"

"그건 놀랍지 않아요. 당신이 놀라는 걸 보니 당신 친구가 놀랍긴 하군요. 형에 대해서 말하자면, 내가 알기로는 완벽하게 감당할 수 있는 행동을 해 온 사람입니다. 당신 친구는 누가 봐도 매력이 넘치는 사람입니다. 이제 당신이 그녀의 지조를 이해할 차례입니다."

"웃어넘길 일이 아니에요. 이자벨라는 평소에 지조가 대단하다고요."

"어떤 사람에 대해서 말할 수 있는 건 그 정도까지입니다. 지조가 대단하다고 했으니까 종종 뻣뻣하게 나오겠죠. 언제 적당히 느슨해질지를 판단하느라 고심하겠고요. 내 형이 관련되어서 하는 말이 아니라, 난 정말로 쏘오프 양이 지금 이 순간에 그렇게 하기로 잘 판단했다고 봐요."

두 친구가 속 얘기를 나누려면 춤이 모두 끝날 때까지 기다려야 했다. 결국 둘이 팔짱을 끼고 무도회장을 돌 때 이자벨라가 설명을 내놨다. "놀랐구나. 피곤해 죽겠어. 어찌나 떠드는지! 말 안 시켰으면 좀 좋아. 꼼짝 않고 가만 앉아 있었으면 제일 좋았을 테지만."

"가만 앉아 있지 그랬어?"

"아! 얘는! 그럼 너무 눈에 띄잖아. 내가 그런 걸 얼마나 싫어하는지 알거야. 할 수 있는 만큼 거절했지만 도무지 거절을 안 받아 주잖아. 얼마나 보챘는지 넌 몰라. 봐 달라고, 다른 짝을 알아보라고 했지만, 들은 척도 안 하더라. 나를 지목하고 나니까 무도회장에 있는 그 누구도 성에 차지 않았겠지. 단지 춤추고 싶었던 게 아니라 나와 함께 있고 싶었던 거야. 아! 헛소리는 어찌나 하는지! 그렇게 해서는 날 설득할 수 없다고 쏘아 줬어. 달콤한 말과 칭찬은 질색이야. 그래서 내가 춤추지 않으면 끝나지 않을 것 같더라. 게다가, 내가 안 받아 주면 그를 소개한 휴즈 부인이 오해하실 것도 같고. 내가 저녁 내내 혼자 앉아 있다면 네 오빠도 싫어할 테니. 모두 끝나서 다행이야! 헛소리 들어주느라 기운 다 빠졌네. 근데 있잖아, 말쑥한 청년과 붙어 있으니까 다들 쳐다보는 거 있지."

"정말 잘생겼어."

"잘생겼지! 맞아. 사람들이 좋아라 하지. 하지만 내 스타일의 아름다움은 아냐. 난 좋은 혈색에 검은 눈동자를 가진 남자는 별로야. 그래도 아주 괜찮은 사람이지. 대단히 잘난 척하고. 내가 나름 몇 번이나 무시해 주었지만."

다음에 두 숙녀가 만났을 때엔 훨씬 흥미로운 주제가 있었다. 제임스 몰란드의 두 번째 편지가 왔고 그의 아버지의 친절한 의도가 세세하게 드러났다. 몰란드 씨가 맡아서 담당하고 있는, 일 년 수입이 400파운드 정도 나오는 목사관을 아들이 맡을 나이가 되자마자 마련해 주겠다고 했다.* 가족의 수입에서 제법 잘라 준 셈이었고, 열이나 되는 자식들을 생각하느라고 겨우 찔끔 떼어 주는 게 아니었다. 게다가 나중에 공평하게 나눠진 몫을 유산으로 받을 수 있도록 해 놓기까지 했다.

제임스는 진솔하게 고마움을 표현했다. 결혼하기 전 이삼 년을 기다려야 하는데, 환호할 일은 아니어도 이미 그럴 줄 알았던 일이라 불만 없이 참기로 했다. 아버지의 수입이 얼만지도 모르는 캐서린으로서는 딱히 기대치가 없었고 판단력을 전적으로 오빠에게 의존하는 상태였으므로 그저 모든 것이 잘 해결되어 만족스러웠고 이자벨라를 진심으로 축하해 주었다.

"정말 멋져." 이렇게 말하는 이자벨라의 표정이 어두웠다. "몰란드 씨가 정말이지 엄청 잘해 주셨구나." 딸을 걱정스럽게 바라보던 쏘오프 부인이 부드럽게 다독였다. "나도 그렇게 많이 해 줄 수 있으면 얼마나 좋을까. 더 이상 바랄 수 없을 것 같구나. 앞으로 더 해 주실 수 있으면 해 주시겠지. 아주 마음씨 좋은 양반이잖아. 새로 시작하기에는 400파운드로는 좀 부족하지만, 이자벨라, 너는 겸손한 아이라서 자신이 얼마나 욕심이 없는지도 모르겠지."

"날 위해서 더 원하는 게 아니에요. 난 단지 사랑하는 몰란드가 평범한 생필품 하나 마련하기에도 충분하지 않은 수입 때문에 시름에 빠질까 걱정이에요. 난 아무렇지도 않아요. 내 생각은 해 본 적도 없어요."

"알고말고. 그래서 모든 사람들이 너를 사랑하는 거니까, 그걸 로 보람을 느낄 거다. 너만큼 많이 사랑받는 아가씨는 없단다. 몰 란드 씨도 널 본다면 그럴 텐데, 사랑하는 딸아, 캐서린에게 말해 서 괜히 신경 쓰게 하진 말자. 몰란드 씨가 잘해 주셨잖니. 아주 훌륭한 분이라고들 하더라. 네가 적당히 재산이 있었다면 뭔가 더 해 주셨을 거라고 생각하진 말자꾸나. 분명 아량이 넓은 분이니 말이다."

"몰란드 씨를 나보다 더 좋게 생각하는 사람은 없어요. 하지만 누구나 단점은 있고, 누구든 자기 돈으로 맘대로 할 권리가 있으 니까." 캐서린은 이런 암시에 상처받았다. "분명 아버지는 할 수 있 는 만큼 약속하셨어." 이렇게 한마디 했다.

이자벨라가 수습에 나섰다. "착한 캐서린, 당연히 그러셨을 테 고, 알다시피 난 훨씬 적은 수입으로도 만족해. 지금 약간 기운이 빠진 건 돈이 부족해서가 아니야. 난 돈을 싫어해. 지금 우리가 50파운드를 가지고라도 시작할 수 있다면 그렇게 하겠어. 아! 캐 서린, 알잖아. 괴로운 건 이거야. 끝날 것 같지 않게 길고 긴 이 년 반이 지나야 네 오빠가 그 목사관을 가질 수 있으니까."

"그래, 내 딸 이자벨라." 쏘오프 부인이 위로했다. "그 마음 잘 안 다. 넌 거짓말 못 하지. 당장의 괴로움을 완전히 이해하마. 그런 고 귀하고 정직한 애정 때문에 모두들 널 더 사랑한단다."

캐서린의 불편한 감정은 가라앉기 시작했다. 이자벨라가 속상한 이유는 단지 결혼이 늦춰졌기 때문이라고 믿고 싶었다. 다음에 만났을 때 이자벨라가 여느 때처럼 활달하고 사랑스러운 모습을 되찾은 걸 보고 그녀에 대해 잠시나마 다른 생각을 했다는 사실을 잊으려 했다. 곧 제임스가 돌아왔고, 융숭한 친절함으로 환대받았다.

2장

앨런 부부는 바쓰에 6주째 머물고 있었다. 이번이 마지막 주가 될지 결정이 내려지지 않은 상태라서 캐서린은 조마조마하게 귀를 쫑긋 세웠다. 틸니 가족과의 만남을 이렇게 일찍 끝내는 건 너무 야속했다. 결정이 내려지지 않은 상태에서 그녀의 모든 행복이 이 문제에 달린 것 같다가, 숙소에 2주일 더 머물기로 정해지자 모든 것이 안전해졌다. 추가된 2주일 동안 헨리 틸니를 가끔 볼 수 있으리라는 것 말고 무슨 일이 더 있을지 캐서린은 별로 생각해 보지 않았다. 제임스의 약혼이 어떻게 성사되었는지 지켜보면서 정말로 한두 번은 자기도 '아마' 그럴 수 있으리라 몰래 공상하는 정도까지는 가 봤지만 현재로서는 그저 그와 함께 있는 행복만 생각했다. 이제 3주일이 더 남은 셈인데, 눈앞에 펼쳐진 행복이 확실한 마당에 나머지 인생은 멀게만 보여서 그다지 관심이 가지 않았다. 오전에 결정이 내려지고, 틸니 양을 방문해서 기쁨을 쏟아 놓았다. 그러나 시련의 날이었다. 캐서린이 앨런 씨의 체류 결정을 알리며 환호하자마자 틸니 양은 아버지가 일주일 후에 바쓰를 떠나기로 막 결정했다고 밝혔다. 이런 날벼락이! 오전에 가슴 졸이던 건 지금 실망에 비하면 차라리 평화로웠다. 안색이 변한 캐서린은 근심 가득한 목소리로 틸니 양의 마지막 말, "일주일 후에!"를 중얼거렸다.

"광천수의 효능을 더 두고 보자고 아버지를 설득해도 소용없었어. 여기서 만날 사람들이 있었는데 만남이 성사되지 않아서 언짢으셨고, 지금은 꽤 괜찮아지셨지만 얼른 돌아가고 싶어 하셔."

"유감이야." 캐서린이 기운 없이 대꾸했다. "미리 알았더라면."

"있잖아." 틸니 양이 쭈뼛거리면서 말했다. "혹시 우리가 이렇게 하면 어떨지."

그녀의 아버지가 들어오는 바람에 말이 끊겼는데, 캐서린으로서는 그것이 계속 연락하자는 말이기를 바라는 심정이었다. 그는 평소처럼 정중함을 갖춰 그녀에게 인사한 후 딸을 돌아보고 말했다. "자, 엘레노어, 아리따운 친구에게 잘 말하고 있는 거지?"

"아버지가 들어오실 때 마침 그 부탁을 하려던 참이었어요."

"어서 하렴. 아주 기다려 왔잖니. 몰란드 양." 딸이 말할 시간을 주지도 않고 그가 나섰다. "딸이 아주 과감한 소망을 갖고 있단다. 아마도 들었겠지만 우린 다음 토요일에 바쓰를 떠난다. 집사가 편지를 보내 집으로 오라고 해. 오랜 친구인 롱타운 후작과 코트니 장군을 볼 생각으로 바쓰에 왔는데 못 만났으니 더 머물 이유가 없지. 우리 쪽만 생각한다면야 여길 떠나도 아쉬울 게 하나도 없어. 한마디로 하면, 아가씨가 여기서 성공적으로 잘 지내는 걸 포기하고 친구 엘레노어를 따라 글로스터셔로 함께 가 줄 수 있을까? 부탁하기 정말 미안하지만, 바쓰에 있는 다른 누구에게 하기 힘든 무례한 부탁을 아가씨는 이해해 줄 거라 믿고 하는 거야. 아 가씨가 워낙 착하니까. 대놓고 칭찬하는 것은 아니고 말이지. 친히 우리를 방문해 준다면 말할 수 없이 기쁠 것 같단다. 솔직히 그곳 은 활기찬 도시의 즐거움 같은 건 없는 곳이지. 알다시피 우리가 살림이 평범하고 소박해서 즐거움이나 화려함을 선사할 수는 없 어. 그래도 최선을 다해서 노생거 사원*에서 지내는 데 나쁘지 않 도록 해 주지."

노생거 사원! 짜릿한 단어를 듣자 캐서린의 감정은 황홀의 절정 으로 치달았다. 감사하고도 행복해서 침착하게 말로 표현할 수 없 었다. 이렇게 우쭐한 초대를 받다니! 함께 지내 달라는 부탁을 이 렇게 열렬하게! 모든 것이 영광스럽고 뿌듯했고, 현재의 모든 기쁨 과 미래의 희망이 다 담긴 초대였다. 아버지와 어머니의 허락만 떨 어진다면 가겠다고 성심껏 대답했다. "바로 집에 물어보겠습니다" 라고, "반대하지 않으실 거예요"라고.

틸니 장군은 이미 풀트니 거리에 묵고 있는 그녀의 보호자를 만 나 허락을 받았기 때문에 그녀 못지않게 낙관적이었다. "그분들도 괜찮다 했으니까 이제 순리대로 풀리겠군." 그가 덧붙였다.

틸니 양은 조곤조곤했지만 열심히 말을 이어갔고, 몇 분 지나자 풀러튼의 허락만 받으면 될 정도로 일정이 정해졌다.

오전 내내 캐서린의 감정은 불안과 확신과 실망을 오갔다. 지금 은 완전한 축복 속에 정착했다. 황홀할 정도로 사기가 오른 채 헨 리를 떠올리고 노생거 사원을 웅얼거리며 당장 편지를 쓰러 달려갔다. 몰란드 부부는 진즉 딸을 맡겼던 보호자의 판단에 기대어 그들이 딸을 돌보는 동안에 맺어진 인맥이 부적절하리라고는 전혀 의심하지 않았으므로 딸의 글로스터셔 방문에 동의하는 답장을 바로 보냈다. 캐서린은 그러리라 기대하고 있었으면서도 쉽게 허락이 떨어지자 친구, 행운, 상황, 기회가 이 세상 누구보다 자기에게 유리하다는 확신이 굳어졌다. 모든 것이 그녀에게 유리하게 돌아갔다. 첫 동행인 앨런 부부의 친절함 덕분에 이 세상의 모든 즐거움을 맛볼 수 있는 곳으로 들어왔다. 그녀의 감정과 애정은 모두 보답으로 돌아왔다. 마음에 들면 뭐든 좋아할 수 있었다. 이자벨라의 사랑은 자매애로 단단해졌다. 무엇보다도 틸니 가족이 자기를 좋게 생각해 주기를 바랐는데, 아예 그런 소망을 넘어 우쭐할 정도로까지 친밀한 관계를 이어 가고 있다. 그녀를 골라 초대해 주었으니 가장 친해지고 싶은 그 사람과 몇 주 동안 같은 지붕 아래에서 지낼 수 있다. 다름 아닌 사원의 지붕 아래에서! 그녀는 헨리 틸니를 사랑하는 것 다음으로 옛 건물 모습에 열광했다. 그녀의 공상은 그에 대한 생각 아니면 옛 성과 사원으로 가득했다. 지난 몇 주 동안 이 사원의 성벽과 성채, 또는 저 사원의 회랑을 구경하고 탐험하고 싶다는 소망에 골몰해 왔다. 한 시간짜리 관광객 그 이상을 바라기는 언감생심이었는데도. 그런데 그게 이루어지려 한다. 집, 복도, 안채, 마당, 안뜰, 별채 같은 건 다 없을 수도 있지만, 노생거는 어쨌든 사원이었던 곳이고 바로 거기에 머물게 된 것이다. 길고 축축한 길, 좁은 방들과 버려진 예배당을 매일 가 볼 수 있고, 어떤 전해 오는 전설, 상처받고 불운하게 살다

간 수녀의 끔찍한 기억을 만나리라는 희망을 완전히 가라앉힐 수 없었다.

그녀의 친구들이 그런 집에 살면서도 우쭐대지 않았다니 놀라울 따름이었다. 그 사실을 그렇게 태연하게 간직하다니 말이다. 어릴 때부터 그런 습성이 배어 있을 때에만 그럴 수 있으리라. 부유하게 타고났다고 해서 자만하지 않는 사람들. 그들에겐 탁월한 집이 탁월한 인품만큼 중요하지는 않았다.

틸니 양에게 이것저것 많이 물어보았다. 생각이 하도 많아서 그런지 대답을 듣고 나서도 별로 더 확신하지 못했다. 노생거 사원이 종교개혁기에 부유한 수녀원이었는지, 와해되던 중에 틸니 가문의 조상 손으로 들어갔는지,* 옛 건물의 대부분이 여전히 현재 거주 구역이되 그 나머지는 버려진 채 있는지, 북동쪽으로 가로막혀 있고 떡갈나무 숲에 둘러싸인 채 계곡에 나지막하게 서 있는지 말이다.

3장

캐서린은 행복에 겨운 나머지 요 며칠 이자벨라와 거의 시간을 보내지 않았다는 사실을 잊고 지냈다. 어느 날 오전 앨런 부인 옆에서 딱히 오가는 말도 없이 무심히 광천수 사교장을 돌다가 문득 이 사실을 깨닫자 새삼 그녀와의 대화가 그리워졌다. 우정을 그리워한 지 채 오 분도 지나지 않아 바로 그리움의 대상이 눈앞에 나타나더니 둘만 대화할 수 있는 자리로 데리고 갔다. "내가 가장 좋아하는 자리야." 양쪽 문으로 들어오는 사람들을 이리저리 다 파악할 수 있도록 문 사이에 만들어 놓은 의자에 걸터앉으면서 그녀가 말했다. "여긴 정말 안전해."

캐서린은 이자벨라가 간절한 기대를 품고 양쪽 문으로 번갈아 눈길을 주는 모습을 보다가 다 알면서 왜 그러느냐는 소리를 얼마나 자주 들어왔는지 떠올라서 지금이야말로 정말 알은체할 수 있는 좋은 기회라는 생각이 들었다. 그래서 유쾌하게 선수를 쳤다. "안심해, 이자벨라. 제임스가 곧 올 거야."

"제발, 친구야!" 그녀가 반응했다. "내가 언제나 그를 곁에 붙잡아 두려는 멍청한 여자 같잖아. 항상 붙어 있는 건 끔찍해. 사람들 웃음거리가 되고 말걸. 노생거에 간다며! 엄청 잘됐다. 잉글랜드에서 가장 유서 깊은 건물 중 하나잖아. 어떤 곳인지 하나하나 다 알려 줘야 해."

"두말하면 잔소리지. 근데 누굴 기다려? 여동생들 오기로 했어?"

"아무도 안 기다려. 어딘가를 보긴 봐야 하니까, 어디를 뚫어지게 바라보는 척하면서 사람들을 속이고 머릿속 생각은 멀리 달아나는 거지. 난 완전 멍한 상태야. 이 세상에서 이렇게 멍한 사람은 없을걸. 틸니 씨가 말하길, 그런 끼를 가진 사람들이 있다더라."

"이자벨라, 할 말 있는 거 아니었어?"

"그렇지! 이게 바로 그 증거라니까. 이놈의 머리가 문제야! 금방 까먹었지 뭐야. 그러니까, 존이 편지했어. 무슨 내용인지 알겠지."

"아니, 몰라."

"귀염둥이 친구야, 너무 그렇게 순진한 척하지 마. 네 얘기 말고 뭘 쓰겠어? 네게 홀딱 빠져 있는데."

"이자벨라, 내게 빠졌다니!"

"어여쁜 캐서린, 이제 그만해! 겸손 같은 거 아주 좋긴 한데, 정말이지 가끔은 그냥 정직한 게 더 좋은 법이야. 그렇게 뻣뻣하게 굴지 마! 그걸로 칭찬받으려는 것 같잖아. 그렇게 관심을 보였으면 어린아이라도 눈치챘겠지. 오빠가 바스에서 떠나기 삼십 분 전에 네가 확실하게 언질을 줬다는 거 알아. 그의 청혼을 더할 나위 없이 친절하게 받아 줬다고 편지에 다 나와 있어. 이 주제를 계속 밀어 달라면서 네게 온갖 애교를 떠는 편지라니까. 이 마당에 모른 척해 봤자 소용없단다."

캐서린은 비난에 진심으로 놀라면서 쏘오프 씨가 자신과 사랑에 빠졌다는 말은 금시초문이라며 결백을 주장했고 이어서 그를 조금이라도 부추길 의도는 전혀 없었다고 해명했다. "첫 만남에서 그가 춤추자고 한 것을 제외하면 맹세코 단 한순간도 내게 관심을 보인 적이 없었어. 청혼이니 뭐니 하는 게 뭔지 모르겠지만 분명 착각이야. 청혼 같은 걸 내가 오해할 리가 없잖아! 우리 사이엔 청혼 비슷한 것도 나온 적 없다고 엄숙하게 맹세할 테니 제발 믿어 줘. 떠나기 삼십 분 전에 청혼이라니! 전부 완전히 오해야. 그날 오전 내내 따로 만난 적도 없는데, 무슨."

"하지만 분명 오전 내내 에드가 빌딩에 있었잖아. 네 아버지의 허락 편지가 온 날이었어. 한동안 응접실에서 너와 존 둘만 있다가 네가 나갔고."

"그래? 그렇다면 그렇겠지. 하지만 난 정말 기억나지 않아. 그러고 보니 너와 함께 있었고 그와 다른 사람들을 만났던 기억은 나지만, 둘만 오 분 동안 있었던 건 모르겠어. 논쟁해 봐야 소용없고, 그가 뭐라고 하든 난 하나도 기억나지 않고 그가 말하는 걸 생각해 본 적도 기대한 적도 소망한 적도 없으니까 믿어 줘. 나에게 관심을 가지고 있을까 봐 아주 부담스러워. 나로서는 정말 의도하지 않았고, 조금도 생각해 보지 않은 일이야. 제발 꿈에서 깨어나라고, 유감이라고, 뭐라고 말해야 할지 모르겠는데, 암튼 내 말을 가장 적절한 방식으로 이해시켜 줘. 이자벨라, 네 오빠를 나쁘게 말하는 게 아냐. 내가 만일 한 남자를 좋아한다면 그 남자가 네 오빠가 아니라는 거 알잖아." 이자벨라는 잠자코 듣기만 했다. "친구야, 화내지 마. 네 오빠가 날 그렇게 아끼는지 정말 모르겠어. 그래도 우린 언제나 자매로 지내자."

"그렇고말고." (얼굴을 붉히며) "여러 가지 의미에서 자매야. 도대체 내가 어디서 틀렸지? 그러니까, 캐서린, 네가 불쌍한 존을 너무 무시하는 거 아닐까?"

"분명 그의 애정에 보답할 수 없고, 또 분명 그를 부추길 뜻이 없어."

"그렇다면 그만 괴롭힐게. 존이 이 얘길 나누라고 해서 나눈 것뿐이야. 사실 편지를 읽자마자 어리석고 성급한 일이라고 생각했고 두 사람 누구에게도 좋은 일 같지 않더라. 둘이 잘된다 해도, 살 집이나 있겠어? 각자 가진 건 있지만, 요즘 세상에 가족을 먹여 살리는 게 쉬운 일이냐고. 로맨스 작가들이 아무리 뭐라고 해도,* 돈 없으면 되는 게 없는 세상인데. 존도 이렇게 생각하려나 모르겠지만. 아직 내 편지는 못 받았을 거야."

"그럼 난 어떤 잘못도 없는 거지? 네 오빠를 속일 생각은 전혀 없었고, 날 좋아할 거라고는 지금 이 순간까지 단 한 번도 의심해 보지 않았으니까."

"아!" 이자벨라가 웃으며 대답했다. "과거에 네 생각과 의도가 어땠는지 내가 어떻게 결정하겠어. 모든 건 네 맘이니까. 잠깐 노닥거리는 건 있을 수 있는데, 그러다 보면 받아 주려고 마음먹은 것보다 더 부추기곤 해. 절대로 깐깐하게 널 비난하진 않아. 전부 혈기 왕성한 젊음 탓에 벌어진 일이잖아. 어느 날 이랬던 마음이 다른 날 저렇게 바뀌지. 상황은 변하고 의견도 변하고."

"네 오빠에 대한 내 의견은 변한 게 아니야. 그건 항상 같았어. 넌 일어나지도 않은 일을 말하는구나."

"캐서린." 그녀의 말을 듣지도 않고 상대방이 나섰다. "네가 마음을 결정하기 전에는 절대 약혼하라고 닦달하지 않아. 내 오빠라는 이유만으로 오빠 좋으라고 네 행복을 희생하길 바라는 건 정당하지 않아. 결국 네가 없더라도 오빠는 얼마든지 행복하게 지낼지도 모르는 게, 특히나 젊은 남자들은 워낙 변덕스럽게 이랬다저랬다 해서 도대체 어떻게 할 건지 알 수가 없거든. 그러니까, 왜 오빠의 행복이 내 친구의 행복보다 더 소중해야 하는데? 내가 우정을 소중하게 여기는 거 알잖아. 친구야, 서두르지 않는 게 무엇보다 중요해. 너무 서두르면 반드시 후회하는 날이 온다니까. 틸니가 말하기를 사람들이 다른 것보다 자신의 감정 상태에 더 자주 속아 넘어간다던데, 그 말이 딱 맞아. 아! 여기 오시네. 괜찮아. 우릴 못 봐."

캐서린이 고개를 들어 틸니 대령을 봤다. 이자벨라는 그를 뚫어져라 쳐다보며 금세 그의 시선을 끌었다. 즉시 그가 다가와서 그녀가 비켜 준 자리를 차지했다. 그의 첫마디에 캐서린은 화들짝 놀랐다. 낮게 말했지만 다 알아들었다. "이런! 직접 하든 누굴 시키든, 감시가 심하군요!"

"말도 안 돼!" 똑같이 속삭이는 소리로 이자벨라가 대답했다. "감시하라고 시키는 거예요? 하려면 하겠지만, 알다시피 내가 독립적인 사람이잖아요."

"당신 마음이 독립적이면 좋겠어요. 그거면 돼요."

"내 마음이라니! 사람 마음에 신경이나 써요? 남자들이 마음이 어디 있다고."

"마음이 없다면 눈은 있어요. 그것으로 충분히 괴롭죠."

"그래요? 미안해요. 내가 그렇게 괴롭힌다니 미안하다고요. 다른 쪽을 볼게요. 그럼 됐죠. (그로부터 등을 돌리며) 당신 두 눈이 이젠 괴롭지 않길 바랄게요."

"더 나빠졌어요. 반짝이는 뺨 가장자리가 아직 보여서요. 너무 많이 보이면서 동시에 너무 조금 보여요."

캐서린은 이 모든 말에 질색하여 더 이상 견딜 수 없었다. 이자벨라가 버티는 게 놀라웠고, 오빠를 대신해 질투가 생겨나자 벌떡 일어서며 앨런 부인에게 가야겠으니 함께 걷자고 요구했다. 이자벨라는 전혀 그럴 마음이 없었다. 너무 피곤하고 광천수 사교장을 걷는 게 지긋지긋하다고 했다. 여기서 움직이면 동생들을 놓칠 거라고, 곧 동생들이 올 거라고 했다. 그러니까 사랑하는 친구 캐서린이 이해해 주고 말없이 앉아 줘야 한다고 말이다. 그러나 캐서린도 물러나지 않았다. 마침 앨런 부인이 다가와 집에 가자고 하는 바람에 틸니 대령 옆에 붙어 있는 이자벨라를 두고 사교장을 빠져나와 버렸다. 그렇게 어색하게 헤어졌다. 틸니 대령은 이자벨라에게 빠진 듯했고, 이자벨라도 무의식적으로 동조하는 듯했다. 제임스와 이자벨라의 사랑이 약혼을 통해 만천하에 알려진 마당에 무의식적으로 그럴 수밖에. 그녀의 진실이나 선한 의도를 의심하지 않았다. 그러나 대화 내내 그녀의 태도는 이상했다. 이자벨라가 평소처럼 말했으면, 돈 얘기에 몰두하지 않았으면 좋았을 텐데. 틸니 대령이 나타났을 때 그렇게 기뻐하지 않았으면 좋았을 텐데. 그의 호감을 알아채고 그렇게 행동하다니! 눈치를 줘서라도 조심시키고 싶었고 지나치게 활달한 몸가짐이 그와 그녀의 오빠 두 남자 모두에게 줄 수 있는 고통을 막고 싶었다.

존 쏘오프의 애정 표현을 감안해 그 여동생의 경솔함을 눈감아 줄 수는 없었다. 쏘오프의 애정이 진심이기를 바라기는 고사하고 아예 애정이 있다고 조금도 믿지 않았다. 그의 착각일 뿐인데, 청혼뿐만이 아니라 부추김 운운하는 걸 보면 착각도 참으로 황당무계하기 짝이 없었다. 허영심에 우쭐해지기는커녕 그저 놀라울 따름이었다. 자신과 사랑에 빠졌다고 그렇게 열심히 착각했다니 기가 막혔다. 이자벨라에 따르면, 그가 애정을 보였다고 한다. 그녀로서는 짐작도 못 해 본 일이었다. 이자벨라는 휙 던져 놓고는 주워 담을 수 없는 말을 워낙 많이 하니까. 이렇게 생각하면서 마음을 편안히 내려놓았다.

4장

　며칠 지나는 동안 캐서린은 친구를 의심하는 게 싫었지만 그녀를 면밀히 관찰할 수밖에 없었다. 결과는 만족스럽지 않았다. 이자벨라는 마치 딴사람 같았다. 에드가 빌딩이나 풀트니 거리에서 가까운 지인들과 함께 있을 때는 매너의 변화가 미미해서 그 정도면 괜찮았다. 나른하게 무심한 모습이라든가, 혹은 캐서린은 듣도 보도 못한 표현이었지만 그녀가 떠벌리던 그 멍한 모습이 때때로 보였다. 거기서 더 나빠지지 않는다면 그 정도는 참신한 멋을 풍기거나 더 따뜻한 관심을 불러일으킬 수도 있으리라. 하지만 그녀가 틸니 대령의 접근을 즉석에서 받아 주고 제임스에게 줬던 관심과 웃음을 똑같이 베푸는 것을 공개적으로 목격하고 나니 그냥 넘길 수 없었다. 그런 지조 없는 행동이 어디서 나오는지, 도대체 무슨 생각으로 그러는지 도통 알 수 없었다. 이자벨라는 자신이 어떤 고통을 끼치는지 의식하지 못했다. 캐서린으로서는 그녀가 멋대로 구는 게 원망스러웠다. 제임스는 괴로워했다. 심각하고 불안해 보였다. 그에게 마음을 고백한 여자는 이제 와서 그의 안녕을 거들떠보지도 않았지만, 캐서린에게는 그의 안녕이 중요했다. 불쌍한 틸니 내령도 걱정스럽긴 마찬가지였다. 그의 외모는 마음에 안 들었지만 그의 이름만으로 그녀의 선의를 받기에 충분했고 그가 곧 낙담할까 봐 진정으로 안쓰러웠다. 광천수 사교장에서 귀를 의심하며 그들의 대화를 듣긴 했지만, 그가 이자벨라의 약혼을 알고서 그렇게 나올 수는 없으므로 약혼 사실을 모르는 게 분명하다는 생각이 들었다. 그는 지레 오빠를 라이벌로 여겨 질투를 느낀 건데, 그 이상으로 봤다면 괜히 혼자 오해한 것일지도 모른다. 이자벨라를 부드럽게 타일러서 현재 처지를 파악하게 하고 두 남자에게 고통을 주고 있음을 깨닫게 하고 싶었다. 그러나 타이를 기회가 마땅치 않았고, 먹힐 것 같지도 않았다. 겨우 암시를 주었어도 이자벨라는 알아듣지 못했을 것이다. 이렇게 괴로운 상황에서 유일한 위안은 틸니 가족이 곧 떠난다는 사실이었다. 며칠 후면 글로스터셔로 돌아갈 예정이고 틸니 대령이 사라지면 다들 평정을 되찾을 것이다. 그러나 현재 틸니 대령은 떠날 계획이 없다고 했다. 노생거에 합류하지 않고 바쓰에 머문다는 것이다. 캐서린은 이 소식을 듣자마자 마음을 굳혔다. 헨리 틸니에게 털어놓고 그의 형이 쏘오프 양을 좋아하는 게 확실하니까 약혼 사실을 알려 주라고 간청했다.

"형은 알고 있어요." 헨리가 대답했다.

"그래요? 그런데 여길 안 떠나요?"

그는 대답하지 않고 다른 얘기로 넘어가려 했다. 그러나 그녀는 열심히 따졌다. "왜 형에게 떠나라고 설득하지 않나요? 더 머물수록 결국 그에게 손해라고요. 그를 위해, 그리고 모두를 위해 당장 바쓰를 떠나라고 해 줘요. 시간이 지나면 그도 회복하겠죠. 여기 있어 봤자 희망 없이 비참해질 뿐이에요." 그러자 헨리가 웃으며 대꾸했다. "형은 안 떠날 겁니다."

"그러니까 설득해 보라고요."

"설득이 어디 쉽나요. 설득할 시도도 안 할 겁니다. 쏘오프 양의 약혼 사실이야 진작 알렸죠. 형은 자신이 뭘 하는지 다 아는 사람이고, 누구 말을 듣는 사람도 아닙니다."

"그는 자신이 뭘 하는지 모르는 사람이에요." 캐서린이 소리쳤다. "오빠에게 고통을 주면서도 모르잖아요. 제임스가 그렇게 털어놓은 건 아니지만 아주 거북해하고 있다고요."

"형 때문에 그런 거 맞아요?"

"그럼요."

"형이 쏘오프 양에게 다가가서 고통스러워요, 쏘오프 양이 그걸 받아 줘서 고통스러워요?"

"그 말이 그 말 아닌가요?"

"몰란드 씨는 차이를 알걸요. 남자는 다른 남자가 자신이 사랑하는 여자를 흠모한다는 이유로 괴로워하지 않아요. 고통스럽게 만드는 건 여자 몫이죠."

캐서린은 친구가 부끄러워 얼굴을 붉히며 말했다. "이자벨라가 잘못했어요. 하지만 오빠를 깊이 사랑하는데 고통을 줄 리가 없잖아요. 두 사람은 만나자마자 사랑에 빠졌고, 아버지 허락이 떨어질 때까지 그녀는 너무 걱정하느라 열병에 걸릴 지경이었다니까요. 얼마나 그를 사랑하는지 알잖아요."

"알죠. 제임스를 사랑하는 거, 그리고 프레드릭과 바람피우는 거요."

"아뇨! 바람피우는 게 어디 있어요. 한 남자를 사랑하면서 어떻게 다른 남자와 바람피울 수 있느냐고요."

"아마 한 가지에만 집중해도, 그렇게 잘 사랑하지도 잘 바람피우지도 못할 사람이에요. 각각 신사 쪽에서 약간 포기하면 모를까."

잠시 침묵이 흐르고 캐서린이 다시 말했다. "그럼 이자벨라가 오빠를 많이 사랑한다고도 믿지 않는 거예요?"

"내가 어떻게 알겠어요."

"당신 형은 왜 그러는 거예요? 약혼 사실을 안다면서 그렇게 행동하는 저의가 뭐예요?"

"집요하게 묻네요."

"내가요? 듣고 싶으니까 묻잖아요."

"내가 대답할 수 있는 질문만 하나요?"

"그럼요. 형의 마음은 알 거 아니에요."

"당신이 말한 형의 마음은 이 경우에는 추측만 할 수 있어요."

"그래서요?"

"그렇다고요! 굴러들어 온 추측을 그대로 따르는 건 별로예요. 직접 당신 앞에 놓여 있는 사실을 봐요. 형은 혈기 왕성하고 때때로 사려 깊지 못한 청년이에요. 당신 친구와 한 일주일 정도 친분을 유지했고 처음부터 약혼을 알고 있었어요."

"글쎄요." 캐서린이 몇 분 동안 생각하더니 말했다. "당신은 형의 의도를 추측할 수 있겠죠. 난 못 하겠어요. 당신 아버지는 이일을 못마땅하게 여기지 않을까요? 틸니 대령이 떠나길 바라지 않을까요? 당신 아버지께서 나서서 말씀하신다면 떠날 거예요."

"친애하는 몰란드 양." 헨리가 말했다. "오빠를 걱정하는 아리따운 마음이 좀 잘못된 건 아닐까요? 너무 멀리 나가는 것 아닐까요? 그녀가 틸니 대령을 안 만나기만 하면 그녀의 애정, 아니 적어도 그녀의 반듯한 몸가짐이 보장된다는 그 생각을 당신 오빠가 스스로에게나 쏘오프 양에게나 바람직하다고 보고 감지덕지할까요? 그는 주변에 아무도 없어야 비로소 안전해지는 남자인가요? 그러니까 그녀의 마음은 다른 누가 붙잡지 않을 때에만 그를 향하나요? 그는 그렇게 생각하지 않고, 또 당신이 그렇게 생각하기를 바라지 않아요. 당신이 지금 힘든 거 알겠으니까 '힘들어하지 말라'고는 안 할게요. 그래도 가능하면 힘들어하지 말았으면 해요. 당신 오빠와 당신 친구가 서로 사랑한다고 믿잖아요. 두 사람 사이에 질투는 없어요. 그들 사이에 불화는 오래가지 않을 겁니다. 그들의 가슴은 서로에게 열려 있지 당신에게 열려 있지 않잖아요. 그들은 정확히 무엇이 필요한지 무엇을 견뎌야 하는지 알아요. 재미있을 때까지만 장난치고 그만두어야 한다는 거, 안단 말이죠."

그녀가 여전히 의심을 풀지 않고 심각한 얼굴을 하자 그가 덧붙였다. "프레드릭이 우리랑 함께 바쓰를 떠나지는 않지만, 여기에서 머무는 기간도 짧아서 며칠 안 될 겁니다. 곧 휴가가 끝나고 연대로 복귀해요. 그러면 그들의 친분이 어떻게 될까요? 이자벨라 쏘오프는 프레드릭 부대원들의 입방아에 한 보름 오르내릴 테고, 그녀는 그녀대로 당신 오빠와 합세하여 한 한 날 불쌍한 틸니의 바람기를 놀려 먹으면 그만이에요."

캐서린은 더 이상 따지지 않았다. 그가 말하는 내내 마음을 놓지 못하고 버텼지만 다 듣고 보니 완전히 마음이 놓였다. 헨리 틸니가 가장 잘 알 것이다. 그녀는 그렇게까지 걱정했던 걸 자책하면서 다시는 심각하게 고민하지 않겠다고 결심했다.

이 결심은 헤어지는 날 이자벨라의 행동을 보고 더 확고해졌다. 쏘오프 가족은 풀트니 거리 숙소에서 캐서린과의 마지막 저녁을 보냈는데, 두 연인 사이에 캐서린을 불편하게 하거나 걱정스럽게 만든 어떤 일도 없었다. 제임스는 기분이 좋았고, 이자벨라는 중심을 잡고 차분한 모습이었다. 친구를 대하는 그녀의 애틋함은 처음처럼 호들갑스러웠다. 때가 때이니 만큼 그런 모습도 괜찮았다. 연인에게 토라지기도 하고 손을 빼 버리는 모습도 보였다. 캐서린은 헨리의 조언을 기억하면서, 현명하게 애정을 지켜 나가리라 여겼다. 아름다운 아가씨들이 작별하며 나누는 포옹과 눈물과 약속은 말하지 않아도 상상할 수 있을 테니 그냥 넘어가자.

5장

앨런 씨와 앨런 부인은 어린 친구와 헤어지려니 서운했다. 착하고 명랑하여 소중한 동거인 역할을 했고 또 즐겁게 지내도록 챙기다 보니 자신들까지 덩달아 즐겁게 지낼 수 있었다. 그래도 틸니 양과 함께 떠난다고 행복해하는 걸 보니 마냥 서운해할 수 없었다. 바쓰에 일주일 더 머물 예정이라 그런지 당장 헤어진다는 실감이 나지도 않았다. 앨런 씨는 그녀가 아침 식사를 하기로 한 밀썸 거리까지 데려다주고 그녀가 비할 데 없이 친절한 환대를 받으며 새로 사귄 친구들 사이에 앉는 것을 지켜보았다. 그녀는 가족처럼 대접받자 좀 놀란 데다 똑바로 처신하지 못하면 그들이 더 이상 호감을 가지고 대해 주지 않을까 봐 두려운 나머지 어색하기 짝이 없는 처음 오 분 동안 차라리 풀트니 거리 숙소로 돌아가고 싶은 심정이었다.

틸니 양의 매너와 헨리의 웃음이 곧 불편함을 달래 주었다. 그렇다고 편안해진 건 아니었다. 장군의 끊임없는 관심 때문에 완전히 마음을 놓을 수는 없었다. 좀 이상하게 들리겠지만, 오히려 관심을 덜 받으면 덜 불편하지 않을까 싶었다. 편안한 상태인지 걱정하고, 계속 먹으라고 독촉하고, 평생 그렇게 풍성한 아침 식사의 절반도 본 적이 없는데도 혹시나 입맛에 맞는 음식이 없을까 봐 두렵다고 반복하는 등, 단 한 순간도 그녀가 손님이라는 사실을 잊을 수 없게 만들었다. 그런 대접을 받을 자격이 하나도 없는 것처럼 느껴졌고 어떻게 반응해야 할지 난감했다. 장군은 큰아들이 안 보인다고 다그치다가 마침내 틸니 대령이 내려오자 게으르다고 꾸중함으로써 그녀를 계속 안절부절못하게 만들었다. 그의 잘못에 비해 아버지의 비난이 너무 가혹한 것 같아 꽤 불편했다. 그녀가 괜히 방문하여 그가 꾸지람을 들을 빌미를 제공한 것 같아 한층 더 걱정스러웠다. 지각이 손님에 대한 무례라며 호통을 쳤으니 말이다. 정말로 그녀를 불편한 상황으로 몰고 간 셈이었고, 그녀로서는 틸니 대령의 호의를 바랄 수도 없는 처지에서 그를 몹시 연민하게 되었다.

그가 변명할 생각도 없이 아버지의 훈계를 조용히 듣는 걸 보니 이자벨라에 대한 흔들리는 마음 때문에 잠을 못 자서 늦게 일어났을지도 모른다는 두려움이 밀려왔다. 그와 한자리에 앉아 있는 게 처음이니까 어떤 사람인지 파악하고 싶었다. 그러나 그의 아버지가 함께 있는 동안은 그의 목소리조차 들을 수 없었다. 그 후로도 그가 너무 기운 없는 모습이라서 엘레노어에게 이렇게 속삭이는 말 이외에는 건질 게 없었다. "다들 떠날 테니 난 해방이야."

떠날 준비는 순탄하지 않았다. 여행 가방이 내려오는 사이 시계는 10시를 쳤는데, 장군은 그 시간에 밀썸 거리를 벗어나기로 정해 둔 터였다. 그의 외투는 직접 입을 수 있도록 준비되어 있지 않았고 아들과 함께 타고 갈 이륜마차에 걸쳐 있었다. 사륜마차는 세 명이 타야 하는데도 중간 자리가 준비되지 않았는데, 딸의 하녀가 많은 보따리를 늘어놔서 몰란드 양이 앉을 공간이 마땅치 않았다. 그녀를 마차에 올려 주며 그가 비좁다고 하도 잔소리를 해서 그녀는 애써 장만한 글쓰기 탁자를 마차 밖에 내다 버리고 가야 하는가 싶었다. 드디어 세 명의 여인이 다 올라타자 마차 문이 닫히고, 신사 소유의 잘생기고 잘 먹인 네 마리 말이 30마일의 보통 속도로 달렸다. 바로 바쓰에서 노생거까지의 거리가 그랬는데, 딱 절반까지 가서 쉬게 되어 있었다. 출발하자 캐서린의 기운이 살아났다. 틸니 양과 함께 있으면 답답하지 않았다. 생전 처음 달려 보는 길과 앞에 펼쳐진 사원과 뒤에 따라오는 이륜마차가 모두 흥미진진해서 바쓰의 마지막 풍경을 스쳐 가면서도 별로 아쉬워하지 않은 채 모든 이정표를 빠른 속도로 지나쳤다. 쁘띠 프랑스 휴게소에서 말이 쉬는 두 시간 동안, 배고프지 않아도 먹고 구경거리도 없는데 왔다 갔다 어슬렁거리며 하릴없이 심심하게 보냈다. 그러다 보니, 어느 가문인지 알 수 있도록 깔끔하게 맞춰 입은 기수들이 질서정연하게 말을 호령하고 수행하는 상태에서 최신 유행의 사륜마차를 타고 여행하는 것에 대한 자부심이 좀 가라앉고 말았다. 아주 명랑한 여행자들과 동행했다면 휴게소에서 기다리는 정도야 아무렇지도 않았을 것이다. 틸니 장군은 매력적인 사람이었지만 항상 자녀들의 기를 억눌렀고 혼자만 말했다. 여관에서 제공되는 것은 뭐든 싫어하고 시종들을 못마땅해하는 것을 보자 캐서린은 점점 그가 무서워졌고 두 시간이 네 시간으로 늘어난 것 같았다. 마침내 떠날 순서가 왔다. 장군이 남은 여정 동안 아들의 이륜마차를 타고 가라고 제안하자 캐서린은 깜짝 놀랐다. "날이 좋으니까 시골 풍경을 최대한 많이 봤으면 좋겠구나"라는 게 설명이었다.

　그 말을 듣자 젊은 남자가 모는 지붕 없는 마차에 대한 앨런 씨의 의견이 떠올라 얼굴이 붉어졌고, 거절해야겠다는 생각이 들었다. 그다음에는 틸니 장군의 판단을 존중해야 한다는 생각이 들었다. 그가 적절치 못한 제안을 할 리가 없다. 몇 분 후에 그녀는 이 세상에서 가장 행복한 사람처럼 헨리와 함께 이륜마차에 올랐다. 조금만 타 보아도 이륜마차가 이 세상에서 가장 근사한 마차라는 확신이 들었다. 사륜마차는 확실히 위엄이 있었지만 묵직하고 골치 아픈 종류였고 휴게소에서 두 시간이나 쉬었던 걸 쉽게 잊을 수 없었다. 이륜마차는 그 절반이면 충분하고, 작은 말이 민첩하게 달리다 보니 장군이 사륜마차로 앞서가려 하지만 않았다면 눈 깜짝할 사이에 쉽게 앞질러 달릴 수 있을 정도였다. 이륜마차의 장점은 말에만 있지 않았다. 헨리가 능숙하고 조용하게 말을 잘 몰았고, 법석을 부리거나 잘난 척하거나 말에게 욕설을 퍼붓거나 하지 않았다. 그와 비교해 볼 사람이라고는 딱 한 사람밖에 알지 못하는데, 이렇게 그들이 다를 수가! 그의 모자는 너무 멋지고 그의 외투의 무수한 망토 주름은 너무나 잘 어울리게 돋보였다! 그가 모는 마차를 타는 것은 확실히 그와 춤추는 것 다음으로 이 세상에서 가장 큰 행복이었다. 이 모든 기쁨에다가 이제 칭찬을 듣는 즐거움까지 보태졌다. 그가 다른 건 몰라도 여동생 입장에서 방문을 고마워할 거라고 말해 주었다. 진짜 우정이라고, 진짜 고마운 일이라고 말이다. 같이 사는 친구 하나 없이 적적하게 지내고 있고 또 아버지가 자주 집을 비워서 가끔은 정말 아무도 없이 홀로 지낸다고 했다.

"그래요?" 캐서린이 물었다. "당신이 함께 살지 않나요?"

"노생거에서 절반도 못 지냅니다. 아버지 집에서 20마일* 정도 떨어져 있는 우드스톤에 내 집이 있고 거기 내 일이 있으니까요."

"얼마나 안타까워요!"

"엘레노어를 두고 가려면 안쓰럽죠."

"네, 그녀에 대한 애정도 애정이지만 사원이 얼마나 좋아요! 사원을 집으로 쓰다 보면 평범한 목사관은 아주 마음에 안 들겠어요."

그가 웃으며 대답했다. "사원에 대해 아주 호의적인 생각을 갖고 있군요."

"그럼요. 책에서 읽은 것처럼 멋지고 오래된 곳 아닌가요?"

"'책에서 읽은 것' 같은 집에서 나오는 모든 공포를 마주할 준비가 됐어요? 심장이 튼튼해요? 미끄러지는 벽장문과 양탄자를 견딜 수 있겠어요?"

"그럼요! 집에 사람이 많으니까 쉽게 놀라지 않을 거예요. 게다가 이 집은 오랫동안 사람이 안 살거나 버려진 적이 없으니까 미리 알리지 않아도 아무 때나 돌아올 수 있는 곳이잖아요."

"물론입니다. 타다 남은 재가 꺼져 희미한 빛만 남은 복도를 탐험하진 않죠. 창문이나 문이나 가구가 없는 방에 침대만 두고 자지도 않고요. 하지만 젊은 아가씨가 (무슨 이유로든) 이런 집에 초대받았을 때는 나머지 가족과 떨어진 곳에서 묵는답니다. 가족이 편안하게 자기들 숙소로 가 버리면 아가씨는 늙은 가정부 도로시가 정식으로 안내하는 대로 다른 계단을 올라 칙칙한 통로를 지나 어떤 사촌이나 친척이 한 이십 년 전 죽어 나간 이후 한 번도 사용된 적이 없는 방에 도착해요. 이런 의식을 견딜 수 있겠어요? 방은 약한 호롱불 하나로 다 비추지도 못하게 너무 천장이 높고 넓은 데다 그 벽에는 실제 모습처럼 큰 형상을 담고 있는 양탄자가 걸려 있고, 짙은 녹색이나 보라색 벨벳으로 된 침대가 있어서 장례식 같은 느낌인데도 불안하지 않겠어요? 가슴이 철렁 내려앉지 않겠어요?"

"어머! 그런 일이 일어날 리가 없잖아요."

"얼마나 겁에 질려 방의 가구들을 조사할지! 무엇을 찾아낼까요? 탁자, 화장대, 붙박이장, 서랍장은 아닐 테고, 한편으로는 망가진 피리의 잔해 정도를 찾고 다른 한편으로는 아무리 해도 뚜껑이 열리지 않는 무거운 함을 찾고 또 벽난로 위 초상화 속 잘생긴 전사의 모습에 알 수 없이 마음이 흔들려 거기서 눈을 뗄 수 없는 지경이 되겠지요. 도로시는 또 그런 당신의 모습에 놀라서 걱정스럽게 당신을 쳐다보면서 몇 가지 알아들을 수 없는 힌트를 던지겠죠. 나아가 당신 기분 좋으라고, 당신 침실 주변이 틀림없이 귀신에 홀렸다고 생각하게끔 말하고 또 불러도 달려올 하인이 없다고 말할 겁니다. 이런 정겨운 인사를 남기고 깍듯하게 인사하고 물러

납니다. 당신은 그녀의 멀어져 가는 발자국 소리의 마지막 울림까지 들어요. 아득해지는 정신을 붙잡고 방문을 걸어 잠그려 하지만 아예 장치가 없는 걸 발견하곤 더 놀라는 거죠."*

"어쩜! 틸니 씨, 무서워요! 정말 책이랑 똑같아요! 내게 그런 일이 일어날 리 없지만요. 여기 가정부 이름은 도로시가 아니잖아요. 자, 다음엔 어떻게 되나요?"

"첫날 밤에는 거기까지예요. 무시무시한 침대에 겨우 올라가고 나면 휴식하면서 몇 시간의 선잠을 잘 수 있어요. 적어도 둘째 날이나 셋째 날에는 세찬 폭풍우가 몰아칩니다. 건물을 그 토대부터 흔드는 것 같은 어마어마한 천둥소리가 근처의 산자락을 휘감아요. 광풍이 뒤따라와 휘몰아칠 때 벽에 걸린 양탄자의 한쪽이 나머지보다 훨씬 과격하게 출렁거리는 것을 (불빛이 아직 꺼지지는 않았으니까) 알아볼지도 몰라요. 호기심을 즐기기에 너무 좋은 순간에는 그것을 억누를 수 없는 게 당연하니까, 벌떡 일어나 가운을 걸치고 이 수수께끼를 조사하러 가겠죠. 잠깐 찾아보니 양탄자에서 세밀하게 들여다보지 않으면 눈치챌 수 없도록 정교하게 연결된 지점을 발견하게 되고, 그것을 열어 보니 무시무시한 손잡이와 자물쇠로만 채워진 문이 나와요. 몇 번 시도 끝에 그걸 열어요. 호롱불 하나를 든 채 들어가면 천장이 둥근 작은 방이 나오는 거죠."

"아니에요. 너무 놀라서 그렇게 못 할 거예요."

"못 하다니! 당신 숙소에서 채 2마일이 못 되는 세인트 앤소니 예배당까지 지하 통로가 있다고 도로시가 말해 주었는데 못 할 거 있어요? 이렇게 단순한 모험도 못 해요? 한다니까요. 천장이 둥근 작은 방으로 들어가면 다른 방들이 나오는데 하나도 특별한 건 없어요. 아마도 한 방에는 칼이, 다른 방에는 핏방울이, 그리고 세 번째 방에는 고문 도구의 잔해가 있으려나요. 어디에도 특이한 건 없고 호롱불이 거의 꺼져서 방으로 되돌아올 거예요. 천장이 둥근 작은 방으로 되돌아올 때 황갈색의 크고 낡은 벽장 하나가 눈길을 끄는데, 아까 가구를 자세히 살펴보면서도 놓친 것이었죠. 참을 수 없는 예감에 끌려 거기로 다가가 접이문을 열고 그 안의 모든 서랍을 뒤집니다. 한동안 중요한 거라고는 하나도 못 찾아요. 아마 꽤 많은 다이아몬드만 찾아내려나요. 마침내 비밀스런 손잡이를 건드리자 내부 상자가 열려요. 거기서 종이 다발이 나오는 거죠. 움켜쥐고 살펴봐요. 여러 장의 원고죠. 당신은 급히 이 소중한 보물들을 방으로 가져왔는데, '아! 불쌍한 마틸다의 회고록을 손에 넣게 될 당신이 누구든'이라는 구절을 다 해석하기도 전에 불이 갑자기 꺼지면서 당신은 캄캄한 어둠 속에 남는 겁니다."

"아! 말도 안 돼요. 계속해 줘요."

그러나 헨리는 그녀가 너무 몰입하자 더 이상 이어 갈 수 없었다. 주제나 목소리의 근엄함을 더 유지할 수 없어서, 상상력을 발휘해서 마틸다의 고난을 마저 읽어 보라고 부탁할 수밖에 없었다. 정신을 차린 캐서린은 너무 흥분했던 것이 부끄러워져서, 정말로 그의 얘기대로 될 거라고는 조금도 걱정하지 않고 그저 듣는 데에만 집중했다고 열심히 둘러대기 시작했다. "틸니 양은 지금 말한 그런 방에 절대로 나를 내버려 두지 않을 거예요! 하나도 무섭지 않아요"라고 말이다.

그들의 여정이 끝날 무렵, 한동안 그의 엉뚱한 얘기를 듣느라 잊고 있던 사원을 보고 싶다는 열망이 확 몰려왔고, 굽어진 길목을 지날 때마다 사원의 커다란 회색 돌담이 오랜 떡갈나무 숲 사이에 솟아올라 있고 그 높은 고딕 창문에 저무는 햇살의 아름다운 빛이 일렁이는 장면이 곧 나타나리라 기대하며 긴장된 떨림으로 기다렸다. 그러나 사원은 나지막했고, 경비 초소의 정문을 통과하여 노생거의 마당에 들어설 때까지 오래된 굴뚝 하나 보이지 않았다.

놀랄 권리가 있는 건 아니지만, 이렇게 아무렇지도 않게 지나갈 줄은 몰랐다. 현대적인 모습으로 꾸며진 경비 초소를 지나고 사원의 땅을 그렇게 편하게 지나오다니, 자갈이 깔린 부드럽고 평평한 길을 방해받거나 놀라거나 숙연해질 일 없이 그렇게 빨리 달려와 버리다니, 뭔가 이상하고 앞뒤가 안 맞는 것 같았다. 그러나 이런 찜찜함에 빠져 있을 수 없었다. 갑작스런 소나기가 얼굴에 내리치는 바람에 더 이상 둘러보기가 불가능했고, 새로 산 밀짚모자를 지키기도 바빴다. 어쨌든 사원의 담장 안으로 들어왔고, 헨리의 도움으로 마차에서 내려와 오래된 현관 지붕 아래를 지나 복도에 들어가 기다리고 있던 친구와 장군의 환영을 받았는데, 나중에 그녀에게 닥칠 불행에 대한 불길한 예감이나 이 엄숙한 건물에서 과거의 공포가 다시 재연되리라는 의심 같은 건 스쳐 지나가지도 않았다. 살해된 사람들의 비탄이 바람에 묻어오지도 않았다. 그저 굵게 흩날리는 빗줄기만 바람을 타고 왔을 뿐. 그녀는 외투를 한번 털어 정돈한 후 응접실로 들어갈 준비를 마쳤고 정신을 가다듬었다.

사원! 진짜로 사원에 와서 기뻤다! 그런데 방을 둘러보니 그걸 의식하게 하는 어떤 것도 눈에 들어오지 않았다. 가구로 가득 차 있었고 모두 현대적인 취향의 우아함이 넘쳤다. 엄청 널찍하고도 육중한 구식 조각으로 장식되어 있을 줄 기대했던 벽난로는 겨우 럼포드*였는데, 멋진 대리석이긴 하나 평범한 석판으로 되어 있었고 그 위에 정교한 영국 도자기가 옹기종기 놓여 있었다. 장군이 말하기를 고딕 창문을 굉장히 정성스럽게 관리한다고 해서 특히나 관심이 갔는데, 그녀가 상상했던 것에 못 미쳤다. 뾰족한 아치가 고딕 모양으로 보존된 건 분명했다. 심지어 창문 여닫이조차도 그랬다. 그런데 창틀이 하나같이 너무 크고 깨끗하고 밝기만 했다! 조금이라도 갈라진 틈이나 무거운 돌 재료, 색칠한 유리창과 먼지와 거미줄을 상상했는데, 현실은 실망스럽기만 했다.

그녀의 눈길을 따라가면서 장군은 방이 작다, 가구가 소박하다, 매일 쓰는 용도에 맞춰 전부 실용적인 것뿐이다 등등을 덧붙였다. 구경할 가치가 있는 방도 좀 있다면서 우쭐해했다. 금으로 치장한 방 하나를 특별히 언급하다가 시계를 꺼내 보더니 깜짝 놀라며 5시 20분 전이라고 말했다! 마치 뿔뿔이 흩어지라는 신호가 내려진 듯했고, 캐서린은 틸니 양에게 다급하게 끌려가면서 노생거에서는 시간을 철저하게 엄수한다는 사실을 확실히 깨달았다.

크고 높은 복도를 걸어 나와서 넓고 반질반질한 나무 계단을 올랐는데, 여러 번 오르고 돌고 한 끝에 길고 넓은 통로 앞에 섰다. 한쪽으로 문들이 있었고 다른 한쪽으로는 창문에서 들어온 빛이 있어서 그쪽 밖으로 네모난 안뜰이 있음을 감지하자마자 틸니 양이 어떤 방으로 안내하더니 그녀가 방을 둘러보고 좋아할 여유도 주지 않고 옷을 최소한으로 갈아입으라고 초조하게 부탁하고는 나가 버렸다.

6장

묵을 방을 둘러본 캐서린은 헨리가 충격적으로 묘사한 것과 아주 다른 방이라는 사실을 바로 확인하고 안도했다. 턱없이 크지도 않았고, 양탄자나 벨벳도 없었다. 벽에는 벽지가, 바닥엔 카펫이 다였다. 창문은 아래층에서 봤던 응접실 창문만큼이나 깔끔하고 밝았다. 가구는 최신 유행은 아니어도 근사하고 안락했고 방의 공기도 전혀 나쁘지 않았다. 그것만으로도 만족했고, 시간을 지체하여 장군의 말을 거스를까 봐 두려워 방을 더 조사하지 않기로 했다. 최대한 서둘러 외투를 벗어 놓고는 마차 옆자리에 실어온 옷보따리를 풀다가 갑자기 벽난로 한쪽 구석에 멀찍이 놓인 큼지막한 함에 주목했다. 순간적으로 깜짝 놀랐다. 머릿속이 하얗게 증발하고 얼어붙은 것처럼 놀란 채 그것을 뚫어져라 쳐다본 건 이런 생각 때문이었다.

'정말 이상해! 이런 걸 보게 되다니! 엄청나게 묵직한 함! 뭐가 들어 있을까? 왜 여기에 놓여 있을까? 안 보이게 하려고 뒤로 밀쳐 둔 것처럼! 들여다보고 싶어. 어떤 대가를 치르고서라도 보고 싶어. 그것도 직접. 밝은 대낮에. 저녁까지 기다렸다가 보려면 촛불이 다 타 버릴지 몰라.' 다가가 자세히 살펴봤다. 삼나무 재질인데 약간 더 어두운 색깔의 나무가 정교하게 안으로 대어져 있었고, 역시 같은 나무로 만든 받침대가 바닥에서 1피트 정도 높이에서 받치고 있었다. 자물쇠는 은이었지만 낡아서 빛이 바랬다. 양쪽 끝에 불완전하게 남아 있는 손잡이도 은이었는데 어떤 희한한 사건으로 일찍이 망가져 버린 모양이었다. 뚜껑의 한가운데에 같은 금속으로 된 신비로운 기호가 남아 있었다. 캐서린은 몸을 숙여 열심히 들여다보았지만 그 무엇도 확실하게 알 수 없었다. 어느 방향에서 읽어도 마지막 글자가 T로 보이진 않았다. 이 집에서 다른 글자를 떠올리긴 너무 이상했다. 처음부터 이 집 물건이 아니라면 도대체 어떤 기이한 연유로 여기 틸니 집안에 놓여 있단 말인가?

겁에 질린 호기심이 점점 커져 갔다. 떨리는 손으로 자물쇠의 빗장을 잡으며, 어떤 위험을 무릅쓰고라도 적어도 무엇이 들었는지는 알아보리라 결심했다. 뭔가가 그녀의 노력을 방해하는지, 뚜껑을 몇 인치 들어올리기도 힘겨웠다. 바로 그때 갑작스런 노크 소리에 깜짝 놀라 손을 놔 버리는 바람에 뚜껑이 시끄러운 소리를 내며 닫혔다. 때를 잘못 맞춰 나타난 침입자는 틸니 양의 하녀였는데, 틸니 양이 몰란드 양의 도우미로 올려 보낸 아이였다. 바로 돌려보내긴 했지만, 덕분에 지금 당장 무슨 일을 해야 하는지가 떠올라 골몰하던 수수께끼를 파헤치고 싶은 간절함에도 불구하고 얼른 옷부터 차려입기로 했다. 생각과 눈길이 여러모로 흥미를 유발할 수밖에 없는 하나의 대상에 아직도 꽂혀 있어서 동작이 더뎠다. 함에 더 이상 매달리지 않기로 했음에도 거기서 멀찌감치 떨어질 수 없었다. 그러다가 마침내 한쪽 팔을 가운에 넣자 거의 옷단장을 마무리한 것 같은 기분이 들어 호기심을 마저 채우기로 했다. 잠깐이면 될 것 같았다. 힘을 단번에 잘 쓰면 초자연적인 마법으로 봉인되어 있지 않는 한 뚜껑이 열릴 것이다. 이렇게 마음먹고 앞으로 나갔고 자신감도 있었다. 단호하게 뚜껑을 열었는데 놀란 눈앞에 펼쳐진 건 단정하게 접혀 한쪽 끝에 얌전하게 놓인 흰 면 침대보였다!

얼굴이 놀라움으로 달아오른 순간 틸니 양이 친구가 준비를 마쳤는지 걱정하면서 방으로 들어오자, 몇 분 동안이나 황당한 기대를 품고 있었다는 수치심이 점점 커져 가는 데다 엉뚱한 수색을 하다가 들켜 버린 수치심이 더해졌다. "신기하고 낡은 함이지?" 후다닥 뚜껑을 닫고 거울 쪽으로 몸을 돌리자 틸니 양이 말했다. "몇 세대를 거쳐 전해져 왔는지 모르겠어. 어떻게 이 방에 처음 들어오게 됐는지 모르지만 가끔 이런저런 모자 종류를 넣어 두는 데 쓸모가 있어서 안 치웠어. 너무 무거워서 열기 힘들다는 게 최악이지만. 저 구석 자리만 차지하고 있으니 골칫거리는 아니거든."

캐서린은 얼굴을 붉히랴 가운을 여미랴 전광석화처럼 현명한 결심을 다지랴 바빠서 대꾸할 여유가 없었다. 틸니 양은 늦을까 봐 걱정하는 말을 슬쩍 꺼냈다. 즉시 아래층으로 내려가 보니 걱정이 아예 근거 없진 않은 것이 틸니 장군이 시계를 쥔 채 응접실을 왔다 갔다 하다가 그들이 내려오자마자 즉시 종을 거칠게 울리며 명령했다. "당장 저녁을 올려라!"

그가 힘주어 말하자 캐서린은 조마조마했고, 하얗게 질린 얼굴로 숨을 몰아쉬면서 아주 참담한 기분으로 앉아서 그의 자녀들을 걱정했고 또 낡은 함을 원망했다. 장군은 예의를 차려 그녀를 한 번 쳐다보더니 이 세상에 급한 일이 뭐가 있다고 착한 친구를 서둘러 데리고 내려오는 바람에 친구가 숨도 제대로 못 쉬고 있다면서 계속 딸을 나무랐다. 캐서린은 친구가 그런 훈계를 듣도록 만들고 또 자신도 대단한 바보짓을 저지른 것이 이중으로 괴로워 견딜 수가 없었지만, 모두들 행복하게 식탁에 자리를 잡자 장군의 자기만족적인 웃음이 돌아왔고 또 자신의 좋은 식욕도 살아나서 마음의 평화를 찾았다. 식당은 보통 이상의 커다란 응접실을 해도 될 규모의 고상한 방으로, 그런 넓은 공간과 많은 하인들을 본 적이 거의 없는 캐서린의 순진한 눈으로는 알아채기도 힘든 화려하고 값비싼 스타일로 꾸며져 있었다. 그녀는 방의 규모에 큰 소리로 감탄했다. 장군은 만족스런 표정을 지으며 작지는 않다고 인정했다. 그리고 대부분의 사람들이 그렇듯이 자신도 크기에 그다지 신경 쓰진 않지만 그래도 꽤 큰 규모의 식당이 삶의 필수품 중 하나라고 말했다. 그리고 이렇게 추측했다. "앨런 씨 집에서 훨씬 큰 방을 많이 봤겠지?"

"아뇨." 캐서린은 꾸밈없이 대답했다. "앨런 씨의 식당은 이 절반도 안 돼." 평생 이렇게 큰 방은 처음이라고 했다. 장군은 기분이 좋아졌다. 큰 방이 있는데 굳이 안 쓸 건 없다 싶었다. 사실 절반 정도만 되는 규모의 방이 지내기에는 더 편하다. 앨런 씨가 사는 집은 틀림없이 적당한 행복감을 느끼기에 딱 맞는 규모일 거라고 그는 믿었다.

저녁은 별일 없이 지났고, 가끔 틸니 장군이 자리를 비우면 훨씬 밝고 명랑해졌다. 그가 옆에 있으면 자잘한 여행의 피로가 몰려오는 것 같았다. 그렇게 기운이 빠지고 억압적으로 느껴지는 순간에도 대체적으로 행복감이 더 컸고 바쓰에 남은 친구들과 함께 있고 싶다는 생각은 조금도 들지 않았다.

밤에 폭풍우가 몰아쳤다. 오후부터 때때로 바람이 불고 있었다. 만찬이 끝날 무렵에 바람이 거세지더니 비까지 더해졌다. 캐서린은 복도를 가로질러 걷다가 폭풍우 소리에 화들짝 놀랐다. 이 오랜 건물의 구석을 휘돌아 가는 폭풍우의 포효 소리와 먼 곳에서 문이 갑자기 세게 닫히는 소리를 들으며 그녀는 처음으로 사원에 와 있다는 걸 실감했다. 그래, 바로 이런 소리다. 이런 건물에서 이런 폭풍우가 몰아칠 때 벌어졌던 무수하게 끔찍한 상황과 무서운 장면들이 떠올랐다. 무엇보다 다행인 건 너무나 웅장한 집에 입성한 자신의 행복한 처지였다! 한밤에 벌어지는 살인 사건이나 술 취한 남자들을 무서워하지 말자. 헨리가 그날 오전에 말해 준 애기는 분명 농담이리라. 이렇게 잘 꾸며진 안전한 집에서는 탐험할 곳도 없고 고통받을 일도 없다. 풀러튼의 자기 방에 있는 것처럼 안심하면서 자러 가면 된다. 그렇게 마음을 단단하게 먹고 계단을 올라갔고, 더구나 틸니 양이 한 방 건너서 잔다는 사실을 알게 되니 그럭저럭 튼튼한 심장으로 방에 들어갈 수 있었다. 벽난로의 환한 불빛을 보자마자 기분이 좋아졌다. '정말 좋아.' 벽난로 가림 막을 향해 걸어가며 중얼거렸다. '많은 불쌍한 소녀들이 그럴 수밖에 없듯이 가족들이 다 자러 갈 때까지 차가운 방에서 오들오들 떨면서 기다리다가 충성스러운 늙은 하인이 땔감을 가지고 들어오는 기척에 깜짝 놀라는 것보다 불이 지펴진 방에 있으니 얼마나 좋아! 노생거가 이런 곳이라니! 다른 곳과 비슷했다면 이런 밤에 용기를 낼 수 없었을 텐데. 지금은 분명 걱정할 게 없어.'

그녀는 방을 둘러보았다. 창문 커튼이 움직이는 것 같았다. 갈라진 덧문 틈새로 들어온 바람의 소동일 뿐이다. 그걸 확인하고 싶은 마음에 아는 곡조를 대충 흥얼거리며 앞으로 성큼성큼 다가가서 양쪽 커튼 뒤를 과감하게 들여다보니 양쪽의 낮은 창턱에는 아무것도 없었고, 덧문에 손을 대 보니 강풍의 힘이 확실하게 느껴졌다. 그리고 몸을 돌려 함을 쳐다본 것도 유익했다. 엉뚱한 상상에서 나온 근거 없는 공포심을 이젠 비웃어 넘기면서 행복하고 무심한 모습으로 자러 갈 준비를 시작했다. '천천히 하자. 서두르지 마. 이 집에서 마지막으로 잠들어도 괜찮아. 불을 더 피우지 않을래. 그러면 자러 간 다음에 불빛을 남기고 싶어 그런 것이니 겁쟁이 같아 보이겠지.' 그래서 불은 그대로 꺼졌고, 캐서린은 한 시간 정도 정리를 마치고 침대로 가며 방을 둘러보다가 지금까지 충분히 그럴 수 있는 상황에서도 한 번도 눈에 들어오지 않았던 키가 크고 낡은 검은색 벽장을 발견하고는 깜짝 놀랐다. 처음에는 놓쳤는데, 헨리가 황갈색 벽장에 대해 묘사하던 말이 이제야 떠올랐다. 안에 아무것도 없더라도, 어딘가 묘한 구석이 있는 게 분명 굉장한 우연이 아닌가! 그녀는 촛불을 들고 벽장을 살펴보았다. 완전한 황갈색은 아니었다. 검고 노란색이 도는 근사한 종류의 옻빛이었다. 촛불을 대 보니 노란색은 황금빛이었다. 문에 열쇠가 꽂혀 있었고, 들여다보고 싶은 이상한 호기심이 발동했다. 무언가 찾으려는 생각은 조금도 없었지만 단지 헨리가 얘기해 줘서 그런지 정말 특이해 보였다. 한마디로, 그것을 조사해 보기 전까지는 잠은 다 잔 셈이었다. 촛불을 의자 위에 아주 조심스럽게 올려놓고 떨리는 손으로 열쇠를 쥐고 돌리려 했다. 힘껏 돌렸지만 말을 듣지 않았다. 당황했지만 포기하지 않은 채 다른 방향으로 돌려보았다. 걸쇠가 풀리는 순간 성공한 줄 알았다. 하지만 이상한 일이었다! 문은 여전히 꼼짝하지 않았다. 그녀는 숨 막히게 놀라서 잠시 멈추었다. 바람이 굴뚝 속으로 치고 내려왔고 빗물이 창문을 때리며 쏟아졌고 모든 것이 그녀가 처한 끔찍한 상황을 말해 주는 것만 같았다. 그래도 이러다 말고 자러 갈 수는 없었는데, 손을 뻗으면 닿을 거리에 기이하게 닫혀 있는 벽장이 있다는 사실을 알아 버렸으니 잠이 올 리가 없었기 때문이다. 다시 열쇠를 거머쥐고 마지막이라는 희망을 걸고 확고하고 신속한 손놀림으로 이리저리 막 돌리다 보니 갑자기 문이 열렸다. 승리의 기쁨에 환호하며 양쪽 문을 열고 그 안에 있는 두 번째 문을 열려고 보니 처음 열쇠보다 덜 정교한 잠금 장치가 달려 있었는데 특별한 건 없었지만 위에는 큰 서랍들이 아래에는 작은 서랍들이 나 있는 게 눈에 들어왔다. 그 중간에는 역시나 열쇠로 잠긴 작은 문이 나왔는데, 중요한 것을 소장하고 있는 게 분명했다.

심장이 빠르게 뛰었지만 용기를 내 버텼다. 뺨은 희망으로 상기되고 눈은 호기심으로 긴장한 채, 손가락으로 서랍 손잡이 하나를 앞으로 당겼다. 텅 비어 있었다. 긴장을 늦추고 더 집중하여 두 번째와 세 번째 네 번째 서랍을 열었다. 하나같이 비어 있었다. 하나도 남기지 않고 뒤졌지만 아무것도 없었다. 보물을 감추는 기술에 대해 읽은 건 많아서 서랍의 안쪽 벽에 속임수가 있는지도 다 뒤졌는데, 매번 잔뜩 긴장했지만 모두 헛수고로 끝났다. 중간에 있는 한 곳만 뒤질 수 없었다. '처음부터 벽장의 어디에서도 그 무엇을 발견하리라는 조금의 기대도 없었고 지금까지 실패에 대해 조금도 실망하지 않지만, 할 수 있을 때 철저하게 조사하지 않는 건 어리석다'는 생각이었다. 하지만 바깥쪽 문을 열 때 그랬다시피 안쪽 자물쇠를 다루는 것도 역시나 까다로워서 문을 여는 데 시간이 좀 걸렸다. 마침내 열렸다. 지금까지와는 다르게, 수색이 헛되지 않았다. 재빠른 눈길이 그 공간의 깊숙한 곳에 밀쳐져 숨겨져 있던 종이 다발에 꽂혔고, 그 순간 그녀의 감정은 말로 표현할 수 없었다. 심장이 쿵쾅거렸고 무릎이 후들후들했고 두 뺨에 핏기가 사라졌다. 바들거리는 손으로 한눈에 봐도 글자가 쓰인 게 분명한 소중한 원고를 집어 들었다. 헨리가 예상했던 일이 놀랍도록 재연된다는 사실을 떨리는 가슴으로 인정하면서, 당장 모든 글자를 읽어 내지 않으면 잠은 다 잤다고 생각했다.

촛불이 희미한 불빛을 내자 초조했다. 그래도 갑자기 꺼질 위험은 없었고, 몇 시간은 더 버틸 수 있었다. 원고가 얼마나 오래된 것인지를 파악하는 게 원고를 읽는 것보다 더 어려워서 다급하게 심지를 잘라 불을 밝게 만들었다. 아차! 불은 한순간 밝아지더니 그만 꺼져 버렸다. 호롱불은 더한 위협에도 안 꺼졌을 텐데. 몇 분 동안 캐서린은 공포에 사로잡혀 꼼짝도 못 했다. 완전히 끝났다. 남아 있는 심지에 다시 불을 붙일 가망은 없었다. 칠흑 같은 무거운 어둠이 방을 채웠다. 갑자기 포효하는 거센 광풍이 순간의 공포를 더했다. 캐서린은 머리부터 발끝까지 사시나무 떨듯 했다. 잠시 고요해지더니 물러가는 발소리와 먼 곳에서 문 닫는 소리가 그녀의 놀란 귀에 꽂혔다. 사람이라면 더는 못 버틸 상황이었다. 차가운 땀방울이 이마에 맺히고 원고가 손에서 떨어졌고, 그녀는 침대를 겨우 찾아 다급하게 뛰어오른 다음 이불 밑으로 깊숙이 기어들어감으로써 고통에서 벗어나려 했다. 그날 밤 눈을 감고 잔다는 것은 전적으로 있을 수 없는 일이었다. 그렇게 일깨워진 호기심에다 감정이란 감정은 모두 흥분한 상태여서 휴식이란 완전히 불가능했다. 멀리서 부는 폭풍우는 너무나 끔찍했다! 바람이 분다고 놀라거나 하지는 않았지만, 지금은 모든 바람이 끔찍한 소식을 실어 오는 것 같았다. 기막히게 발견된 원고, 오전의 예언을 기막히게 실현한 원고를 어떻게 설명할 수 있을까? 무슨 내용일까? 누구에게 관련된 것일까? 어떻게 그렇게 오랫동안 은닉될 수 있었을까? 그녀의 손에 발견되다니 이 얼마나 특별한지! 그 내용을 다 파악할 때까지 휴식할 수도 편안해질 수도 없으리라. 아침 해가 뜨자마자 읽으리라 결심했다. 그러나 그때까지 지루한 시간을 통과해야 한다. 그녀는 몸을 떨면서 이리저리 뒤척이느라고 이 세상의 모든 잠든 이들을 부러워했다. 아직도 몰아치는 폭풍우는 여러 가지 소리를 만들어 냈는데, 바람 소리보다도 더 무서운 소리가 가끔 겁에 질린 그녀의 귓전을 때렸다. 침대에 쳐진 커튼이 한순간 흔들리는 것 같더니 다음 순간 누군가 들어오려는 것처럼 방문 자물쇠가 들썩거렸다. 웅얼거리는 소리가 복도를 따라 퍼지는 듯했고, 멀리서 들리는 신음에 피가 얼어붙은 것도 한두 번이 아니었다. 시간이 흐르고 흘러도 폭풍우는 멈추지 않았고, 지쳐 버린 캐서린은 집 안의 모든 시계가 3시를 알리는 소리를 듣고는 자신도 모르게 잠에 곯아떨어졌다.

7장

캐서린은 다음 날 아침 8시에 하녀가 덧창문을 접어 여는 소리에 잠에서 깼다. 어떻게 잠들었는지 의아해하면서 경쾌한 아침 풍경을 둘러보았다. 벽난로는 다 탔고, 지난밤의 폭풍우가 지나고 화창한 아침이 밝았다. 즉시 살아 있다는 생각과 함께 원고가 떠올랐다. 하녀가 나가자마자 침대에서 벌떡 일어나 방바닥에 흩날려 있는 종이들을 열심히 주워 들고는 베개에 올려놓고 느긋하게 읽을 심산으로 침대로 돌아왔다. 이제 보니 짜릿하게 읽었던 책과 같은 분량의 묵직한 원고를 기대하지 말았어야 했다. 들쭉날쭉한 종이들로 구성되어 있던 그 뭉치는 볼품없는 쪽지들에 불과했고 처음 기대했던 것보다 형편없이 부실했다.

눈에 불을 켜고 한 면을 재빠르게 일별했다. 주요 내용에 집중했다. 이럴 수가 있을까, 아님 뭔가 잘못 본 것인가? 눈앞에 펼쳐진 것은 삐뚤빼뚤하고 현대적인 글씨체로 써 내려간 면직물 목록에 불과했다! 눈앞의 증거를 믿어야 한다면, 그건 세탁물 영수증

일 따름이었다. 종이 한 장을 더 집어 들었지만 약간 다를 뿐 역시나 목록이었다. 세 번째도 네 번째도 다섯 번째도 다르지 않았다. 셔츠, 양말, 넥타이, 조끼의 목록이 차례로 나왔다. 동일한 글씨체로 쓰인 두 장을 더 보니 우편료, 머리 파우더, 구두끈, 승마 바지 세제 등 고만고만한 품목에 들어간 비용이 적혀 있었다. 전체 뭉치를 싸고 있는 큰 종이는 알아보기도 힘든 첫 줄에 "갈색 암말에 징 박는 비용"이라고 쓰여 있어서 편자공에게 준 영수증 같았다! 기대와 흥분을 주었다가 결국 지난밤의 휴식을 절반이나 빼앗아 간 그 종이 뭉치의(하인의 부주의로 그녀가 발견한 그곳에 덩그러니 놓였을 것으로 추측된다.) 정체가 겨우! 그녀는 먼지가 되어 증발하고 싶은 심정이었다. 함으로 난리를 치고도 배운 게 없었던 걸까? 자려다가 벽장의 모서리 한쪽이 눈에 밟혀서 그만 엉뚱한 판단을 내렸던 것이다. 그녀가 최근에 보여 준 황당한 공상이 이보다 더 한심하게 실현될 수는 없었다. 몇 세대를 거슬러 올라간 원고가 이렇게 현대적이고 안락한 방에 감추어져 있으리라고 생각하다니! 누구나 벽장 열쇠를 만질 수 있는데도 자신이 그것을 여는 기술을 최초로 획득한 사람인 양 굴다니!

어떻게 자기 꾀에 이렇게 속아 넘어갈 수 있단 말인가? 헨리 틸니가 이 사실을 알면 안 된다! 상당한 정도로 그가 공모한 일이긴 했다. 벽장 모습이 그가 묘사한 내용에 그렇게 정확하게 들어맞지 않았더라면 조금의 호기심도 느끼지 않았을 테니 말이다. 겨우 이게 변명이라면 변명이었다. 실수를 말해 주는 참담한 증거라 할 침대 위에 흩어져 나뒹구는 꼴 보기 싫은 종이들을 없애고자 벌떡 일어나 그것들을 가능하면 처음과 같은 모양으로 접어서 벽장 안 같은 장소에 되돌려 놓으며, 앞으로 어떤 재수 없는 사고가 생겨 이것들을 다시 끄집어 내서 그녀가 차마 고개를 못 드는 일이 발생하지 않기만을 간절하게 빌었다.

그런데 지금은 열쇠를 완전히 쉽게 조작할 수 있는데 왜 그렇게 열기 힘들었는지 아직도 신기했다. 그게 정말 희한한 일이라서 잠깐 자기만족적인 해석에 빠지기도 했지만, 결국 벽장문이 처음에 열려 있었고 만지던 중에 잠가 버렸을지도 모른다는 생각이 스치자 또 한 번 얼굴이 화끈거렸다.

지난 행동을 생각할수록 찜찜한 상념에 빠지게 되는 그 방에서 나오자마자 전날 저녁에 틸니 양이 알려 준 조찬실로 재빠르게 달려갔다. 헨리 혼자 내려와 있었다. 그가 대번 폭풍우에 무사했는지 걱정하면서 그들이 묵은 건물의 특징을 장난스럽게 말하는 걸 들으니 약간 불편했다. 무슨 일이 있어도 자신의 약점을 들키고 싶지 않았다. 완전히 거짓말을 할 수는 없어서 바람 소리 때문에 약간 잠을 설쳤다고 겨우 시인했다. "화창한 아침이에요." 그녀가 주제를 바꾸고 싶어서 덧붙였다. "폭풍우와 불면은 지나고 나면 끝. 히아신스 좀 보세요! 히아신스가 좋은 걸 이제 알겠어요."

"어떻게요? 우연히요, 아님 토론을 통해 배운 건가요?"

"당신 여동생이 가르쳐 줬어요. 어떻게 배웠는지는 모르겠어요. 앨런 부인은 몇 년째 내가 히아신스를 좋아하길 바라셨어요. 그때는 좋은 줄 몰랐는데 저번에 밀썸 거리에서 히아신스 보니까 좋더라고요. 원래 꽃은 별로긴 해요."

"지금은 히아신스를 좋아하는군요. 잘됐어요. 새로운 즐거움이 생긴 셈인데, 즐길 게 많을수록 좋죠. 게다가, 여성은 꽃에 대한 취향이 있어야 밖으로 나갈 수단도 되고 안 그럴 때보다 더 자주 운동할 기회도 되고요. 히아신스를 좋아하는 취향은 좀 가정적이지만, 일단 그쪽으로 감성이 트였으니 나중에 장미를 좋아하게 될지도 모르잖아요?"

"그렇게까지 해서 집 밖으로 나가고 싶진 않아요. 산책하며 신선한 공기를 쐬는 것만으로 충분하고요, 어차피 날씨만 좋으면 일과의 절반 이상을 밖에서 보내니까요. 어머니는 내가 밖으로 돌아서 탈이라고 하세요."

"어쨌든 히아신스가 좋아졌다니 다행이에요. 좋아하는 법을 배우는 습관만으로도 충분해요. 젊은 숙녀가 잘 배우는 성격이라면 축복받은 거죠. 여동생이 잘 가르쳐 주든가요?"

장군이 들어오는 바람에 캐서린은 대답하기 곤란한 질문을 피했지만, 장군은 미소 띤 인사로 행복한 기분을 드러내더니 일찍 일어난 것을 은근히 칭찬하는 듯한 말투로 또 한 번 그녀를 불편하게 했다.

그들이 식탁에 앉자 캐서린의 눈에 들어온 것은 우아한 식기였다. 장군이 고른 식기였으니, 천만다행이었다. "취향을 알아봐 줘서 아주 감격스러운데, 난 이 그릇이 깔끔하고 단정해서 좋아하고 또 국내에서 생산되는 도자기를 사 주는 게 옳다고 생각하지. 난 입맛이 무난한 편이어서 그런지 차 또한 스태포드셔에서 만든 주전자에 우려내서 마셔도 드레스덴이나 세이브 주전자에서 우려낸

것만큼 맛이 좋더군.* 이 년 전에 구입한 찻잔 세트라서 꽤 낡았지만. 이 제품은 그 후 더 좋은 게 나왔더라고. 지난번 런던에 갔을 때 아름다운 견본품을 좀 봤는데, 그 방면으로 허영심이 완전히 없지 않았더라면 새 상품을 주문했을지도 모르겠군. 한 세트를 고를 기회가, 비록 내가 직접 고르지는 않더라도, 곧 올 거라 믿는다만." 여기서 그의 말을 이해하지 못한 사람은 캐서린뿐일 것이다.

아침 식사 직후 헨리는 우드스톤으로 떠나서 거기서 이삼 일 정도 머물면서 일을 처리해야 했다. 모두 현관 복도에 나와 그가 말에 올라타는 것을 내다보았고, 캐서린은 즉시 조찬실로 돌아오더니 그의 마지막 모습을 한 번 더 보려고 창문가로 갔다. "이번 일을 처리하려면 네 오빠의 강단이 필요하겠구나." 장군이 엘레노어에게 말했다. "오늘 우드스톤은 우중충해 보이겠지."

"그곳은 아름다워요?" 캐서린이 물었다.

"엘레노어, 어떠냐? 남자에 대해서뿐만 아니라 장소에 대해서도 아가씨가 아가씨 취향을 가장 잘 아는 법이니, 네가 말해 보렴. 나야 가장 공정한 눈으로 본다면 장점을 많이 인정받을 거라 생각한단다. 집이 남동쪽을 향한 멋진 목초지 위에 서 있고, 훌륭한 텃밭이 같은 방향으로 나 있어. 약 십 년 전에 아들을 생각해서 직접 울타리를 쌓고 가꾸었지. 몰란드 양, 가족에게 물려줄 목사관이니까 말이지. 어차피 내 재산이니 나빠지지 않도록 돌봐야지. 헨리의 수입이 목사관에서 나오는 것뿐이라도 먹고살기 별로 힘들진 않아. 자식이 둘뿐인데도 그에게 무슨 직업이든 가지라고 하는 게 이상해 보이겠지. 한때 그 아이가 모든 일에서 자유로워지기를 원했어. 하지만 몰란드 양, 내 비록 아가씨 같은 젊은 숙녀들을 설득시키지는 못하겠지만, 모든 청년에게 뭐든 할 일을 줘어 주는 게 좋다는 게 내 소신이고, 여기에 아가씨 부친도 동의하실 거야. 돈이 목적이 아니고, 직업이 있어야 한단 말이지. 알다시피, 이 지역의 웬만한 신사들처럼 상당한 땅을 물려받을 맏아들 프레드릭마저도 직업이 있거든."

마지막 주장의 단호함은 그의 소원을 담고 있었다. 숙녀는 차마 뭐라고 대꾸할 수 없어 침묵했다.

어제 저녁에 집 구경을 시켜 준다는 말이 나온 터라 장군이 안내를 자처했다. 캐서린은 그의 딸과 단둘이서 둘러보고 싶었지만 집 구경 자체가 너무 행복한 일이라 기쁘게 수락하지 않을 수 없었다. 열여덟 시간째 사원에 머물면서 여태 고작 방 몇 개만 본 게 다였으니. 그녀는 무심결에 꺼낸 바늘 쌈지를 후다닥 치우며 따라나설 준비를 했다. "집을 다 보고 나서 나무숲과 정원을 보여 주마." 그녀가 말없이 수긍했다. "아니, 집 밖을 먼저 보는 게 좋겠다. 지금 날씨가 좋은데, 연중 이맘때 날씨는 워낙 종잡을 수 없거든. 어떠냐? 나야 아가씨가 원하는 대로 할 테니. 네 생각에는 어떻게 하면 아리따운 친구의 소망이 이루어지겠니? 말하지 않아도 알겠구나. 그래. 몰란드 양의 눈을 보니 현명하게도 지금 화창한 날씨를 이용하고 싶은 게 분명하구나. 이 아가씨가 언제 판단을 그르친 적이 있더냐? 실내야 날씨에 상관없이 아무 때나 구경하면 되니까. 하자는 대로 할 테니, 모자를 가져오는 즉시 나가자꾸나." 그가 방을 나서자, 캐서린은 실망하고 불안한 표정을 지으며 그가 사람들을 데리고 야외로 나가고 싶지 않은데도 그녀를 기쁘게 해주려고 그러는 것 같아서 불편하다고 말하기 시작했다. 틸니 양이 약간 당황스러워하며 상황을 수습했다. "오전에 날씨가 좋을 때 할 일을 하는 게 가장 현명해. 아버지는 항상 하루 중 이맘때 산책하시니까 그 걱정은 하지 말고."

캐서린은 이 상황을 어떻게 이해해야 할지 몰랐다. 왜 틸니 양이 당황하는 걸까? 장군 쪽에서 실내 구경을 꺼리는 마음이라도 있는 걸까? 그것도 먼저 제안했으면서 말이다. 항상 이렇게 이른 시간에 산책하다니, 이상하지 않나? 아버지도 앨런 씨도 이 시간에 산책하진 않는다. 정말 이상한 일이다. 그녀로서는 집을 구경하고 싶어 안달했지 대지는 그저 그랬는데. 헨리가 함께 있었다면! 지금은 그림 같은 풍경을 보더라도 뭐가 뭔지 모를 것 같았다. 이런 생각이 들었지만 속으로 삼키고 불만을 억누르며 모자부터 챙겼다.

처음으로 잔디밭에 서서 사원을 돌아보는 순간 건물의 위엄에 기대한 것 이상으로 놀랐다. 사원 건물은 커다란 뜰을 품고 있었다. 사각형 건물의 두 면은 고딕으로 장식되어 위용을 뽐내며 서 있었다. 나머지 부분은 오랜 나무숲이나 화려한 정원으로 둘러싸여 있었고 뒤에는 경사지고 나무가 많은 언덕이 솟아서 건물을 보호하고 있었는데, 울창해지기 전인 3월인데도 아름다웠다. 캐서린은 이와 비슷한 풍경을 본 적이 없었다. 너무나 감동해서 권위 있는 누구에게 물어보지도 않고 경이와 찬사를 과감하게 피력했다. 장군은 공감하면서 고맙게 들어 주었다. 마치 이 순간 전까지는 노생거를 어떻게 평가해야 할지 몰라서 기다렸던 사람처럼.

다음으로 텃밭을 감상할 차례였는데, 그가 마당의 작은 구역을 가로질러 안내했다.

텃밭이 몇 에이커인지 들었을 때 캐서린은 그것이 교회 마당과 과수원을 합친 아버지의 정원뿐만 아니라 앨런 씨의 정원을 전부 합친 규모의 배가 넘는 숫자여서 놀랄 수밖에 없었다. 담장이 셀 수 없이 많아 보이고 그 끝이 안 보이는 듯했다. 옹기종기 모인 식물원도 보였고, 교구민이 다 나와서 일하는 것 같았다. 생전 이런 정원 비슷한 것을 본 적이 없다고 말하는 듯한 그녀의 표정에 우쭐해진 장군은 그녀가 그걸 말로도 표현하도록 유도했다. 그가 겸손하게 고백했다. "꼭 이런 소리를 들어야 하는 건 아니고 신경 쓰지도 않지만, 이 나라에서 여기에 필적할 곳은 없단다. 내게 열정이 있다면 바로 이거야. 텃밭 가꾸기를 사랑해. 대체로 음식에 까다롭지 않지만 좋은 과일을 챙기지. 내가 안 좋아하면 손님이나 자식들이 먹고 말이지. 이런 텃밭을 가꾸는 일은 엄청나게 성가셔. 최고로 돌봐도 항상 최고의 과일이 나올 수는 없으니까. 작년에 파인애플 농장에서는 백 개만 나왔어. 앨런 씨라면 이런 고충을 이해할 거다."

"전혀 그렇지 않아요. 앨런 씨는 텃밭에 관심이 없어서 아예 들어가질 않아요."

장군은 자기만족적인 웃음을 띠며 자기도 그랬으면 좋겠다고 했다. 텃밭에 갈 때마다 계획대로 안 되는 걸 보면 이래저래 속상하다고 했다.

"앨런 씨의 식물원은 어떤지?" 장군은 식물원을 설명하며 안으로 들어가다가 물었다.

"겨울에 식물을 기르는 작은 식물원 하나밖에 없는데요, 때때로 불을 피우세요."

"행복한 양반이군!" 장군이 기분 좋게 경멸하는 표정으로 말했다.

그는 그녀가 지치도록 구석구석을 구경하고 모든 담장을 다 지나가 보게 안내한 끝에 나가는 문 앞에 이르자 최근에 차를 마실 수 있도록 새로 꾸며 놓은 정원을 보러 가자며 몰란드 양이 피곤하지 않다면 산책을 오래해도 나쁠 건 없다고 말했다. "엘레노어, 어딜 가느냐? 차갑고 축축한 길로 가려고? 몰란드 양이 추위를 타서 안 된다. 뜰을 가로지르는 길이 가장 좋아."

"전 이 길을 좋아해요." 틸니 양이 대답했다. "이 길이 가장 좋고 가까워요. 아마 축축하긴 할 거예요."

오랜 스코틀랜드 전나무가 빽빽하게 들어선 작은 숲을 관통하는 좁고 구불구불한 길이었다. 캐서린은 길의 우울한 분위기에 끌려 가 보고 싶었고 장군이 뭐라 해도 버티려 했다. 그도 그걸 감지했는지 건강에 안 좋다고 중얼거릴 뿐 계속 밀어붙이는 결례를 피했다. 혼자 걷겠다며 물러섰다. "혼자만 햇살을 즐기려니 아쉽다만, 저쪽에서 만나자꾸나." 그가 돌아섰다. 그와 헤어지자 얼마나 안도감이 느껴지는지, 캐서린은 그게 놀라웠다. 놀라서 안도감이 덜한 것은 아니었다. 숲이 불러일으키는 달콤한 우울을 산뜻하게 즐기면서 대화를 시작했다.

"난 여기가 특별히 좋아." 그녀의 동행이 한숨을 쉬며 말했다. "어머니가 가장 아끼시던 길이거든."

캐서린은 틸니 부인 얘기를 들은 적이 없었는데, 이런 애틋한 기억을 듣자 바로 표정이 변하면서 신중한 침묵 속에서 다음 얘기를 기다렸다.

"어머니랑 자주 여길 산책했어!" 엘레노어가 설명했다. "그땐 좋은지 몰랐는데 지나고 나니까 좋아졌어. 그땐 어머니를 그냥 따라다녔지. 그 기억 때문에 여기가 소중해."

'남편에게도 소중하지 않을까?' 캐서린이 혼자 생각했다. '하지만 장군은 여기 안 들어오려고 했어.' 틸니 양이 말이 없자, 그녀가 용기를 내 말했다. "어머니를 잃고 얼마나 아팠을까!"

"갈수록 힘들어." 상대방이 낮은 목소리로 대답했다. "난 겨우 열세 살이었거든. 그 어린 나이에 느낄 수 있는 만큼의 상실감은 느꼈겠지만 도대체 상실이 무엇인지 몰랐고 그럴 수도 없었어." 잠시 멈추더니 확고하게 덧붙였다. "난 자매가 없잖아. 헨리가 있지. 남자 형제들이 살갑고 더구나 헨리는 여기에서 많이 지내기도 해서 정말 고맙지만, 종종 외로운 건 어쩔 수 없어."

"그가 몹시 그립겠구나."

"어머니는 항상 옆에 계셨을 텐데. 어머니는 변함없는 친구였겠지. 누구보다 영향을 많이 끼치셨겠지."

"어머니는 고우셨지? 미인이셨어? 집에 초상화 있어? 저 작은 숲을 왜 그렇게 아끼셨어? 우울하셔서 그랬나?" 이런 질문을 열심히 쏟아 냈다. 처음 세 가지 질문에는 신속한 대답이 나왔고 나머지 두 개는 지나갔다. 대답을 듣든 못 듣든 질문을 할수록 돌아가신 틸니 부인에 대한 캐서린의 관심은 커져 갔다. 불행한 결혼이었으리라. 장군은 쌀쌀맞은 남편이었음이 틀림없다. 그녀의 산책로를 좋아하지 않는다. 그런 사람이 아내를 사랑할 수 있었을까? 게다가 장군이 잘생기긴 해도 그녀에게 친절하지 않았음을 말해 주는 뭔가가 그의 용모에서 언뜻 비쳤다.

"초상화 말인데." 교묘한 질문을 던지려니 얼굴이 달아올랐다. "아버지 방에 걸려 있지?"

"아니. 응접실에 걸려 있었지. 아버지께서 별로 안 좋아하셔서 한동안 걸리지 못했지만. 돌아가신 후에 곧 내 차지가 되어 내 침실에 걸려 있어. 보여 줄게. 어머니를 닮은 그림이야." 증거가 또 나왔다. 초상화가 떠난 아내와 닮았는데도 알아주지 않는 남편이라! 아내에게 무시무시하게 잔인했으리라!

캐서린은 그가 아무리 친절하게 나와도 그에 대한 솔직한 감정을 더 이상 숨길 수 없었다. 공포와 혐오였던 감정은 이제 절대적인 거부감이 되었다. 그렇다, 거부감! 그렇게 아리따운 여인을 험악하게 대했다니, 역겨웠다. 그런 사람들을 종종 소설에서 읽곤 한다. 앨런 씨는 그런 사람들이 실제 있겠느냐며 과장된 거라고 말하곤 했다. 그렇지 않다는 증거가 바로 여기에 있었다.

이렇게 생각을 정리하는 동안 길이 끝나고 바로 장군이 나타났다. 방금 느꼈던 도덕적인 분노에도 불구하고 그와 함께 걷고 그의 말을 듣고 심지어 그가 웃으면 따라 웃을 수밖에 없었다. 이젠 주변을 둘러보며 즐길 수 없어서 그저 힘없이 따라 걷기만 했다. 이를 알아챈 장군이 그녀의 건강을 염려하면서 딸과 함께 집으로 돌아가라고 재촉했는데, 마치 자신을 나쁘게 생각하고 있는 그녀를 나무라는 것 같았다. 그는 십오 분 후에 따라 오겠다고 했다. 두 번째로 헤어졌다. 잠시 후에 엘레노어를 불러 세우더니 그가 따라갈 때까지는 집 안 구경을 시키지 말라는 엄명을 내렸다. 그녀가 간절하게 원하는 집 안 구경을 그가 두 번이나 나서서 굳이 지연시킨다는 사실이 캐서린의 뇌리에 박혔다.

8장

한 시간째 장군을 기다리는 동안 그의 어린 손님은 도무지 그의 성격을 좋게 생각할 수 없었다. '이렇게 오래 걸리는 것이나 혼자 걸어오는 걸 보면 마음이 편치 않거나 양심의 가책을 느낀 거겠지'라는 생각이 들었다. 마침내 그가 나타났다. 무슨 어두운 상념에 빠져 있었는지는 몰라도 그들을 보자 웃음을 지었다. 틸니 양은 집 안을 구경하고 싶은 호기심에 찬 친구를 어느 정도 배려해 그 주제를 다시 꺼냈다. 캐서린의 예상과는 달리, 그는 그들이 방에 들어가는 때에 맞춰 마실 것을 주문하느라 오 분을 지체했다는 것 이외에는 늦게 돌아온 데 대한 어떤 변명도 하지 않은 채 바로 그들을 안내할 준비를 갖췄다.*

그들은 출발했다. 독서의 내공이 만만치 않은 캐서린은 위풍당당한 걸음걸이로 움직이는 그에 대한 의심을 풀지 않은 채 그를 따라 현관 복도를 건너 자주 쓰는 응접실과 자주 쓰지 않는 대기실을 지나 그 규모와 가구가 휘황찬란한 방으로 들어갔다. 중요한 손님들만 사용하는 진짜 응접실이었다. 아주 고상하고 장엄하고 매력적이었다! 비단의 색깔조차 제대로 알아보지 못하는 캐서린의 분별없는 눈으로는 이런 표현밖에 떠오르지 않았다. 많은 의미를 담아 섬세하게 칭송하는 일은 장군의 몫이었다. 그녀는 방을 꾸미느라 돈이 얼마나 들었는지 또는 얼마나 우아한지에 무심했다. 15세기 이후에 나온 현대 가구에는 관심이 없었던 것이다. 장군이 유명한 장식품 하나하나를 세세하게 돌아보면서 할 말을 다한 후 서재로 이동했는데, 마찬가지로 휘황찬란하게 꾸며진 데다 소장한 책도 많아서 겸손한 주인이라도 뿌듯해하며 둘러볼 법했다. 캐서린은 아까보다 더 진심으로 들어 주고 좋아하고 감탄했다. 한 서가의 절반 정도의 책 제목을 훑어보면서 이 지식의 보고에서 얻어 갈 모든 것을 챙긴 다음 이동하려 했다. 그런데 기대한 대로 방이 더 나타나지 않았다. 큰 건물인데도 벌써 대부분을 둘러봤다는 것이다. 주방을 포함해 지금까지 본 예닐곱 개의 방이 안뜰의 세 면에 걸쳐 있다는 설명을 듣고도 이게 전부라니 믿을 수가 없었고 감춰진 방이 더 많을 거라는 의심을 거둘 수 없었다. 평소에 자주 쓰는 방으로 돌아가는 길에 몇 개의 고만고만한 방을 통과하는 게 그나마 볼거리로 남아 있었는데, 그 방들은 안뜰을 바라보고 있고 서로 이리저리 통하도록 단순하지 않게 연결 되어 있었다. 한때 수도원의 안뜰을 둘러싼 회랑이었던 곳을 지나가는 중이라는 말을 듣고, 기도실의 흔적에 대해서도 설명을 듣고,* 그다음엔 열어서 설명해 주지는 않았지만 몇 개의 방문을 더 지날 수 있어서 한결 아쉬움을 달랬다. 마침내 당구대가 놓인 방과 장군의 내실을 차례로 지났지만 그 방들이 어떻게 이어졌는지 오리무중이었고 방을 나올 때는 방향감각을 잃어 버렸다. 마지막으로 어두운 작은 방을 지나자 헨리의 책과 총과 외투가 흩어져 있는 그의 방이 나타났다.

항상 5시에만 봤던 식당은 진작 구경했던 곳이었는데 여기서 장군은 걸음짐작으로 거리를 재 보며 맘껏 흐뭇해했고, 몰란드 양에 대한 더 확실한 정보를 얻으려는 듯이 그녀가 의심하거나 신경쓰지 않는 것들을 재빠르게 확인하면서 주방으로 이동했다. 그곳은 예전 수녀원의 유서 깊은 주방으로, 큰 벽에는 지난날의 음식연기 자국이 남아 있었고 화로와 그 옆에 뜨거운 음식을 놓아 두는 보관함도 보였다. 집 안을 가꾸는 장군의 솜씨는 여기서도 드러났다. 요리사의 노고를 덜어 주는 현대적인 주방 도구가 갖춰진이곳은 그들만의 널찍한 극장이었다. 다른 사람들의 재주가 실패하면 그의 재주로 완벽함을 메웠다고나 할까. 이곳을 현대적으로개량한 것만으로도 그는 언제든지 수녀원을 빛낸 인사의 반열에올랐을 것이다.

주방 벽에서 사원의 고풍스러움은 끝났다. 사각형의 네 번째 벽은 부식 때문에 장군의 부친 때 제거되었고 그 자리에 현재의 벽을 올렸다. 숭배할 게 없었다. 건물은 아예 새로 지어졌다고 선언하는 듯했다. 하인의 숙소 용도로만 쓰는 데다 뒤쪽으로 마구간과 붙어 있으니 건축적인 통일성을 고려할 필요가 없었으리라. 캐서린은 단순히 집안 경제를 위한다는 목적으로 나머지를 다 합친가치를 초월할 만큼 오래된 곳을 완전히 허물어 버렸다며 그저 맹

비난하려면 했을 것이다. 장군이 나서지 않았다면 그렇게 후미진 곳을 둘러보는 일을 그냥 건너뛰었을지도 모른다. 그에게 허영심이 있다면 그건 하인의 숙소를 정비한 데서 드러났다. 그는 몰란드 양 같은 사람 눈에는 아랫사람들의 수고를 달래 줄 수 있는 숙소의 편의 시설이 감동적일 거라고 확신했기 때문에 당연히 그녀에게 보여 주고 싶어 했다. 그는 샅샅이 둘러보게 했다. 방이 많은데다 편리하게 설계되어서 캐서린은 기대 이상으로 감명받긴 했다. 풀러튼에서는 몇 개의 허름한 음식 창고와 삭막한 개수대만 있으면 되는 공간인데 여기서는 적절하게 나눠지고 널찍하고 여유가 있었다. 끊임없이 출몰하는 하인들의 숫자도 그렇지만 그들의 숙소 규모가 더 놀라웠다. 어딜 가든 장화를 신은 하녀가 멈춰 서서 인사하거나 제복을 다 차려입지 못한 하인이 슬그머니 꽁무니를 빼는 모습이 보였다. 이곳은 사원이 아닌가! 책에서 읽은 것과 달라도 너무 달랐다. 책에서는 분명 노생거보다 큰 곳인데도 힘든 살림을 기껏해야 하녀 넷이 다 하는 그런 사원과 성이 등장했다. 앨런 부인은 어떻게 그 많은 일을 다 하느냐며 자주 놀라워했다. 여기서 벌어지는 일을 보니 이제 캐서린이 놀랄 차례였다.

현관 복도로 돌아와서 중심 계단을 오르며 목재의 아름다움과 유려한 조각 장식을 살펴보았다. 다 오른 다음 그녀의 방이 있는 복도의 반대쪽으로 돌아섰고, 곧 같은 구조이지만 더 길고 더 넓은 복도로 진입했다. 세 개의 큰 침실과 그에 딸린 옷방을 차례로 구경했는데 정말 완벽하고 멋지게 꾸며져 있었다. 편안하고 우아하게 꾸미기 위해서 돈과 안목을 들여 할 수 있는 모든 것을 해 놓은 곳이었다. 최근 오 년 사이에 꾸며진 것으로, 모든 면에서 전체적으로 좋았고 모든 것이 캐서린의 마음에 쏙 들었다. 마지막 방을 둘러보는 동안 장군은 영광스럽게도 여기에 묵었던 저명인사 몇 명을 가볍게 거론하더니 웃는 표정으로 캐서린을 돌아보며 이제부터는 "풀러튼에서 온 친구들"이 여기 묵기를 희망한다고 말했다. 기대하지 않은 칭찬 앞에서 캐서린은 자신에게 친절하게 대해 주고 자신의 가족에게 이렇게 예의를 차리는 사람을 마냥 좋게 봐 줄 수 없는 게 몹시 안타까울 따름이었다.

복도 끝에는 접이문이 나 있었는데 틸니 양이 다가가 열고 들어가자 왼쪽으로 또 하나의 긴 복도가 나왔고 거기 첫 번째 문을 열고 또 하나의 긴 복도로 들어가려는 찰나 장군이 앞으로 나서서 다급하게, 그리고 캐서린이 듣기에 약간 화난 듯한 목소리로 그녀를 불러 세우며 어디 가느냐고 물었다. 더 볼 게 남았나? 몰란드 양은 볼 만한 것들을 이미 다 보지 않았나? 친구가 그렇게 걸었으니 마실 것이 있으면 좋지 않겠나? 등등. 틸니 양이 바로 돌아서는 바람에 육중한 문이 당황한 캐서린의 코앞에서 닫혀 버렸는데, 캐서린이 순간적으로 얼핏 본 것은 여기보다 좁다란 통로와 무수한 문과 꼬불꼬불한 계단의 흔적이어서 드디어 뭔가 볼 만한 것이 가까이 있다고 직감했다. 내키지 않은 채 복도를 돌아 나올 때 잘 꾸며 놓은 곳을 모두 구경하느니 이쪽 주변을 들여다보고 싶었다. 그걸 막으려는 장군의 노골적인 행동이 그런 생각을 더욱 부채질했다. 뭔가 숨겨진 게 분명했다. 그녀의 상상력이 최근 한두 번 사고를 치긴 했지만 여기서는 틀릴 리가 없었다. 숨긴 게 무엇인지는 그들이 약간 거리를 두고 장군을 따라 계단을 내려갈 때 틸니 양이 했던 짧은 말에 드러나는 것 같았다. "어머니 방을 보여 주려 했어. 돌아가셨던 방"이라고 그녀가 말했다. 짧은 말이었지만 캐서린에게는 몇 쪽에 이르는 정보를 담고 있었다. 장군이 그 방에 남은 물건을 보지 않으려고 도망치는 건 당연했다. 그 끔찍한 순간, 고통받아 온 아내를 보내고 그에게 양심의 가책을 남긴 그 순간을 겪은 이후로 절대로 들어갔을 리가 없는 방.

엘레노어랑 단둘이 남자 그 방뿐만 아니라 그쪽 구역을 몽땅 보고 싶다고 말했다. 엘레노어는 편리한 때를 봐서 데리고 간다고 약속했다. 캐서린은 그녀를 이해했다. 그 방에 들어가기 전에 장군부터 살펴봐야 하리라. "그 모습 그대로 남아 있지?" 그녀가 흥분한 목소리로 물었다.

"물론, 그대로야."

"어머니께서 돌아가신 지 얼마나 됐어?"

"구 년 됐어." 아팠던 아내가 세상을 떠난 후 그 방을 정리하는 데 일반적으로 걸리는 시간에 비하면 구 년은 사소하다고 캐서린은 생각했다.

"마지막 임종을 지켰겠지?"

"아니." 틸니 양이 한숨을 쉬며 대답했다. "불운하게도 집에 없었어. 어머니 병환은 갑작스러웠고 오래가지 못했어. 내가 도착하기 전에 끝났으니까."

이 말에 수반된 끔찍한 암시 때문에 캐서린은 피가 얼어붙는 듯했다. 가능할까? 헨리의 아버지가? 하지만 가장 참담한 의심조차도 들어맞는 예가 얼마나 많은지! 저녁에 그녀가 친구와 바느질하는 동안 그가 눈을 내리깔고 이마를 찡그린 채 말없이 생각에 잠겨 한 시간 동안 응접실을 느릿느릿 돌아다니는 걸 보니 그를 괜히 오해한 게 아니라는 생각이 들었다. 몬토니*의 분위기와 태도를 빼다 박았다! 인간성에 완전히 무감각해지지 못한 사람이 지난 과거의 죄를 두려운 심정으로 돌아볼 때의 그 어두운 심리를 이보다 더 분명하게 말해 주는 게 있을까! 불행한 사람! 그녀는 초조해서 자꾸 그를 쳐다봤고 틸니 양이 이를 눈치챘다. "아버지는 자주 방을 산책하시곤 해." 그녀가 속삭였다. "이상할 거 없어."

'가관이네!' 캐서린이 탄식했다. 오전에 산책하는 것도 이상하게 생뚱맞더니만 이 시간에도 산책이라니, 느낌이 좋지 않았다.

저녁을 먹고 별일 없이 지루한 시간이 흐르자 캐서린은 새삼 헨리가 얼마나 필요한 사람인지 실감했고, 침실로 물러날 때가 되자 진심으로 기뻤다. 장군이 그녀가 알아채지 못하는 어떤 표정으로 딸에게 벨을 울리게 했다. 그런데 집사가 들어와 집주인이 들고 갈 촛불을 밝히려 하자 그가 말리고 나섰다. 자러 가지 않는다고 했다. "읽을거리가 많아."* 그가 캐서린에게 말했다. "아가씨가 잠든 후에도 난 몇 시간 동안 나라 돌아가는 걸 걱정하느라 못 자겠군. 우리 둘 다 맡은 일을 이보다 더 열심히 할 수 있을까? 내 눈은 다른 사람의 행복을 위해 과로하지. 아가씨 눈은 푹 쉬면서 다가올 연애를 준비할 거고."

그는 할 일이 있다고 둘러대거나 듣기 좋은 찬사를 늘어놓았지만, 적당한 휴식을 저렇게 심하게 미루는 데에는 약간 다른 목적이 있으리라는 의심이 풀리지 않았다. 다들 잠든 후에 재미없는 정치 선전문이나 읽자고 몇 시간이고 깨어 있을 리 없다. 은밀한 이유가 있는 게 분명했다. 온 집 안이 잠든 사이에만 처리할 수 있는 어떤 일을 하려는 모양이다. 틸니 부인이 알려지지 않은 어떤 이유로 감금된 채 살아 있어서 인정사정없는 남편에게서 밤마다 거친 음식을 받아먹을지도 모른다는 결론이 나올 수밖에 없었다. 적어도 억울하게 앞당겨진 죽음보다 낫다는 생각이나 부인을 이 대로 둔다면 곧 세상을 떠나리라는 생각이나 충격적이긴 마찬가지였다. 알려진 대로, 병환이 갑작스럽게 찾아왔다. 딸이 곁에 없었고, 다른 자녀도 없었으리라. 모든 정황이 그녀의 감금설을 뒷받침했다. 그 이유, 질투인지 고의적인 잔인함인지, 그것만 밝히면 된다.

옷을 갈아입으며 이 문제를 고심하자, 그날 오전에 이 불행한 여인이 감금된 곳 근처를 지나갔을지도 모른다는 생각이 문득 스쳤다. 이 여인이 지루한 날을 보내는 독방에서 몇 발짝 떨어지지 않는 곳을 지나갔을지도 모른다. 수도사들이 머물던 외진 구역의 흔적이 남아 있던데, 여인을 감금하기에 거기보다 더 좋은 구역이 어디 있을까? 높이 솟은 아치가 있고 돌로 만들어진 통로를 경외감에 사로잡혀 밟아 봤는데, 그때 장군이 아무 설명도 하지 않던 문들이 또렷이 기억났다. 그 문들은 어디로 연결될까? 불행한 틸니 부인의 방이 있었던 금지된 복도가 (그녀의 기억에 따르면) 의심스러워 보이던 몇 개의 기도실 위에 있었고, 또 사라지는 불빛을 포착했던 방들 옆에 난 계단이 무슨 은밀한 수단을 이용해 기도

실과 내통하면서 남편의 야만적인 계획을 도우는 역할을 했을 거라는 생각이 추가로 스치면서, 추측은 갈수록 그럴듯해졌다. 부인은 아마 철두철미한 계획에 따라 마비 상태에 빠진 채 그 계단 아래로 옮겨진 것이다!

캐서린은 가끔 추측이 너무 과감해서 놀라는 한편, 때로는 추측이 터무니없기를 바라는 심정이었다. 그러나 그런 추측을 포기할 수 없게 만드는 증거가 눈앞에 버티고 있었다.

죄가 저질러졌다고 추측되는 사각형 건물의 한쪽 면이 그녀가 믿기로는 자신이 머무는 쪽 반대편이니까, 현명하게 지켜본다면 장군이 아내를 감금한 감옥으로 가는 길에 그가 든 촛불에서 나오는 빛줄기가 낮은 창문으로 비칠지 몰랐다. 침대에 눕기 전에 두 번이나 살짝 나가 복도 쪽에 난 창문에서 불빛이 비치는지 살폈다. 그러나 바깥은 캄캄했고, 그 일을 하기에는 너무 이른 시간이었다. 이런저런 계단 오르는 소리는 하인들이 아직 깨어 있음을 의미했다. 자정이 될 때까지는 지켜보아도 소용이 없으리라. 시계가 자정을 알리고 모두 조용해질 때 어둠이 너무 무섭지만 않다면 한 번 더 나가서 살펴볼 생각이었다. 드디어 시계가 울렸다. 캐서린이 잠든 지 삼십 분이 지난 후였다.

9장

다음 날에도 그 비밀스러운 방을 조사할 기회를 잡지 못했다. 일요일이었는데, 오전 기도와 오후 기도 사이 시간을 몽땅 장군을 따라 야외에서 걷거나 집에서 차가운 고기 음식*을 먹거나 하면서 보냈다. 아무리 캐서린의 호기심이 크다고 해도, 저녁 식사 후 6시와 7시 사이의 엷어지는 햇살에 기대거나 또는 그것보다 더 밝지만 협소하게 비추는 믿을 수 없는 촛불만 달랑 들고 그 방을 탐험할 용기는 없었다. 그날은 상상력을 자극할 일 없이 지나갔고, 고작 가족 예배당의 의자 바로 앞에 놓인 우아한 틸니 부인 추모비를 본 것이 다였다. 추모비를 보자마자 알아보았고, 오랫동안 바라보았다. 어떤 방식으로든 아내를 파멸시킨 게 틀림없는 남편이 상심한 사람 행세를 하면서 그녀의 미덕을 칭송하는 억지스러운 문구를 남긴 걸 보니 눈물이 다 날 지경이었다.

장군이 그런 추모비를 세워 놓고 쳐다보는 건 자유지만, 바로 코앞에서 그렇게 대놓고 침착하게 앉아서 고상한 척하면서 대담하게 주변을 돌아보다니, 아니 아예 가족 예배당에 들어왔다는 것 자체가 캐서린에게는 놀라울 따름이었다. 죄를 짓고도 이렇게까지 무덤덤한 경우는 그렇게 많지 않을 것이다. 범죄를 전전하면서 내키는 대로 살인하고 상상할 수 있는 모든 죄를 짓고도 인간적인 감정이나 후회 없이 버티는 한 줌 인간들이 있다. 그들은 발작적으로 찾아온 죽음이나 종교적 참회로 어두운 인생 역정을 끝내기 마련이다. 추모비를 세워 놨다는 이유만으로는 틸니 부인이 실제로 살아 있을 거라는 의심을 조금도 해소할 수 없었다. 부인의 유골이 잠들어 있는 가족묘로 내려가서 유골이 담겼다고 알려진 관을 들여다본들 무슨 소용이 있을까? 캐서린이 책에서 한두 번 읽은 것도 아니고, 밀랍으로 만든 형체가 등장하고 가짜로 꾸민 장례식을 벌이는 것쯤은 태연하게 해치웠을 것이다.

다음 날 아침이 되자 뭔가 밝혀질 것 같았다. 장군의 이른 산책이 모든 면에서 미심쩍었는데 그게 바로 좋은 기회가 될 줄이야. 그가 집에 없다는 걸 확인하자마자 틸니 양에게 약속한 대로 하자고 부탁했다. 엘레노어가 부탁을 들어 주러 나섰다. 캐서린이 또 하나의 약속을 환기하는 바람에 침실에 걸린 초상화부터 보기로 했다. 그림 속 여성의 온화하고 사색에 잠긴 표정은 굉장히 아름다워서 관람객의 기대에 부응했다. 모든 면에서 기대가 맞아떨어진 건 아니어서, 얼굴과 머리와 피부가 헨리는 아니어도 엘레노어의 판박이일 거라는 기대는 빗나가고 말았다. 여태까지 초상화라고 하면 어머니와 자녀가 똑 닮게 그려진 것만 생각해 봤다. 얼굴은 세대를 지나도 남는다고 여겼으니까. 그런데 이 초상화 앞에서는 닮은 곳을 찾으려면 들여다보고 연구해야 할 판이었다. 이런 약점에도 불구하고 캐서린은 감정에 복받친 채 그림을 감상했다. 더 강렬한 관심사가 남아 있는 상황이 아니었더라면 선뜻 그림을 뒤로하고 나오지 못했으리라.

복도로 들어갈 때 그녀는 너무 흥분해서 말문이 막혔다. 친구를 바라보기만 했다. 엘레노어의 표정은 우울하고도 침착했다. 곧 조우할 우울함에 그녀가 얼마나 익숙한지를 말해 주는 그런 침착함이었다. 저번에 했던 것처럼 그녀가 접이문을 열고 들어가 자물쇠에 손을 대자 캐서린은 숨이 멎을 듯 겁에 질려 조심스럽게 접이문을 닫으려고 돌아섰는데, 이때 복도의 먼 끝에 장군을 닮은 무시무시한 형체가 그녀를 향해 서 있는 게 아닌가! 동시에 그가 쩌렁쩌렁한 목소리로 부른 '엘레노어'가 온 집 안에 울려 퍼져서 딸에게는 그의 존재가 알려졌고 캐서린에게는 공포가 들이닥쳤다. 그를 보자마자 본능적으로 숨어야겠다고 생각했지만 그의 시선을 피할 길이 없었다. 친구가 미안해하는 표정으로 흘깃 쳐다본 후 그에게 달려간 사이 그녀는 자신의 방으로 피신한 다음 문을 잠그고는 다시는 내려갈 용기가 안 생길 거라 생각했다. 적어도 한 시간 동안 엄청나게 긴장한 채로 불쌍한 친구의 처지를 정말로 마음 아파하는 동시에 자신도 화난 장군에게 불려 가서 그의 방에서 꾸지람을 들을 준비를 했다. 그러나 호출은 없었다. 마침내 마차가 사원으로 들어오는 것을 보자 내려가서 손님들 틈에 섞여 그를 만날 용기가 났다. 조찬실은 손님들로 북적였다. 장군은 그녀를 딸의 친구라고 소개했는데, 칭찬 일색으로 그의 분노를 매끄럽게 감추고 있어서 어쨌든 당장은 목숨을 부지할 수 있을 것 같았다. 엘레노어가 아버지의 성격에 놀란 친구를 이해하는 표정을 짓고는 말할 기회를 포착하자마자 "아버지께서 답장 하나를 써 달라고 하시지 뭐야"라고 설명해 줘서 그제야 장군이 그녀를 못 봤거나 또는 예의를 차려 못 본 척해 주기를 바라는 심정이었다. 이렇게 믿으면서 장군 앞에서 감히 버틸 수 있었고, 손님들이 떠난 후에도 별일 없이 지나갔다.

오전을 보내면서 그 금지된 문을 다음에는 홀로 시도하리라는 결심이 섰다. 엘레노어는 아무것도 모르는 게 모든 면에서 좋을 것 같았다. 재차 발각될 위험에 그녀를 끌어들이는 일, 그녀의 가슴을 아프게 할 방으로 데리고 들어가는 일은 친구로서 할 일이 아니었다. 장군은 극도의 분노를 딸에게 풀지언정 자기에게는 그러지 못할 것이다. 더구나 혼자 조사해야 더 만족스럽게 잘할 것 같았다. 엘레노어가 십중팔구 지금까지 모르고 살아서 다행이었을 그 의심을 이제 와서 설명하기는 불가능했다. 그녀가 보는 앞에서 장군의 잔인함을 드러내는 증거를 수색할 수는 없었고, 쓰다 만 일기 비슷한 거라도 어디선가 나올 것 같긴 하지만 여전히 아무것도 못 찾고 마지막 순간까지 법석을 부릴지도 모를 일이었다. 방으로 올라가면서 그녀는 완전히 담담했다. 예정대로 내일 헨리가 돌아오기 전에 수색을 끝내고 싶었으므로 더 지체할 시간이 없었다. 날이 환했고 용기가 샘솟았다. 해가 지려면 두 시간이나 남은 4시가 되자 그녀는 평소보다 삼십 분 빨리 옷을 갈아입으러 방으로 갔다.

이제 됐다. 시계가 울리기 전에 복도에 혼자 서 있었다. 생각할 시간이 없었다. 서둘러 움직여서 최대한 조용하게 접이문을 통과한 다음 돌아보거나 숨 쉴 여유도 없이 문제의 방으로 내달렸다. 다행스럽게도 자물쇠는 사람을 놀라게 하는 불길한 소리 없이 스르르 열렸다. 까치발로 움직였다. 방에 들어갔다. 그러나 한발도 더 뗄 수 없었다. 그 자리에서 얼어붙게 만들고 온몸을 전율케 하는 풍경이었다. 눈앞에 펼쳐진 것은 널찍하고 구도가 좋은 방, 하녀가 정갈하게 디미티*를 깔아 놓은 아무도 누운 적 없는 침대, 밝게 빛나는 바쓰산(産) 화로, 마호가니 옷장이었고, 깔끔하게 색칠한 의자 위로는 창틀 달린 두 개의 창문을 통해 쏟아지는 석양의 따스한 햇살이 비치는 게 아닌가! 캐서린은 감정을 다스릴 준비를 단단히 하고 들어왔는데, 정말로 그래야 했다. 처음에는 놀라움과 의심이 엄습했다. 곧이어 상식의 빛줄기가 찾아와 통렬한 부끄러움이 더해졌다. 이런 방을 두고 오해할 수는 없었다. 모든 것을 얼마나 엉뚱하게 오해했는지! 틸니 양의 말도 스스로의 온갖 망상도! 그렇게 오래된 줄 알았던 방, 그렇게 끔찍한 곳으로 상상했던 방은 바로 장군의 아버지가 지었다던 구역에 속한 것으로 밝혀졌다. 방에는 두 개의 문이 더 있어서 옷방으로 연결되는 것 같았다. 그러나 어느 문도 열고 싶지 않았다. 틸니 부인이 마지막에 썼던 스카프나 마지막에 읽었던 책이 남아서 다른 물건들이 차마 말해 줄 수 없는 것을 말해 주지나 않을까? 그럴 리 없다. 장군의 범죄가 무엇이든지간에 꾀 많은 그가 조사에 걸리게 내버려뒀을 리 없다. 그녀는 뒤지는 게 한심해져서 그만 자신의 방으로 돌아가 이 실수를 오직 자기 가슴에 묻은 채 혼자 있고 싶었다. 들어올 때처럼 살금살금 나가려는 찰나 어디서 나는지 알 수 없는 발자국 소리에 멈칫한 채 바들바들 떨었다. 여기서 발각된다면, 설사 하인에게 발각된다 해도 좋을 게 없었다. 장군에게 들킨다면(그는 언제나 가장 원하지 않을 때 불쑥 나타나는 것 같으니 말이다.) 더 끔찍하다! 귀를 기울였다. 소리가 멈췄다. 그녀는 조금도 지체하지 않고 나와서 문을 닫아 버렸다. 그 순간 아래층에서 문이 급하게 열렸다. 누군가 급한 발걸음으로 계단을 오르는 것 같은데, 그녀도 그 계단을 지나야 복도로 나갈 수 있었다. 옴짝달싹할 수 없었다. 형언할 수 없는 공포에 사로잡힌 채 계단에 시선을 고정했는데, 몇 분 후에 마주한 것은 헨리였다. "틸니 씨!" 그녀가 엄청나게 놀란 목소리로 외쳤다. 그도 놀랐다. "세상에!" 그녀는 그의 인사도 못 알아듣고 계속 묻기만 했다. "어떻게 여기에? 어떻게 이 계단으로 올라와요?"

"어떻게 이 계단으로 올라왔느냐고요!" 그가 놀란 채 따라했다. "마구간에서 내 방으로 가는 가장 가까운 길이거든요. 이 계단으로 오는 게 어때서요?"

캐서린은 정신을 차렸는지 얼굴을 확 붉히며 더 이상 말을 잇지 못했다. 그는 대답을 기다리는 듯 그녀의 표정을 예의주시했지만 그녀는 아무 말도 할 수 없었다. 그녀가 복도 쪽으로 움직였다. "내가 계속 말해도 괜찮을까요?" 접이문을 밀쳐 주며 그가 물었다. "당신이 어떻게 여기를? 마구간과 내 방을 연결하는 계단인데, 조찬실과 당신 방을 연결하는 계단이라고 하기에는 특이하기 짝이 없습니다만."

"당신 어머니의 방을 보던 중이었어요." 캐서린이 고개를 숙이며 말했다.

"어머니 방! 뭐 특별히 볼 게 있나요?"

"없어요. 내일 돌아오는 줄 알았어요."

"나도 계획보다 일찍 돌아올 줄 몰랐어요. 세 시간 전에 상황을 보니 기쁘게도 더 머물 이유가 없는 것 같더군요. 근데 창백해 보입니다. 내가 계단을 너무 빠르게 올라오는 바람에 놀란 모양이네요. 이 계단이 하인 숙소와 연결되는 것도 몰랐을 것 같은데, 그렇죠?"

"몰랐어요. 말타기에 좋은 날씨였겠어요."

"아주 좋았죠. 근데 엘레노어는 방 구경을 혼자 하라고 내버려뒀어요?"

"아니에요! 토요일에 대부분 보여 줬어요. 이쪽 방을 보러 왔다가, 그러니까, (목소리를 낮추면서) 당신 아버지가 찾으시는 바람에."

"그래서 못 봤단 말이죠." 헨리가 진심으로 그녀를 이해하며 말했다. "이쪽 통로의 모든 방을 봤나요?"

"아뇨. 난 그냥…… 근데, 너무 늦지 않아요? 옷 갈아입을 시간이네요."

"4시 15분밖에 안 됐고, (그가 시계를 보여 줬다.) 바쓰에 있는 것도 아니잖아요. 극장이나 무도회에 갈 채비를 하는 것도 아니고. 노생거 사원에서는 삼십 분이면 옷 갈아입기 충분해요."

그녀는 대꾸할 말이 없었고, 그가 계속 질문할까 봐 두려운 나머지 그를 알고 지낸 후 처음으로 벗어나고 싶은 마음이 들 지경이었지만 함께 걸을 수밖에 없었다. 그들은 천천히 복도로 올라갔다. "그 사이 바쓰에서 편지 왔어요?"

"안 와서 좀 걱정이에요. 이자벨라가 바로 편지하겠다고 충실하게 약속했는데."

"충실하게 약속했다! 충실한 약속이라! 글쎄요. 충실한 연주라는 말은 들어봤어요. 하지만 충실한 약속이라니, 약속하는데 무슨 의리가 있는 것도 아니고! 의리에 속고 고통스러울 수도 있는데 그렇게 믿을 가치가 있는지. 어머니 방은 아주 널찍하죠? 크고 화사하고, 옷방 한번 근사하고요! 항상 이 집에서 제일 쾌적한 방이라 생각하는데, 엘레노어가 차지하지 않은 게 이상해요. 동생도 그렇게 말했죠?"

"아뇨."

"그럼 혼자 알아서 방을 둘러본 건가요?" 캐서린은 대답하지 않았다. 짧은 침묵이 흐르고 그가 그녀를 뚫어져라 쳐다보더니 말했다. "거긴 호기심을 일으킬 게 없는데, 엘레노어가 묘사한 어머니의 인품을 존경하는 마음에서 그 기억을 기리는 뜻에서 혼자 둘러본 모양이네요. 이 세상에 어머니보다 훌륭한 여성은 없습니다. 그래도 그렇지 이렇게까지 관심을 끌어내다니. 전혀 알지 못하던 사람의 가정적이고 소탈한 미덕을 알게 되었다고 당신처럼 그렇게 혼자 방을 보러 갈 만큼 열렬하고 존경심 가득한 애정이 솟구치는 경우는 흔치 않은데. 엘레노어가 무척 많이 얘기했어요?"

"무척 많이 했어요. 아니, 많이는 아니지만, 아주 흥미로운 말을 했어요. 갑자기 돌아가셨다고요." (천천히 망설이면서 말했다.) "그리고 자녀들이 아무도 집에 없었다면서요. 아마도 당신 아버지는 어머니를 좋아한 적이 없었던 것 같은데요."

"그러니까, 내가 듣기로는 말입니다." 그가 (재빨리 눈을 그녀에게 맞추며) 반응했다. "어떤 방임이 있었을지도 모른다고 추측했군요. 모종의 방임이라. (그녀가 자기도 모르게 고개를 흔들었다.) 혹은 그것보다 더 용서할 수 없는 일이 있었다고 말이죠." 그녀는 지금까지 했던 것보다 더 똑바로 그를 응시했다. "정말로 갑자기 발작이 나서 돌아가셨어요." 그가 설명했다. "종종 앓아 오셨던 열병*이었으니 결국은 지병인 셈이죠. 요약해서 말하자면, 셋째 날에 어머니를 겨우 설득하여 의사의 진찰을 받았는데 늘 굉장히 신뢰해 오셨던 의사였죠. 위독하다는 진단이 나왔고 다음 날 두 명의 의사가 추가로 와서 스물네 시간 꼬박 지켜봤어요. 닷새째 되던 날 돌아가셨어요. 편찮으신 동안 형과 난 (우린 집에 있었어요.) 어머니를 자주 뵈었어요. 우리가 보기에 어머니는 주변의 다정한 사람들이 베풀 수 있는, 그리고 어머니의 지위에서 누릴 만한 모든 보살핌을 있는 대로 다 받으셨어요. 불쌍한 엘레노어만 곁에 없었는데, 먼 길을 달려오느라 어머니의 임종을 못 지켰어요."

"당신 아버지 말예요." 캐서린이 물었다. "괴로워하셨나요?"

"한동안 그러셨죠. 어머니에게 정이 없다고 생각한 건 틀렸어요. 우리가 모두 똑같은 정도로 다정하진 않잖아요. 아버지는 나름 최고로 어머니를 사랑했어요. 어머니가 생전에 참고 살 일이 없었다고 말할 순 없지만, 그래도 아버지가 성미가 급하셔서 그렇지 판단을 그르치는 분은 아니거든요. 어머니를 진심으로 소중하게 아끼셨어요. 영원히는 아니더라도, 돌아가셨을 당시에는 정말로 아파하셨어요."

"다행이에요." 캐서린이 반응했다. "안 그랬다면 얼마나 이상해요!"

"그러니까 내가 이해하기로 말입니다, 당신은 내가 감히 떠올릴 수도 없는 끔찍한 일을 추측했었군요. 몰란드 양, 그런 무시무시한 의심을 품다니요. 뭘 보고 그런 생각을 한 겁니까? 여기가 어떤 나라이고 우리가 어떤 시대를 살고 있는지 생각해 봐요. 우린 영국에 사는 기독교도입니다. 당신의 이해력과 현실감각에 기대어 주변에 벌어지는 일을 스스로 판단하란 말입니다. 그런 참혹함이 벌어진다고 누가 그래요? 우리의 법이 그걸 봐둘까요? 사회적이고 문화적인 소통이 잘 이루어지고, 이웃의 자발적인 감시꾼들이 서로서로를 감시하고, 사통팔달로 뚫려 신문이 모든 것을 실어 나르는 이런 나라에서* 아무도 모르게 그런 짓이 저질러질 수 있단 말인가요? 친애하는 몰란드 양, 도대체 무슨 생각을 한 겁니까?"

복도 끝에 도착했다. 그녀는 부끄러움의 눈물을 쏟으며 방으로 달려가 버렸다.

10장

　로맨스의 꿈은 끝났다. 캐서린은 완전히 정신을 차렸다. 최근 품었던 황당한 공상은 이미 일련의 실망을 겪어 왔지만 헨리의 간결한 이 한마디에 철저하게 깨졌다. 정말 지독하게 부끄러웠다. 정말 쓰라리게 울었다. 그녀 자신도 추락했고 헨리까지도 추락시켰다. 이제 와서 보니 거의 범죄 수준으로까지 발전했던 상상력인데, 모든 것을 알게 된 그는 그녀를 영원히 경멸할 것이다. 감히 아버지 인품을 멋대로 상상한 것을 용서할까? 호기심과 공포에 사로잡혔던 그 어리석음이 잊힐 날이 과연 올까? 말할 수 없이 자신이 혐오스러웠다. 오늘 오전에 운명적인 사건이 벌어지기 이전까지 그가 한두 번 애정 비슷한 걸 보여 줬건만. 이젠 끝났다. 그녀는 한 삼십 분 동안 더할 수 없이 비참해하다가 시계가 5시를 알리자 상심한 가슴을 안고 아래층으로 내려갔고, 엘레노어가 안부를 물어도 제대로 대꾸할 수 없을 지경이었다. 차마 바라볼 수도 없을 것 같던 헨리가 들어왔는데, 그는 평소보다 더 자상하게 대했으면 대했지 하나도 변하지 않았다. 캐서린에게 지금처럼 위안이 절실한 적이 없다는 사실을 다 알고 있다는 듯이.

저녁 시간이 흐르는 동안 그녀를 편안하게 해 주려는 그의 배려는 조금도 줄지 않았다. 그녀는 점점 회복하여 그럭저럭 평온을 되찾았다. 지난 일을 잊거나 변명할 수는 없었다. 단지 그 일이 더 이상 커지지 않기를, 그 일로 헨리의 마음을 완전히 잃지 않기를 바랄 뿐이었다. 터무니없는 공포에 사로잡혀 벌인 일을 계속 곱씹어 보니, 여차하면 놀라 자빠지겠다고 작정하고 덤벼든 상상력으로 하나하나의 소소한 정황마다 중요한 의미를 붙여 가며 결국 이 모든 망상을 혼자 만들어 냈고 아예 사원에 오기 전부터 그럴 작정으로 안달하면서 모든 것을 한 가지 목적을 향해 끌고 왔다는 사실이 여지없이 분명해졌다. 노생거에 대해 알아가기 시작했을 때가 떠올랐다. 바쓰를 떠나기 훨씬 이전부터 여기에 홀려서 엉뚱한 짓을 꾸며 왔는데, 이 모든 것이 거기서 미친 듯 빠져들었던 독서의 영향이지 싶었다.

래드클리프 여사의 모든 소설이, 심지어 여사를 흉내 내는 모든 소설이 재미있지만, 적어도 잉글랜드 한가운데 중부 지방에서 인간 본성에 대해 알려고 그런 소설을 읽을 일은 없다. 거기에는 알프스와 피레네 산맥의 소나무 숲과 거기 깃든 사악함이 충실하게 그려졌을 수 있다. 그려진 대로, 이탈리아, 스위스, 프랑스 남부는 끔찍함이 넘치는 곳일지 모른다. 캐서린은 자기 나라 너머는 그럴 거라 생각했고, 심지어 자기 나라에서도 구석에 몰릴라치면 북쪽과 남쪽 끄트머리 지방은 그럴 거라고 양보했을 것이다. 그러나 잉글랜드의 한복판에서는 이 나라의 법과 이 시대의 세태를 생각해 보면 사랑받지 못하는 아내도 얼마든지 살 수 있다. 살인은 허용될 수 없고, 하인을 노예로 부릴 수 없고, 독약이나 수면제를 루바브* 구하듯 약장수에게 구할 수 없다. 알프스와 피레네에는 복잡한 성격이 없다. 거기에는 천사처럼 무구한 사람 아니면 악마 같은 사람이다. 하지만 잉글랜드에서는 그렇지 않다. 영국인의 기질과 습성을 보면 정도는 다르더라도 일반적으로 선과 악이 섞여 있다. 이렇게 확신하니, 앞으로 설사 헨리 틸니와 엘레노어 틸니에게서 불완전함을 보더라도 놀라지 않을 것 같았다. 이렇게 확신하니, 그들의 아버지가 그저 실제로 약점이 있는 사람임을 인정할 수 있겠다. 그녀가 품었던, 영원히 얼굴이 화끈거릴 수밖에 없는, 지독하게 나쁜 의심에서 풀려난 그들의 아버지, 그를 곰곰 생각해 보면 단지 완벽하게 훌륭한 인간이 아닐 뿐이다.

이렇게 몇 가지 생각을 정리하고 앞으로는 항상 최고의 분별력을 가지고 판단하고 행동하리라 결심하고 나니, 자신을 용서하고 다시 행복해지는 것밖에 할 일이 없었다. 시간이 약이라 그런지, 다음 날은 모든 것이 점점 희미해졌다. 지난 일을 조금도 암시하지 않는 헨리의 놀라운 관대함과 점잖은 태도는 최고의 도움이었다. 처음에 짐작했던 것보다 훨씬 빠른 속도로 그녀의 기분은 완전히 편안해졌고 예전에 그랬던 것처럼 그가 무슨 말만 해 줘도 계속 나아졌다. 사실 그들이 틀림없이 경악할 주제, 예컨대 함이나 벽장 이야기가 여전히 남아 있었다. 그녀로서는 어떻게 생겼든 옻칠한 건 뭐든 꼴도 보기 싫은 지경이었다. 그래도 지난 잘못을 때때로 환기하는 것이 고통스러울망정 쓸모없지는 않다는 생각이 들었다.

로맨스의 법석이 지나고 일상생활의 걱정이 펼쳐졌다. 날이 갈수록 이자벨라의 편지를 더 기다렸다. 바쓰라는 세상이 어떻게 돌아가는지, 무도회장에 누가 나오는지 몹시 궁금했다. 특히나 이자벨라가 자기를 붙잡고 열심히 얘기하던 면 레이스를 구했는지 확인하고 싶었다. 그리고 제임스와 계속 잘 지내는지도. 뭐든 정보를 얻을 곳은 이자벨라뿐이었다. 제임스는 옥스퍼드로 돌아갈 때까지는 편지를 안 쓰겠다고 했다. 앨런 부인은 풀러튼으로 돌아가면 모를까, 그전에는 편지를 쓰겠다고 한 적이 없었다. 이자벨라만 약속하고 또 했었다. 약속하면 애써서 지키는 사람인데! 이건 정말 이상한 일이었다!

9일 동안 매일 아침 캐서린은 실망을 반복하며 의아해했고, 날이 갈수록 심해졌다. 열흘째 되던 날 조찬실에 들어갈 때 맨 처음 눈에 들어온 건 헨리가 반갑게 내밀고 있는 편지였다. 마치 그가 직접 써 준 편지인양 그녀는 진심으로 고마워했다. 그녀가 주소를 보더니 "제임스가 보냈어요"라고 했다. 편지를 열었다. 옥스퍼드에서 왔다. 이런 내용이었다.

캐서린에게

정말 쓰고 싶지 않은 편지지만, 쏘오프 양과 나 사이에 모든 것이 끝났다는 걸 알려 줘야 할 것 같아. 어제 그녀와 헤어져 바쓰를 떠났고, 바쓰도 그녀도 다신 볼 일 없어. 구구절절 말해 봤자 너만 더 괴로우니까 그만둘게. 곧 다른 소식통으로 듣게 된다면 누구 잘못인지 알겠지. 내 잘못이 있다면, 애정의 보답을 너무 쉽게 낙관했던 어리석음뿐이야. 얼마나 다행인지! 결국 깨달았으니! 얼마나 충격적이었는지! 아버지께서 그렇게 친절하게 결혼을 허락하셨는데, 여기서 망치다니 말이다. 그녀가 날 망쳤어! 캐서린, 곧 답장해 줘. 내 유일한 친구. 너의 사랑만 남았어. 틸니 대령이 약혼을 발표하기 전에 노생거를 떠나렴. 안 그러면 상황이 꼬일 거야. 불쌍한 쏘오프는 런던에 있어. 그를 보는 게 겁나. 진실한 친구니까 힘들겠지. 그에게 쓰고 아버지께도 썼어. 무엇보다 그녀의 이중성에 상처받았어. 마지막 순간까지 설득하려 노력했지만, 나를 영원히 사랑한다는 말만 반복하면서 내 두려움을 비웃더라. 얼마나 오래 참았는지 생각하기도 참담해. 나만큼 사랑받은 남자가 어디 있을까 싶기는 하지만. 아직도 그녀가 도대체 왜 그랬는지, 틸니를 차지하려고 나를 그렇게 가지고 놀 필요가 있었는지 모르겠어. 결국 서로 헤어지기로 했어. 안 만났으면 좋았을걸! 그런 여자가 또 있을까! 사랑하는 캐서린, 넌 함부로 마음 주지 마.

오빠로부터

캐서린은 앞의 몇 줄을 읽기도 전에 안색이 확 변하고 슬픔과 놀람의 짧은 탄식을 내뱉으며 안 좋은 소식이 왔음을 드러내고 말았다. 편지를 전부 읽을 동안 꼼꼼히 지켜보던 헨리는 내용이 조금도 나아지지 않고 그대로 끝났음을 확신했다. 그러나 아버지가 들어오는 바람에 놀란 표정도 짓지 못했다. 그들은 바로 아침 식사를 했다. 캐서린은 거의 먹지 못했다. 그렁그렁하던 눈물은 자리에 앉자 뺨을 타고 흘러내리기까지 했다. 편지는 한순간 손에 쥐어져 있다가 무릎에 놓였다가 주머니로 들어갔다. 그녀는 정신을 차릴 수 없었다. 다행히도 장군은 코코아를 들며 신문을 보느라 그녀의 상태를 알아챌 여유가 없었다. 나머지 두 사람은 동시에 그녀의 고통을 알아챘다. 그녀는 가까스로 식탁을 떠나 방으로 서둘러 올라갔다. 그러나 하녀들이 일하고 있어서 다시 내려와야 했다. 혼자 있으려고 응접실로 갔더니 헨리와 엘레노어 역시 그곳으로 물러나 이 일을 한창 의논하고 있었다. 양해를 구하고 물러나려 했지만 그들의 부드러운 강요에 못 이겨 머물렀다. 엘레노어가 도움이나 위로를 주고 싶다고 살갑게 말한 다음, 그들은 자리를 비켜 주었다.

삼십 분 동안 실컷 슬픔과 고민에 빠져서 허우적대고 나니 친구들을 볼 수 있을 것 같았다. 그들에게 괴로움을 털어놓을지는 결정하지 않았다. 그들이 묻는다면 그냥 한마디만, 막연하게 힌트만 주고 더 이상 말하지 않을 것이다. 친구를 흉보다니, 더구나 이자벨라처럼 붙어 다녔던 친구를, 그리고 여기에 깊이 연루된 그들의 형제를 흉보다니! 이 주제는 전적으로 묻어 둬야 할 것 같았다. 헨리와 엘레노어는 조찬실에 머물러 있었다. 그녀가 들어가자 두 사람이 근심스럽게 응시했다. 캐서린이 늘 앉던 식탁 자리에 앉았고, 잠시 침묵이 흐른 후 엘레노어가 말을 꺼냈다. "풀러튼에서 안 좋은 소식이라도? 몰란드 씨, 몰란드 부인, 남동생, 여동생, 그 누가 아픈 건 아니지?"

"아냐. 고마워."(한숨을 쉬며 말했다.) "다들 무사해. 오빠가 옥스퍼드에서 보낸 편지야."

몇 분 동안 말이 없었다. 눈물을 삼키며 그녀가 말했다. "다시는 편지 같은 거 기다리지 않을 거야!"

"미안해요." 헨리가 막 펴 들었던 책을 닫으며 말했다. "안 좋은 소식이 담긴 편지인 줄 알았다면 아까 전달해 줄 때 아주 달랐을 거예요."

"이런 내용이 담겼을 거라고 누가 예상했겠어요! 불쌍한 제임스가 너무 안됐어요! 곧 알게 될 거예요."

"이렇게 착하고 정이 많은 여동생이 있잖아요." 헨리가 따뜻하게 위로했다. "아무리 괴롭더라도 힘이 날 거예요."

"한 가지 부탁이 있어." 곧이어 캐서린이 흥분하여 말했다. "네 오빠가 여기 온다면 알려 줘. 떠날 수 있도록."

"오빠! 프레드릭!"

"그래. 이렇게 일찍 떠나서 유감이지만, 그럴 일이 좀 생겨서 틸니 대령과 한집에 있는 건 끔찍할 거야."

엘레노어는 바느질을 멈춘 채 점점 더 놀라며 그녀를 바라보았다. 헨리는 진실을 파악하기 시작했는지 쏘오프 양의 이름이 포함된 말을 혼자 읊조렸다.

"벌써 알아냈군요!" 캐서린이 놀랐다. "맞아요! 우리가 바쓰에서 그 얘기를 나눴을 때 당신은 이런 결론을 짐작도 못 했었죠. 이자벨라가 왜 여태 편지를 안 했는지 알겠어요. 오빠를 버리고 당신 형이랑 결혼할 거예요! 이렇게 변덕스럽고 경박할 수 있다는 걸, 세상에 이렇게 나쁜 일이 있다는 걸 믿을 수 있겠어요?"

"형에 관해서라면 잘못 알았을 겁니다. 몰란드 씨의 실연에 실질적인 역할을 하지 않았을 거예요. 쏘오프 양과 결혼하는 일은 없어요. 당신이 잘못 알고 있어요. 몰란드 씨가 안됐네요. 당신이 사랑하는 오빠가 불행해져서 유감입니다. 얘기가 어떻게 되든, 프레드릭이 그녀와 결혼한다면 난 그게 더 놀라워요."

"결혼한다니까요. 제임스의 편지를 직접 읽어 봐요. 잠깐만요. 한 구절만 빼고요."

그녀가 마지막 구절을 떠올리며 얼굴을 붉혔다.

"그럼 귀찮겠지만 형이 등장하는 대목만 읽어 줄래요?"

"괜찮아요. 직접 읽어요." 한 번 더 생각하더니 캐서린이 분명하게 말했다. "뺄 거 없어요." (아까 얼굴을 붉힌 것에 대해 또 얼굴을 붉히며) "제임스는 그냥 좋은 충고를 했을 뿐인데."

그가 선뜻 편지를 받았다. 하나하나 꼼꼼하게 읽더니 돌려주면서 말했다. "글쎄요, 사정이 이렇다면 유감이라고밖에는 할 말이 없군요. 집안에서 기대하는 것보다 분별력이 떨어지는 아내를 데리고 들어온 남자가 없진 않죠. 연인으로서나 아들로서나 그의 처지가 난 하나도 부럽지 않아요."

캐서린이 권하자 틸니 양도 편지를 읽었다. 걱정과 놀라움을 표현한 다음 쏘오프 양의 집안과 재산에 대해 묻기 시작했다.

"어머니는 좋은 분이셔." 캐서린이 대답했다.

"아버지는?"

"변호사 하셨대. 퍼트니에 살아."

"집안이 부유해?"

"아니. 이자벨라는 재산이 하나도 없어. 그런데 너희 집안은 신경 안 쓰잖아. 아버지께서 얼마나 개방적이시니! 저번에 돈이 자녀들의 행복을 향상시킨다는 점에서만 중요하다고 하시더라." 남매가 서로 쳐다봤다. "그런데 말이지." 엘레노어가 잠시 멈추었다 말했다. "그런 아가씨와 결혼한다고 그가 행복해질까? 아가씨가 엉망으로 교육받은 게 아니라면 네 오빠를 그렇게 차 버릴 수 없어. 프레드릭 쪽에서 반했다는 건 말이 안 돼! 자기가 보는 앞에서 스스로 약혼을 깨고 딴 남자와 사귀는 여자에게 반했다니! 상상이나 할 수 있어, 헨리? 평소에 프레드릭의 자존심은 또 얼마나 강한데! 성에 차는 여자가 없다고 할 때는 언제고!"

"최악으로 불길한 상황이고 형에게 불리하게 돌아가. 형이 과거에 그런 말까지 했다니 더 암담하군. 게다가 난 쏘오프 양의 신중함을 존중하니까 다른 남자가 확실해지기 전에는 한 남자를 놔줬을 리가 없다고 생각해. 프레드릭은 끝났군! 옴짝달싹 못하고 당하네. 시누이 맞이할 준비나 해, 엘레노어. 얼마나 고대하던 시누이야! 솔직하고, 착하고, 꾸밈없고, 순진하고, 강렬하고 단순하게 사랑하고, 젠체하지 않고, 속임수라고는 모르는 여자니까."

"그런 시누이라면, 헨리, 반가워해야지." 엘레노어가 웃으며 대답했다.

"우리 가족에겐 못되게 굴었지만 너희 가족에겐 더 잘할 거야." 캐서린이 말했다. "원하는 남자를 얻었으니 이젠 정착하겠지."

"사실 그게 걱정이라니까요." 헨리가 대답했다. "남작이 하나 눈에 띄면 모를까, 진짜로 정착할까 봐 겁나요. 그게 프레드릭의 유일한 탈출구인데. 바쓰의 신문을 구해서 누가 있나 물색해 봐야겠어요."

"그럼 이 모든 게 야망이라고요? 이제 와서 말이지만, 그렇게 보이는 뭔가가 있긴 했어요. 아버지가 결혼에 얼마나 보태 주실지 처음 들었을 때 모습이 기억나는데요, 돈이 더 많지 않아서 꽤 실망한 듯했어요. 살면서 이렇게 사람을 헛짚은 건 처음이에요."

"당신이 만났고 연구했던 그 많은 다양한 사람들 중에 말이죠."

"그녀에게 엄청 실망했고 상실감을 느껴요. 불쌍한 제임스는 이번 일을 극복할 수 없을 거예요."

"현재 당신 오빠는 정말로 안됐어요. 그의 고통을 염려하느라 당신 고통을 깎아내리지는 말아요. 이자벨라를 잃는 게 스스로를 잃는 것 같을 거예요. 가슴이 허전하고 어떤 것으로도 채울 수 없다고 느낄 거고요. 사람들 만나는 것도 귀찮을 겁니다. 바쓰에서 그녀와 어울려 재미있게 하던 일을 혼자 한다는 생각만으로도 끔찍하죠. 예를 들면, 무도회는 죽어도 안 가겠군요. 기탄없이 말할 수 있는 친구를 더 이상 못 만날 것 같을 거예요. 신경 써 줄 거라고 믿을 수 있는 친구, 아무리 어려울 때라도 그 조언에 기댈 수 있는 친구 말이죠. 내 말 다 맞죠?"

"아뇨." 몇 분간 생각하더니 캐서린이 대답했다. "아니랍니다. 꼭 그렇게 느껴야 해요? 솔직히 말하면, 그녀를 사랑할 수 없고 편지도 못 받을 거고 아마 이제 만나지도 못할 테니까 그게 슬프고 속상한 건 맞지만, 누구 말마따나 그렇게까지 힘들진 않아요."

"늘 그렇듯이, 당신 감정은 인간 본성에 참 충실해요. 그런 감정을 잘 연구하면 인간을 이해할 수 있을 겁니다."

캐서린은 이렇게 대화를 나누면서 우연이든 아니든 기분이 아주 안정되는 느낌이 들어서 자기도 모르게 모든 상황을 털어놓게 된 것을 조금도 후회하지 않았다.

11장

이때부터 젊은 세 친구는 이 주제를 자주 토론했다. 이자벨라가 변변치 못한 집안과 재산 때문에 프레드릭과 결혼하는 데 큰 어려움이 있을 거라고 남매가 이구동성으로 말하자 캐서린은 적잖이 놀랐다. 이자벨라의 성품을 두고 나올 수 있는 반대와는 별도로 단지 이것만으로 장군이 혼사를 반대할 거라는 그들의 설명을 듣자 정작 자기 자신이 걱정스러워졌다. 그녀야말로 이자벨라처럼 집안이 별로인 데다 지참금 한 푼 없을 텐데. 틸니 가문을 상속할 맏이로서 이미 보유한 영예와 부가 그 자체로 충분하지 않다면 둘째 아들의 요구는 또 얼마나 대단할까? 꼬리를 무는 괴로운 상념에서 벗어나는 길은 다행스럽게도 처음부터 그녀를 마음에 들어 했던 장군이 행동뿐만 아니라 말로도 표현해 왔던 그 각별한 호감을 그저 믿고 기다리는 것뿐이었다. 그리고 그가 돈 문제에 대해 정말 관대하고 사심 없이 말하는 것을 한 번 이상 들었기 때문에 이런 부분을 자녀들이 잘 모르고 있다고 생각하고 싶었다.

남매는 프레드릭이 아버지에게 개인적으로 결혼 허락을 받아
낼 용기가 없다고 전적으로 확신했고 또 그가 다른 때도 아니고
지금 같은 계절에 노생거에 나타날 리가 없다고 여러 번 장담하는
바람에 그녀는 갑자기 짐을 싸 떠날 일은 없으리라고 애써 속 편
하게 생각했다. 틸니 대령이 나타나더라도 아버지 앞에서 이자벨
라의 행실을 정당하게 설득할 수 없을 테고, 대신 헨리가 나서서
모든 것을 있는 그대로 펼쳐 놓고 아버지가 차분하고 공정한 판단
을 내리도록 돕거나 설사 반대하더라도 집안의 기울기보다는 더
정당한 근거를 제시하도록 하는 게 최선의 방책인 듯했다. 이런 생
각을 그에게 피력했다. 그러나 그의 반응은 기대와 다르게 신통치
못했다. "아니에요." 그가 대답했다. "아버지의 카드 패를 불려 줄
건 없고요, 프레드릭의 고해성사를 막을 것도 없어요. 자기 잘못
은 자기 입으로 말하게 내버려 둬야죠."

　"하지만 그는 절반만 털어놓을 거예요."

　"반에 반만 해도 충분해요."

　하루가 지나고, 이틀이 지났지만 틸니 대령의 소식은 없었다. 남
매는 막막했다. 정말 약혼을 해서 아무 소식이 없는 건가 싶다가
도 약혼을 했으면 조용할 리가 없다 싶기도 했다. 장군은 평소 안
부를 전하는 데 게으른 프레드릭을 두고 아침마다 잔소리를 했지
만 실제로는 아무 걱정도 하지 않았다. 그에게는 몰란드 양이 노
생거에서 즐거운 시간을 보내도록 챙겨 주는 것보다 더 절실한 고
민거리는 없었다. 그가 말했다. "이게 참 고민인데 말이다, 매일 만
나는 사람이나 일과가 반복되니까 싫증날까 걱정스럽고 프레이저

가문의 숙녀들이라도 시골에 머물렀으면 싶고, 간혹 큰 저녁 모임을 열 생각으로 무도회에 춤추러 올 젊은 이웃이 얼마나 되는지 한두 번 세 보기도 했단다. 하지만 그러기에는 계절이 안 맞아서, 남자들은 사냥할 거리가 없고 프레이저 가문 숙녀들도 없으니."

그러던 어느 날 아침 그가 헨리에게 말하기를 우드스턴에 머물 동안에 언제 한번 깜짝 방문하여 양고기 식사를 하자고 제안했다. 헨리는 아주 영광스럽다며 기뻐했고, 캐서린도 그 계획이 반가웠다. "아버지, 이 즐거운 여행을 언제 기대하면 될까요? 교구 모임이 있어서 월요일에 우드스턴에 가서 이삼 일 머무릅니다만."

"그렇구나. 아무 날이나 잡자. 정하진 말고. 너도 무리할 건 없다. 우연히 집에 남은 음식으로 상을 차리면 충분하다. 아가씨가 총각의 식탁 사정을 감안해 줘야지. 어디 보자. 월요일이 바쁠 테니 그날은 빼 주마. 화요일은 내가 바쁘지. 브록햄에 출장 간 토지측량사가 돌아오니까 오전에 보고를 받아야 해. 그다음에는, 체면 때문에 클럽에 빠질 수가 없단다. 지금 안 나가면 정말로 면목이 없어. 명색이 시골 마을 유지인데, 지나치게 무심하단 소리를 들을 거다. 몰란드 양, 조금만 시간과 관심을 바쳐서 될 일이라면 이웃을 기분 나쁘게 하지 말라는 게 내 원칙이야. 이웃들은 아주 괜찮은 부류야. 일 년에 두 번 노생거에서 사슴 고기 반 마리를 보내지. 시간나면 그들을 저녁에 초대하기도 해. 화요일은 암튼 안 된다. 수요일에 보자, 헨리. 일찍 가서 둘러보마. 두 시간 사십오 분 걸리면 우드스턴에 도착할 거다. 10시까지 마차에 타면 돼. 수요일 1시 15분 전즈음에 우리를 기다리렴."

캐서린은 우드스턴을 보고 싶은 소망이 워낙 간절해서 무도회보다도 이 작은 소풍에 더 솔깃했다. 한 시간 후에 엘레노어와 함께 앉아 있는 방으로 헨리가 부츠와 코트 차림으로 들어와 인사할 때까지도 캐서린은 기쁨에 들떠 있었다. "숙녀 여러분, 한바탕 설교를 하러 왔는데요, 이 세상에 즐거움은 항상 대가를 치르는 법이어서 우린 종종 엄청나게 손해를 보면서도 그걸 찾고, 영광스럽지도 않은 미래의 계획을 위해 당장 손에 넣을 수 있는 행복을 버립니다. 지금 내가 딱 그렇다고나 할까요. 수요일 우드스턴에서 만나기를 바라고요, 날씨가 나쁘거나 스무 가지 별의별 변명이 있으면 못 만나겠지만 암튼 난 이틀 먼저 가서 기다릴게요."

"간다니요!" 캐서린이 슬픈 얼굴을 하고 말했다. "왜요?"

"왜라니! 다 듣고도 몰라요? 늙은 가정부가 깜짝 놀라 혼비백산하는 걸 보고 싶으니까요. 가서 당신들 저녁 준비 해야죠."

"아! 설마요!"

"유감이지만 진짜라니까요. 나도 여기 있고 싶지만요."

"장군 말씀을 듣고도 그래요? 아무 음식이나 괜찮으니까 애써 상 차릴 거 없다고 특별히 부탁하셨잖아요."

헨리는 웃기만 했다. "당신 여동생이나 나를 위해 상을 차릴 거 없다니까요. 정말이에요. 장군께서 특별히 준비하지 말라고 그렇게 꼬집어 말씀하셨는데. 게다가, 설사 그런 말씀의 절반도 안 하셨다 해도 항상 집에서 워낙 잘 차린 저녁을 드시는데 한번쯤 대충 차린 걸 드시면 어때요."

"아버지를 위해서나 나를 위해서나 그렇게 생각할 수 있었으면 좋겠어요. 안녕. 엘레노어, 내일은 일요일이니까 못 와."

그가 떠났다. 언제든지 헨리의 판단보다 자신의 판단을 의심하기가 훨씬 쉬운 캐서린으로서는 그가 떠나가는 게 아무리 싫어도 곧 그가 옳다고 인정할 수밖에 없었다. 그래도 설명이 안 되는 장군의 행동이 머리를 맴돌았다. 먹는 것에 굉장히 유별나다는 점은 그녀 자신의 눈으로 진즉 파악했다. 그러나 왜 하나를 콕 찍어서 말하면서 다른 뜻을 의미하는지 정말 알다가도 모르겠다! 어떻게 알아들어야 한단 말인가? 헨리가 아니면 누가 그의 뜻을 제대로 알아들을까?

토요일부터 수요일까지 헨리 없이 지내야 한다. 모든 생각은 이 슬픈 사실로 수렴되고 말았다. 헨리가 없을 때 틸니 대령의 편지가 온다면. 수요일에 비마저 온다면. 과거, 현재, 미래가 똑같이 우울했다. 그녀의 오빠는 아주 불행했고, 그녀는 이자벨라를 잃고 상심했다. 그리고 엘레노어의 기분은 늘 헨리의 부재에 영향받았다. 여기서 그녀의 흥미를 끌거나 즐겁게 해 줄 일이 생길까? 큰 숲은 늘 쾌적하고 작은 숲은 늘 건조해서 둘 다 지겨워졌다. 이젠 사원도 그냥 다른 집과 같았다. 사원이라는 말에 한껏 부풀려져서 정점을 찍었던 그 공상을 떠올리며 괴로워하는 게 이 건물에서 느껴지는 유일한 감정이었다. 그녀의 생각에 일어난 혁명이란 이런 것! 사원에 그렇게 가고 싶어 했던 그녀가! 지금은 풀러튼 비슷하거나 조금 더 나은 수준으로 인맥이 탄탄하게 받쳐 주는 목사관의 소박한 평화보다 더 아름다운 풍경을 상상할 수 없었다. 풀러튼은 결함이 있지만 우드스턴은 그렇지 않으리라. 수요일이 오기만 한다면!

　그럭저럭 수요일이 올 때가 됐다는 생각이 들 때 수요일이 왔다. 드디어 그날이다. 좋은 날씨였다. 캐서린은 날아갈 것 같은 기분이었다. 10시까지 사륜마차에 올라 준비를 마쳤다. 마차는 거의 20마일을 상쾌하게 달려서 우드스턴에 진입했는데, 좋은 곳에 터를 잡고 있으며 크고 주민도 많은 마을이었다. 장군이 시골 마을의 밋밋함과 작은 규모에 대해 사과라도 할 기세여서 캐서린은 아주 아름다운 동네라고 감탄하기가 차마 민망했다. 속으로는 지금까지 가 본 그 어느 곳보다도 이곳이 좋다고 느꼈고 시골집 수준 이상의 깔끔한 집을 볼 때나 작은 가게를 지나갈 때마다 아주 감탄했다. 동네의 끝자락까지 가서 꽤 떨어진 곳에 목사관이 서 있었는데, 새로 지은 단단한 돌집으로 둥그스름한 마찻길과 초록색 문이 둘러싸고 있었다. 문으로 다가가자 헨리, 그리고 그의 고독을 달래 주는 큰 몸집의 뉴펀들랜드 강아지 한 마리와 두세 마리의 테리어 강아지가 그들을 환영했다.

　집으로 들어가면서 캐서린은 가슴이 너무 벅차올라 이것저것 관찰하거나 말할 수조차 없었다. 장군이 의견을 묻기 전까지 그녀는 지금 앉아 있는 방에 대해 아무 생각도 못 하고 있었다. 그제야 둘러보니 이곳이 세상에서 가장 안락한 방 같았다. 그렇게 말하기가 조심스러워 머뭇거렸더니 장군이 인색한 칭찬에 실망해 버렸다.

　"괜찮은 집이라 부르긴 좀 그렇지." 그가 말했다. "풀러튼과 노생거에 비교할 수는 없고말고. 작고 답답한 목사관에 불과하지만 우리 나름으로는 그럭저럭 살기 좋다고 봐. 한마디로 보통보다 떨어지지는 않는단 말이지. 그러니까, 영국에서 이것의 반 정도 따라오는 시골 목사관도 별로 없다고나 할까. 그래도 개량할 구석은 있을 거야. 절대로 부정하지는 않아. 뭐가 있을까 생각해 보면 말이지, 방치해 둔 창문이 떠오르는군. 우리끼리니까 하는 말인데 굳이 내가 싫어하는 걸 하나 꼽으라면 그건 볼록 튀어나온 창문이야."

캐서린은 유심히 듣지 못해서 말뜻을 알아듣고 당황할 일이 없었다. 헨리가 부지런히 다른 주제를 꺼내서 말하는 데다 하인이 음료수를 잔뜩 담아 내오자, 장군은 금세 자기만족에 빠졌고 캐서린은 예의 쾌활함으로 돌아갔다.

방은 널찍하고 구도가 좋고 식당으로 쓰도록 깔끔하게 꾸며져 있었다. 방을 나와서 둘러보다가 우선 작은 방으로 안내받았는데, 방문객에게 보여 주려고 특별하게 정돈해 놓은 집주인의 침실이었다. 다음으로 응접실로 쓰일 방을 봤는데 아직 가구가 없었지만 캐서린이 워낙 좋아해 줘서 장군은 그것에 흡족했다. 모양이 예쁜 방이었고 바닥까지 통유리창이 길게 나 있어서 창밖이 초록색 풀밭뿐이어도 풍경이 상쾌했다. 그녀는 창밖 풍경을 본 순간의 감동을 자신이 느낀 그대로 소박하고 단순하게 표현했다. "아! 틸니 씨, 이 방을 왜 아직 안 꾸몄어요? 그냥 두다니, 아까워요! 이렇게 예쁜 방은 처음 봐요. 세상에서 제일 예쁜 방이라고요!"

"가구야 금방 들어오지." 장군이 아주 흐뭇한 미소를 띠며 말했다. "안주인의 취향만 결정되면 말이다!"

"여기가 내 집이라면 다른 방에는 안 갈 거예요. 아! 저기 나무,

그것도 사과나무 사이에 귀엽고 아담한 별장 좀 봐요! 세상에서 가장 예쁜 별장이에요!"

"좋아하는구나. 그렇게 봐 주니까 됐다. 헨리, 잊지 말고 로빈슨과 의논해 보렴. 저기 별장은 손대지 말고."

이 말에 캐서린이 정신을 차렸고 바로 입을 다물었다. 장군이 벽지와 커튼에 어떤 색상을 원하는지 꼬집어서 물어봤지만 그 부분에 대해서는 그녀의 의견이 더 이상 나오지 않았다. 신선한 볼거리와 신선한 공기를 쐬자 당황스럽던 머릿속 연상 작용을 지워 버리는 데 큰 도움이 되었다. 대지가 잘 손질된 구역에 잔디밭을 둘러싼 산책로가 나 있었는데 헨리가 반년 전에 솜씨를 부려 꾸민 곳이었다. 정신을 차리고 둘러보니 아직 관목이 자라지 못해 구석에 놓인 초록색 의자보다 더 크지 못한 상태였지만 예전에 가 본 어떤 대지보다도 아름다웠다.

동네를 통과해서 다른 목초지로 느긋하게 걸어가다가 개량된 마구간에 들렀고 겨우 구를 줄 아는 어린 강아지들과 장난치고 놀다 보니 4시가 되었는데도 캐서린은 아직 3시도 안 된 줄 알았다. 4시면 저녁 식사를 하고 6시에는 돌아가야 한다. 하루가 이렇게 빨리 가다니!

그녀는 넘치게 차려진 저녁 식사에 장군이 조금도 놀라지 않는 것을 목격했다. 그는 심지어 차가운 고기 음식을 찾아 보조 식탁을 두리번거리기까지 했지만 그건 준비되지 않았다. 아들과 딸의 눈에는 약간 다른 모습이 잡혔다. 그가 자기 식탁을 떠나 다른 식탁에서 그렇게 잘 먹는 모습을 본 게 거의 처음이었고, 버터가 녹

아내려 기름진 상태가 된 것에 대해 그렇게 무심할 수 있다는 것
도 알게 되었다.

장군이 커피를 든 다음 6시에 마차가 다시 그들을 태웠다. 캐서
린은 방문 내내 장군이 워낙 만족스러워 보였고 또 그의 기대를
자신이 충분히 이해했다고 확신했다. 그의 아들의 소망 역시 같
은 정도로 확신할 수 있었더라면 우드스턴으로 어떻게, 언제 다시
돌아올 수 있을지 별로 걱정하지 않은 채 떠날 수 있었을 것이다.

12장

다음 날 아침 이자벨라로부터 뜻밖의 편지가 도착했다.

바쓰, 4월

내 소중한 친구 캐서린

네가 보낸 편지 두 통을 무엇보다 기쁘게 받았지만 더 일찍 답장하지 못해서 정말 미안해. 진짜로 내 게으름이 부끄러워. 근데 이 끔찍한 곳에서는 시간이란 게 없어. 네가 바쓰를 떠난 후 거의 매일 편지를 쓰려고 앉았지만 별 사소한 이런저런 일이 항상 방해했어. 제발 답장은 신속하게 집으로 해 줘! 드디어 내일이면 여길 떠나니 얼마나 다행인지! 네가 떠난 후 정말 심심했어. 먼지 한 톨 날리지 않았어. 관심 가는 사람들은 다 떠났단다. 널 볼 수만 있다면 뭐든 했을 거야. 네가 얼마나 소중한지 아무도 몰라. 네 오빠가 옥스퍼드로 간 후로 소식이 없어서 상당히 걱정이야. 오해가 있는지 두렵기도 하고. 네 친절한 답장을 받아야 안심할 거야. 그는 내가 사랑했던, 또는 사랑할 수 있었던 유일한 남자라고 꼭 전해 줘. 봄 패션은 좀 별로야. 모자가 제일 꼴불견이야. 거기서 즐겁게 지내길 바라지만, 날 잊을까 봐 두려워. 네가 머물고 있는 그 집안 얘기를 다 털어놓진 않겠어. 속 좁은 사람이 되거나 네가 존경하는 사람들에 대해 나쁘게 말하기 싫으니까. 누굴 믿어야 할지 모르겠고, 젊은이들은 하루가 멀다 하고 마음이 바뀌니까. 기쁘게도, 모든 남자들 중에 내가 특히나 싫어하던 사람이 바쓰를 떠났어. 틸니 대령이 아니면 누구겠니. 기억하다시피 네가 떠나기 전까지만 해도 엄청 날 따라다니며 치근댔잖아. 점점 더 심해지더니 아예 내 그림자가 됐어. 많은 아가씨들이 속아 넘어가지. 그렇게 관심을 받아 본 적 없을 테니. 여자 마음은 갈대라잖아. 그는 이틀 전에 부대로 복귀했고, 이제 난 다시 그 사람에게 괴롭힘을 당할 일이 없어. 그는 내가 본 남자 중 겉멋 들기로는 최악이고 엄청나게 짜증나는 인간이야. 마지막 이틀 동안 샬럿 데이비스 옆에 착 달라붙어 있더라. 그 취향이 한심해서 쳐다보지도 않았어. 마지막으로 바쓰 거리에서 봤는데 다가와 말을 걸까 봐 바로 가게로 숨어 버렸어. 꼴 보기도 싫었거든. 그다음에 광천수 사교장으로 가더라. 이 세상을 다 준대도 따라가지 않았다니까. 그와 네 오빠가 어찌나 비교가 되던지! 네 오빠 소식 제발 전해 줘. 꽤 걱정하고 있어. 떠날 때 감기가 걸려서 그랬는지 기운이 없고 힘들어 보였거든. 편지를 보내려 했는데 주소를 잘못 썼지 뭐야. 아까도 말했다시피, 뭔가 내 행동을 오해한 것 같아. 제발 그가 흡족하게 네가 다 설명해 줘. 그가 여전히 미심쩍어한다면 내게 편지를 쓰든가 아님 다음에 런던에 올 때 퍼트니에 들러 모든 오해를 풀든가 하고. 요즘 무도회장에도 극장에도 안 다니다가 어제 반값 할인표로 들어가서 호지 집안사람들과 함께 구경했어. 슬슬 약 올리니까 욱해서 말이지. 내가 틸니 때문에 칩거한다는 소문이 쏙 들어가게 해 줬어. 미첼 가족 옆에 앉게 됐는데 날 보더니 상당히 놀라는 척하더라. 내가 그 적의를 모를 줄 아는지. 예의도 없이 굴 때는 언제고, 이제는 우애가 넘치기는. 거기에 속아 넘어갈 내가 아니지. 기죽을 사람도 아니고. 앤 미첼은 그 전주에 음악회에서 내가 머리에 스카프를 썼던 것을 따라하고 나타났는데, 꼴불견이더라. 내 특이한 얼굴에나 어울리는 물건이거든. 스카프 때문에 사람들이 날 쳐다봤다고, 암튼 틸니는 그렇게 말했었지. 그 남자 말은 믿을 게 못 되지만. 지금은 온통 보라색으로 입었어. 내게 안 어울리지만 아무렴 어때서. 소중한 네 오빠가 가장 좋아하는 색깔이잖아. 내 사랑, 착한 친구, 캐서린, 얼른 오빠에게 편지 써 주고 내게도 답장해 줘.

영원한 친구로부터

이런 얄팍한 수는 캐서린에게도 먹히지 않았다. 그녀는 첫 문장부터 변덕과 모순과 거짓으로 점철된 것에 충격을 받았다. 이자벨라가 부끄러웠고, 또 그런 친구를 사랑했다는 게 부끄러웠다. 애정 고백이 역겨운 만큼이나 변명은 공허하기 짝이 없었고, 뻔뻔하게 부탁까지 하다니. '그녀 대신 제임스에게 편지를 써 달라고! 안 해. 제임스에게 이자벨라의 이름을 꺼내는 일은 다신 없어.'

헨리가 우드스턴에서 돌아오자, 그녀는 그와 엘레노어에게 프레드릭이 안전하다고 알려 주며 진심으로 축하해 주고 또 잔뜩 분노한 채 편지의 핵심 구절을 큰 소리로 읽어 주었다. 그러고는 "이자벨라가 이럴 수가!"라고 탄식했다. "우리가 어떤 친구였는데! 나를 바보로 여긴 게 아니면 이런 편지를 쓸 수 없어요. 그래도 이 편지 덕분에, 그녀가 나를 어떻게 생각하는지보다 내가 그녀를 어떻게 생각할지를 더 잘 알게 됐어요. 그녀가 어떤 사람인지 알겠어요. 허영심 많은 바람둥이 아가씨의 사기가 이번엔 안 먹힌 거예요. 제임스나 나에게 요만큼의 애정도 없었던 사람이었는데, 애초에 만나지도 말았어야 했어요."

"곧 모르는 사람처럼 되겠죠." 헨리가 대답했다.

"한 가지 이해할 수 없는 게 있어요. 그녀가 틸니 대령을 노렸다가 성공하지 못했다는 건 알겠어요. 근데 틸니 대령은 도대체 뭘 한 건지 모르겠어요. 그렇게 관심을 쏟아서 오빠랑 틀어지게 해 놓고는 혼자 발을 빼요?"

"프레드릭에게 처음부터 동기랄 게 있기나 했는지 모르겠어요. 쏘오프 양처럼 그도 허영이 가득한데, 중요한 차이가 있다면 그가 더 영악한 부류라 그 허영에 자기가 넘어가진 않는다는 거예요. 그가 저지른 행동의 결과를 도저히 납득할 수 없는데 그 원인은 찾아내서 뭘 하겠어요."

"그러니까 그가 애초에 그녀를 좋아하지도 않았다고요?"

"절대로요."

"그냥 장난으로 그런 척했다고요?"

헨리가 고개를 끄덕이며 동의했다.

"그렇다면 난 정말이지 그가 마음에 안 들어요. 결국 우리에겐 다행으로 끝났지만 그가 정말 마음에 안 든다고요. 이자벨라가 산산조각 날 가슴이 있는 사람도 아니니까 아무 일도 없었던 셈이 되긴 했어요. 하지만 그와 사랑에 빠지기라도 했으면 어쩔 뻔했냐고요?"

"그렇게 가정하려면 이자벨라가 사랑에 빠질 가슴은 있는 사람이어야 하잖아요. 그녀가 그렇지 않다는 게 우리의 결론이고요. 그녀가 그런 사람이었다면 얘기는 달라졌겠죠."

"형이라고 편드는군요."

"당신도 오빠 편이나 들어 주면서, 쏘오프 양의 행동에 너무 속상해하지 말아요. 정직함이라는 원칙을 타고나는 바람에 당신 마음이 너무 배배 꼬인 상태라 이성적으로 팔이 안으로 굽는다거나 복수욕에 불타거나 하는 일은 없을 것 같긴 합니다만."

칭찬을 들으니 캐서린은 더 이상 괴롭지 않았다. 헨리가 너무 다정하게 나오니까 프레드릭을 용서받지 못할 죄인으로 취급할 수 없었다. 이자벨라의 편지에 답장하지 않기로 했다. 더는 이 문제를 생각하고 싶지 않았다.

13장

이후 얼마 지나지 않아, 장군이 일주일 동안 런던에 머물러야 할 일이 생겼다. 그는 단 한 시간이라도 몰란드 양과 떨어져 지내야 하는 상황이 진심으로 안타깝다며 자녀들에게 자신이 집을 비우는 동안 그녀를 편안하고 즐겁게 할 방도를 찾아 매진하라고 신신당부하면서 노생거를 떠났다. 캐서린은 그가 떠나고 나자 상실이 때로는 획득이 된다는 걸 처음으로 몸소 겪어 보고 알았다. 하고 싶은 일을 하고, 맘껏 웃고, 편하고 기분 좋게 먹고, 좋아하는 곳을 좋아하는 시간에 산책하고, 시간을 쓰고 놀고 쉬는 것을 모두 원하는 대로 하는 행복을 느끼다 보니 장군이 있을 때 강제되었던 억압을 절실하게 깨달았고 거기에서 풀려난 현재가 정말 고마웠다. 편안하고 즐거우니까 집과 사람들이 매일매일 더 좋아졌다. 곧 여기를 떠날 때가 올까 봐 걱정하고 다음으로 자기가 좋아하는 만큼 사람들이 자기를 좋아하지 않을까 봐 걱정하는 것만 아니었으면 매일매일 모든 순간을 완벽하고 행복하게 보냈을 것이다. 방문한 지 4주째였다. 장군이 없는 상태에서 넷째 주가 지나고 나면 더 오래 머무르기가 버거워질지 몰랐다. 이 생각만 하면 괴로웠다. 마음속에서 이 고민을 몰아내고 싶어서 곧 엘레노어를 붙잡고 떠나겠다고 말해 놓고 어떻게 반응하는지 살펴본 다음에 결정할 요량이었다.

시간을 끌수록 그런 불편한 주제를 꺼내기가 어려울 것 같았는데, 우연히 엘레노어와 마주친 데다 그녀가 뭔가 전혀 관련이 없는 말을 한참 하자 이때다 싶어서 곧 떠나야겠다는 말을 꺼냈다. 엘레노어가 빤히 쳐다보더니 아주 속상하다고 대답했다. 그녀는 "더 오래 함께 지내길 바랐어. (그렇게 바라서 그랬는지) 더 오래 있기로 약속했다고 혼자 착각했나 봐. 함께 지내서 내가 얼마나 좋은지를 몰란드 부부가 안다면 어서 돌아오라고 재촉하시지 않을 거야"라고 말했다. 캐서린이 설명했다. "아! 그 문제라면 아버지와 어머니는 서두르지 않으셔. 내가 행복하다면 항상 만족하시거든."

"근데 왜 그렇게 서둘러 떠나려는지 말해 줄래?"

"아! 너무 오래 있었잖아."

"그런 얘기라면 그만둬. 그게 뭐 오래라고."

"아! 아냐, 그런 말이 아냐. 나야 오래오래 같이 있고 싶지." 그러자 바로 떠날 때까지는 떠날 생각도 하지 말라고 결론이 났다. 걱정 하나가 명쾌하게 해소되자 다른 하나도 덩달아 약해졌다. 친절함, 더 머물라던 엘레노어의 진심, 더 머물기로 했다는 말을 들은 헨리의 만족스런 표정, 이 모든 것들이 그들에게 자신이 중요한 사람이라는 달콤한 증거였으니, 이제 걱정거리라고는 인간이라면 그 누구도 없이 살 수 없는 그런 정도만 남았다. 그녀는 헨리가 자신을 사랑한다고, 거의 항상 믿었고, 그의 아버지와 그의 여동생은 자신을 사랑하고 한 가족이 되기를 바란다고 항상 믿었다. 그렇게 믿으니까, 의심과 걱정이 생겨 봤자 살짝 귀찮게 하고는 사라질 뿐이었다.

헨리는 아버지의 분부, 즉 당신의 부재 기간에 아예 노생거에 머물면서 숙녀들을 잘 보살피라는 말씀을 그대로 따를 수 없었다. 우드스턴의 부목사이니, 토요일부터 이틀 밤은 노생거를 비워야 했다. 그가 없어도, 전처럼 장군이 집에 있고 그가 없을 때와는 달랐다. 그와 함께 지내는 즐거움이 줄어들었을 뿐, 평온함은 깨지지 않았다. 두 숙녀는 바느질에 몰두하면서 서로 친밀해져서 둘만 남아도 얼마든지 잘 지낼 수 있었고, 헨리가 떠난 날 저녁 식사 자리에서 11시가 되도록 늦게까지 함께 있었다. 둘이 막 계단을 다 올랐을 때 두꺼운 벽을 뚫고 희미하게 들리는 게 마차가 달려오는 소리인가 싶더니 아니나 다를까 다음 순간 벨 소리가 크게 울렸다. "어머! 무슨 일이야?"라는 놀람의 소동이 지나간 후, 즉시 엘레노어는 영 생뚱맞진 않아도 종종 갑작스럽게 들이닥치곤 하던 큰오빠가 온 모양이라며 그를 맞이하러 서둘러 내려갔다.

캐서린은 방으로 걸어가면서 틸니 대령을 만날 것에 대비해 마음을 가다듬는 한편, 진즉 불쾌한 인상을 받은 데다 그렇게 잘나가는 신사가 자신을 거들떠보기나 하려나 싶어서 이런 상황에서는 서로에게 실질적으로 불편한 만남이라면 피하는 게 낫다고 생각했다. 그가 감히 쏘오프 양 얘기를 꺼내진 않을 거라고 믿었다.

정말이지, 지금쯤은 과거 행동을 분명 부끄러워할 것이므로 그렇게 나오진 않을 것이다. 바쓰 얘기를 들먹거리지만 않는다면 예의를 차려 대할 수 있으리라. 이렇게 생각을 정리하는 사이 시간이 흘렀는데, 도착한 지 삼십 분이 지나도록 엘레노어가 올라오지 않는 걸 보면 그를 아주 반기며 밀린 얘기라도 나누느라고 그에게 유리하게 시간을 벌어 주는가 싶었다.

그 순간 캐서린은 복도를 지나는 그녀의 발소리를 들었다. 곧 조용해졌다. 그러다가 뭔가 방문에 가까이 다가오는 소리에 깜짝 놀랐는데, 착각일 리 없었다. 누군가 문을 만지는 것 같았다. 다음 순간 자물쇠가 살짝 움직였으므로 누군가 손잡이를 잡고 있는 게 분명했다. 이렇게 살금살금 다가오는 사람이 있다니 생각만으로도 흠칫했다. 그러나 사소한 겉모습에 또다시 압도당하거나 부풀려진 상상력에 끌려 다니지 않기로 결심하고, 조용히 앞으로 걸어가 문을 열었다. 엘레노어, 단지 엘레노어가 서 있을 뿐이었다. 캐서린은 한순간 안도했지만, 정작 엘레노어는 창백한 뺨을 하고서 굉장히 흥분한 모습이었다. 들어오려는 의도는 분명한 듯했지만, 들어오는 것도 힘들고 입을 여는 건 더 힘들어 보였다. 캐서린은 틸니 대령 때문에 불편해하는 줄로 짐작하면서 말없이 예의주시했다. 앉게 한 다음 이마 부근 관자놀이에 라벤더 향수를 문질러 주며 애정 가득한 안부 인사를 먼저 꺼냈다. 엘레노어의 힘겨운 대답은 "내 친구, 캐서린, 그만둬. 제발 그만해"였다. "난 아프지 않아. 네 친절이 나를 힘들게 해. 못 견디겠어. 이런 말을 전달하러 오다니!"

"말을 전달하러! 내게!"

"어떻게 말할까! 아! 어떻게 말할까!"

새로운 생각이 캐서린의 마음을 뚫고 지나가자 친구만큼이나 창백해진 얼굴로 그녀가 외쳤다. "우드스턴에서 무슨 소식이 왔구나!"

"아니야." 엘레노어가 연민이 가득한 눈길로 그녀에게 대답했다. "우드스턴에서 온 게 아니야. 아버지야." 그녀는 떨리는 목소리로 아버지라고 말하며 시선을 바닥으로 떨어트렸다. 예상 밖의 귀환 자체만으로도 캐서린의 가슴이 철렁해져서, 몇 분 동안 이것보다 더 나쁜 소식은 없다고 생각했다. 아무 말도 나오지 않았다. 엘레노어는 침착하게 또박또박 말하려고 노력했지만 여전히 눈을 들지도 못한 채 겨우 말을 이어갔다. "넌 착하니까 내가 이 일을 떠맡았다고 나를 나쁘게 생각하진 않겠지. 정말이지 이 말을 전달하고 싶지 않아. 최근에 벌어졌던 일, 가족 사이에 있었던 험한 일을 다 겪고도 내가 바라던 대로 네가 여기 더 오래 머물기로 해서 내가 얼마나 기쁘고 고마웠는데! 너의 친절함을 더 이상 받을 수 없다고 어떻게 말할 수 있겠어! 지금까지 네가 선사해 온 행복을 이렇게 되갚다니. 차마 말을 꺼낼 수 없어. 사랑하는 캐서린, 우리 그만 헤어져야 해. 아버지가 월요일에 우리를 모두 데리고 가기로 약속하신 게 있나봐. 히어포드 근처 롱타운 후작의 저택에 2주일 동안 머물 거야. 어떤 설명이나 사과도 할 수가 없어. 어느 것도 할 엄두가 나질 않아."

"엘레노어." 캐서린이 최대한 감정을 자제하면서 대답했다. "힘들어하지 마. 선약이 있으면 지켜야지. 헤어져서 정말 유감이야. 그것도 너무 빨리, 또 너무 갑자기. 그래도 난 정말 괜찮아. 언제든지 떠날게. 나중에 날 방문해 주렴. 그 귀족 댁을 방문하고 돌아와서 풀러튼에 와 줄래?"

"내가 결정할 수 없어, 캐서린."

"그럼 올 수 있을 때 와."

엘레노어는 대답하지 않았다. 캐서린은 직접적으로 연결된 문제를 떠올린 듯 큰 소리로 덧붙였다. "월요일, 바로 돌아오는 월요일에 모두들 떠난단 말이지. 알겠어. 나도 떠날게. 모두들 떠나기 전에 내가 가야 할 필요는 없겠지. 걱정 마, 엘레노어. 나도 월요일에 떠나면 돼. 아버지와 어머니께 미리 알리지 못해도 별문제 없어. 장군께서 중간까지는 하인을 딸려서 보내 주시겠지. 그다음엔 곧 솔즈베리에 도착하고 거기서부터 집까진 9마일만 가면 돼."

"캐서린! 그렇게만 되더라도 얼마간 견딜 만할 텐데, 그 정도 평범한 배려가 네가 받아야 할 절반에 불과하더라도 말이지. 어떻게 말하면 좋을지. 넌 내일 아침에 떠나기로 정해졌고 떠나는 시간조차도 네가 정할 수 없어. 타고 갈 마차가 7시에 여기 도착할 거고, 하인은 안 따라가."

캐서린은 숨이 막히고 말문이 막혀 꼼짝하지 않았다. "나도 이 말을 듣고 제정신이 아니었어. 이 순간 너의 불쾌감과 분노가 아무리 정당하더라도 나보다 더하진 않을 거야. 하지만 지금은 말할 때가 아냐. 아! 뭐라도 정상참작이 되게 말해 줄 수 있다면! 맙소사! 네 부모님께서 뭐라고 하실까! 정말로 지인들의 보호를 받던 너를 여기까지, 집에서 거의 배나 먼 거리에 떨어진 여기까지 데려와 놓고는 대충의 예의도 갖추지 않은 채 집 밖으로 쫓아내다니!

사랑하는 캐서린, 이런 말을 전달하는 내가 이 모든 모욕을 주는 죄인 같아. 하지만 날 용서해 줘. 이 집에 있어 봐서 알겠지만 난 이름만 안주인이고 진짜 힘은 하나도 없어."

"내가 장군께 뭘 잘못했지?" 캐서린이 흔들리는 목소리로 물었다.

"이런! 딸로서 내가 느끼고 알고 책임질 수 있는 한 가지 사실은 네가 아버지의 분노를 살 만한 어떤 잘못도 안 했다는 거야. 아버지는 진짜로 많이 화나셨어. 더 화난 모습을 본 적이 없을 정도로. 원래 행복한 성격이 아닌데, 유난히 화를 돋우는 일이 생긴 거야. 실망스럽고 짜증나서 그냥 넘어갈 수 없을 것 같은 거라고. 너는 아무 상관도 없어. 무슨 상관이 있겠어?"

캐서린은 말을 꺼내기가 고통스러웠다. 그래도 말하려 애쓴 건 오로지 엘레노어를 생각해서였다. "내가 장군께 뭘 잘못했다면 정말 미안해." 그녀가 말했다. "난 절대로 그러고 싶지 않았는데. 속상해하지 마, 엘레노어. 선약이 있으면 지켜야지. 더 일찍 선약을 알았더라면 집에 알렸을 텐데 그게 아쉬울 뿐이야. 아니, 그것도 괜찮아."

"너의 안전에 아무 문제가 없기를 간절히 바랄게. 안전이 아니더라도, 모든 면에서 심각한 일이야. 불편함은 말할 것도 없고 모양새도 그렇고 법도도 그렇고, 네 가족이며 세상 사람들 보기에 다 심각한 일이야. 지인인 앨런 부부가 아직 바쓰에 있다면 상대적으로 편안하게 거기로 갈 수 있을 텐데. 몇 시간이면 도착하니까. 근데 이건 70마일을, 전세 마차를 타고, 네 나이에, 혼자, 하인도 없이!"

"여행은 괜찮아. 걱정 마. 어차피 헤어질 거라면 몇 시간 빠르거나 늦거나 똑같아. 7시까지 준비할게. 시간에 맞춰서 불러 줘." 엘레노어의 눈에는 캐서린이 혼자 있고 싶어 하는 것 같았다. 대화를 그만두는 게 두 사람 모두에게 좋다는 생각에 인사를 남기고 나갔다. "아침에 보자."

캐서린은 가슴이 터질 것 같았다. 엘레노어 앞에서는 우정 때문에, 또 자존심 때문에 참았지만 그녀가 나가자마자 눈물이 왈칵 쏟아졌다. 이 집에서 이렇게 쫓겨나다니! 합당한 이유 하나 없고, 갑작스럽고 무례하고 아니 뻔뻔하기까지 한 일에 사과 한마디 없다. 헨리는 멀리 있다. 작별 인사조차 할 수 없다. 그에게 걸 수 있는 희망과 기대는 적어도 현재로서는 멈춘 상태이고, 이 상태가 얼마나 더 갈지 누가 알까? 그들은 언제 다시 만날까? 이 모든 일을 틸니 장군이, 그렇게 정중하고 교양 있고 지금껏 각별하게 그녀를 아끼던 그가 저지르다니! 수치스럽고 슬픈 것만큼이나 도무지 이해할 수가 없었다. 어디서 시작되었는지, 어떻게 끝날지가 똑같이 황당하고 두려웠다. 일이 진행되는 형국이 지독하게 무례했다. 편의를 조금도 봐 주지 않은 채 떠날 시간이나 여행 수단을 물어보는 시늉조차도 없이 쫓아내기 급급하다. 남은 이틀 중 첫째 날로 정했고, 또 그가 아침에 일어나기 전에 그녀를 없애 버리려고 작심한 듯이 가장 이른 시간을 정해서 서로 마주칠 일이 없게 만든 것이다. 작정하고 모욕을 주는 게 아니라면 어떻게 이럴 수가 있을까? 불운하게도, 그녀가 어떤 식으로든 그를 화나게 만든 게 틀림없다. 엘레노어는 그녀를 배려하느라고 그렇지 않다고 말해 주었지만, 캐서린으로서는 어떤 잘못이나 불행을 당했다고 해서 아무

관련이 없는 사람을, 적어도 관련이 없을 것으로 생각되는 사람을 이렇게 가혹하게 다룰 수 있다는 게 도무지 믿기지 않았다.

암담한 밤이 흘렀다. 잠, 또는 잠이라 부를 만한 휴식은 불가능했다. 처음 이 집에 도착했을 때 삐뚤어진 상상력으로 괴로워하던 그 방에 다시 곤두선 신경과 불안한 선잠이 찾아왔다. 그때와 지금의 불안은 그 원인이 얼마나 다른지! 서글프게도 현실과 실제가 얼마나 압도적인지! 지금의 근심은 정말 사실적인 근거가 있고, 지금의 두려움은 얼마든지 그럴 법하다. 현실에 존재하는 악을 생생하게 실감하며, 고독한 자신의 처지와 방의 어두움과 집의 고색창연함을 담담하게 그대로 느꼈고 또 생각했다. 강한 바람이 불어 때때로 집을 휘감는 이상하고 갑작스런 소리가 나도, 몇 시간째 뜬눈으로 누운 채 호기심이나 공포에 흔들리지 않은 채 그저 듣고만 있었다.

6시가 되자 엘레노어가 방에 들어오더니 할 수만 있으면 챙겨주려 하고 도와주려 했다. 그러나 그럴 일이 별로 없었다. 캐서린이 빈둥거리지 않고 혼자 다 해 놨기 때문이다. 옷을 거의 다 입었고 짐도 거의 다 쌌다. 엘레노어를 보자 장군이 화해의 메시지를 보냈을 가능성이 머리를 스쳤다. 분노가 사라지면 참회가 생기는 건 자연스럽지 않은가? 이런 일을 겪은 다음에는 어느 정도로 사과를 받아 주는 것이 적절한지 궁금했다. 그러나 그런 지식은 쓸모없고 불필요했다. 자비심도 품위도 시험당할 일이 없었다. 엘레노어는 전할 말이 하나도 없었으니까. 두 사람은 거의 말이 없었다. 서로 침묵하는 게 가장 안전하다 싶었는지 두 사람은 위층에 머무는 동안 거의 말을 섞지 않았고, 캐서린은 흥분한 채 서둘러 옷을 마저 입었고 엘레노어는 짐을 싸 본 경험도 없으면서 마음만으로 짐 싸기에 나름 골몰하는 모습이었다. 모든 걸 마치고 방을 나올 때 캐서린은 친구 뒤에서 순간 주춤하더니 익숙하게 정들었던 것들에게 이별의 눈길을 보낸 다음 아침 식사가 차려진 조찬실로 내려갔다. 뭐든 먹으려고, 친구를 편하게 만들어 주고 싶어서 권유를 받기 전에 나서서 먹어 보려 애썼다. 그러나 식욕이 없어서 몇 술 들지 못했다. 이 식사와 어제 아침 식사가 너무 다르다는 데에 생각이 미치자 새삼 비참해지면서 차려진 모든 음식에 입맛이 뚝 떨어졌다. 똑같은 식사를 하려고 거기에 모여 앉았던 게 스물네 시간도 채 지나지 않았는데, 상황은 얼마나 변했는지! 그때는 얼마나 명랑하고 편안하게, 비록 착각일지언정 얼마나 행복한 안도감을 느끼며 주변을 돌아봤는지! 현재를 하나하나 즐기고, 헨리가 우드스턴에 단 하루 다녀오는 것을 제외하고는 미래를 조금도 두려워할 일이 없었는데. 행복하고 행복했던 아침 식사! 헨리가 있었기 때문에, 헨리가 옆에서 챙겨 줬기 때문이었다. 추억에 오래 탐닉하는 동안 그녀의 친구도 그녀처럼 깊은 생각에 빠져서 아무 말도 걸지 않고 그녀를 내버려 두었다. 마차가 도착하여 이들을 깨워 현재로 불러들였다. 마차를 보자 캐서린이 얼굴을 붉혔다. 모욕을 당한다는 생각이 강렬하게 가슴을 치고 지나가서 순간적으로 원망하는 마음뿐이었다. 이제 엘레노어가 나서서 뭔가 말하려는 것 같았다.

"편지해 줘, 캐서린." 그녀가 부탁했다. "가능한 한 빨리 편지해.

집에 무사히 도착했다는 걸 알기 전에는 조금도 마음을 놓지 못할 거야. 모든 위험을 무릅쓰고 무슨 일이 있더라도 꼭 편지 한 통 보내 줘. 풀러튼에 무사히 도착해서 가족과 잘 재회했는지 알려 주고, 그다음엔 내가 다시 요청할 때까지, 꼭 요청하겠지만 말이야, 더 보내지 마. 주소는 롱타운 후작 저택이고, 꼭 부탁하는데, 앨리스라는 이름으로 해 줘."

"엘레노어, 내 편지가 허용되지 않는다면 안 쓸게. 안전하게 집에 돌아갈 테니까 걱정 마."

엘레노어가 대답했다. "네 기분 이해해. 강요하지 않을게. 우리가 멀리 떨어져 있어도 너의 다정한 마음씨를 믿어." 이렇게 말하는 슬픈 표정을 보자 캐서린의 자존심이 한순간 무너졌고 바로 대답이 나왔다. "오, 엘레노어, 꼭 편지할게."

틸니 양은 말을 꺼내기가 좀 거북했지만 한 가지 문제를 해결하고 싶어 조바심이 났다. 캐서린이 집을 떠난 지 한참 지났기 때문에 돌아갈 비용을 감당할 돈이 부족할지 모른다는 생각이 들어서 아주 자상하게 비용을 보태 주겠다고 제안했는데, 예상이 그대로 적중했다. 캐서린은 그때까지 돈 문제를 한 번도 생각해 보지 못했다. 지갑을 뒤져 보고서야 친구의 친절한 배려가 아니었다면 집에 도착할 돈 한 푼 없이 여기서 쫓겨나는 꼴이었으리라는 사실을 깨달았다. 두 사람은 만약 그랬을 때 그녀가 겪었을 곤란함에 황망해하며, 말없이 남은 시간을 기다렸다. 별로 기다릴 필요가 없었다. 곧 마차에 오르라는 소리가 들렸다. 캐서린은 즉시 일어나 길고 애정 어린 포옹으로 서로를 향한 작별 인사를 대신했다.

현관 복도를 나가면서 그녀는 지금까지 둘 사이에 나오지 않은 이름 하나를 언급하지 않고서는 집을 떠날 수 없어서 잠시 멈추었다가 떨리는 입술로 "여기 없는 그 친구와 나눈 다정한 기억"을 남겨 두고 떠난다고 알아듣게 말해 주었다. 그렇게 그의 이름을 돌려서 말하고 나니 오히려 감정을 억누를 길이 없었다. 안간힘을 다해 손수건에 얼굴을 묻으며 쏜살같이 복도를 가로질러 달려 나가 마차에 올라탔고, 눈 깜짝할 사이에 집에서 멀어져 갔다.

14장

캐서린은 너무 비참해서 두려움을 느낄 겨를이 없었다. 여행 자체는 전혀 무섭지 않았다. 처음부터 여행이 장거리라거나 혼자라고 해서 두렵진 않았다. 마차의 한쪽 구석 자리에 기대어 터져 나오는 눈물을 쏟고 고개를 들었을 때 마차는 사원 담벼락을 벗어나 달리고 있었다. 장원 안 대지의 가장 높은 지점을 눈으로 더듬어 찾기도 전에 이미 다 지나 버린 것이다. 불행히도, 지금 달리는 길은 열흘 전 너무나 행복하게 사원으로 가던 길, 그리고 우드스턴에서 돌아오던 바로 그 길이다. 지금과는 다른 인상을 받았던 풍경을 다시 내다보며 14마일을 달리는 동안 날카로운 고통이 점점 심해졌다. 1마일씩 우드스턴에 가까워지자 점점 더 괴로웠고, 거기까지 5마일도 안 남는 지점을 지날 때는 너무나 가까이 있으면서도 아무것도 모르는 헨리가 떠올라 극심한 슬픔과 고통에 빠졌다.

거기서 보낸 날은 그녀 인생에서 가장 행복했던 날들 중 하루였다. 바로 거기서, 바로 그날, 장군은 헨리와 그녀를 엮어서 말했고 말로도 표정으로도 분명히 그들의 결혼을 소망한다는 확신을 주었다. 그렇다. 바로 열흘 전에 자신을 향한 특정한 배려에 우쭐했었다. 너무 대놓고 언급하는 바람에 민망하게 만들더니! 그러나 지금, 도대체 무슨 일을 했다고 또는 하지 않았다고 이렇게 달라진 대접을 당하는 걸까?

그에게 잘못했다고 자책하는 게 한 가지 있지만 그건 그가 알리 없었다. 그녀가 엉뚱하게 품었던 황당한 의심을 아는 사람은 헨리와 그녀뿐. 그 비밀은 두 사람만 안다. 적어도 헨리 쪽에서 계획적으로 배신할 리 없었다. 운이 진짜 없어서 정말로 그의 아버지가 그녀가 감히 무슨 생각을 하고 찾아다녔는지를, 근거 없는 공상으로 쓸데없이 집 안을 뒤지고 다녔다는 사실을 알아 버렸다면 얼마든지 분노해도 당연하다. 그를 살인마로 여겼다는 걸 안다면 집에서 쫓아낸들 할 말이 없다. 그런 합당한 이유, 그녀를 고문하는 것 같은 그 뼈아픈 이유를 그가 알 리 없단 말이다.

온갖 추측으로 어지러웠지만, 정작 가장 신경 쓰인 곳은 따로 있었다. 더 가까이 더 중요하고 더 시급한 걱정이 있었다. 헨리가 내일 노생거로 돌아와 그녀가 떠난 것을 알게 되면 어떻게 생각하고 느끼고 어떤 표정을 지을지, 그게 다른 걱정을 다 물리치고 강력하고도 흥미진진한 주제로 자리를 잡고서는 불안과 위로를 번갈아 가며 유발했다. 한편으로는 그가 조용히 묵인할 것 같은 두려움이, 다른 한편으로는 안타까워하고 분노하리라는 달콤한 확신이 들었다. 물론 장군에게는 한마디도 못 하겠지만. 그래도 엘레노어에게는 그녀 얘기를 못할 게 없지 않을까?

그녀의 마음이 잠시도 놓여날 수 없는 한 가지 주제에 사로잡혀 의심과 질문을 끝없이 왔다 갔다 하는 사이에 시간은 흘렀고 여정은 기대했던 것보다 빨리 진행되었다. 닥친 걱정거리로 너무 힘들어서 우드스턴 주변을 넘어가면서부터는 눈앞에 펼쳐지는 그 무엇도 알아보지 못했고 얼마나 멀리 왔는지도 가늠하지 못했다. 여행길에 스쳐 가는 것에 아무런 관심을 두지 않았고, 여행 내내 지루한지도 몰랐다. 지루함에서 벗어났던 데에는 이유가 있었는데, 여행이 끝났으면 하는 마음이 조금도 들지 않았던 것이다. 이 꼴로 풀러튼으로 돌아간다면 가장 사랑하는 가족과 한참 만에, 11주 만에 재회하는 기쁨을 망치고 말 것만 같았다. 스스로 수치스럽지 않고 가족을 아프게 하지 않으려면, 도대체 무슨 말을 해야 할까? 사실을 털어놓는답시고 혼자 더 슬퍼해 버리지 않으려면, 쓸모없이 분노를 발산하지 않으려면, 또 악의를 분간하지 못한 자신의 잘못에 아무것도 모르는 가족을 끌어들이지 않으려면 말이다. 결코 헨리와 엘레노어의 미덕을 제대로 살릴 수 없을 것 같았다. 말로 표현할 수 없을 만큼 그들의 미덕을 절감했다. 그들의 아버지 때문에 가족이 그들을 싫어하게 된다면, 그들이 나쁜 사람들로 여겨진다면, 가슴이 찢어지리라.

이렇게 생각하니, 집까지 20마일도 채 남지 않았음을 말해 줄 눈에 익은 첨탑 풍경이 기다려지기는커녕 두렵기만 했다. 노생거를 떠날 때 그저 솔즈베리만 가면 될 줄 알았다. 그러나 거기를 지나면서부터는 마부 덕분에 그때그때 지나가는 동네의 이름을 알게 되었다. 여정에 대해서 도통 모르고 있었던 것이다. 그녀를 괴롭히거나 놀라게 하는 일은 하나도 없었다. 젊음, 정중한 예의, 후한 계산으로 무장하면 그녀 같은 여행자가 필요로 하는 모든 배려가 다 확보되었다. 말을 바꾸느라 한 번 쉰 것 말고는 아무 사고나 사건 없이 열한 시간 동안 순탄하게 여행한 끝에 저녁 6시와 7시 사이에 풀러튼으로 진입할 수 있었다.

재주 많은 작가라면 여주인공이 모험을 마치고 고향 마을로 돌아올 때 성공적으로 명성을 회복하고 백작 부인의 품위를 지키며 몇 대의 쌍두 사륜마차에 귀족 친척들을 줄줄이 태우고 세 명의 하녀를 따로 사륜마차에 태워 뒤따르게 하는 내용을 신나게 써 내려갈지도 모른다. 모든 결론이 다 그렇고, 작가는 그렇게 관대하게 영광을 베풀고 즐긴다. 그러나 내 이야기는 퍽 다르다. 여주인공을 고독과 불명예에 빠져 집에 돌아오게 만들었으니까. 달콤하고 우쭐한 기분을 시시콜콜 묘사하긴 글렀다. 전세 마차를 탄 여주인공만으로도 산통 다 깨진 셈이니, 거기에 위엄이나 감정을 불어넣으려 해 봤자 소용없으리라. 그렇다면, 이제부터 마부가 일요일에 교회에 가는 사람들의 시선을 뚫고 신속하게 마을을 통과해 그녀를 후딱 마차에서 내려 주는 것으로 하자.

목사관을 향해 걸어가는 건 고약하고, 그것을 기록하는 전기 작가의 자존심 또한 상하겠지만, 캐서린은 가족이 나름 각별한 기쁨을 느낄 줄 알았다. 일단 마차의 출현을, 그다음엔 그녀 자신을 반기려니 싶었다. 풀러튼에서 마차 여행자가 나타나는 게 드물다 보니 온 가족이 즉시 창문가로 몰렸다. 마차가 대문에 서자 모두 눈을 반짝이며 상상에 빠졌다. 마차만 보면 거기서 형제자매 중 누가 내릴 거라고 기대하는 가장 어린 두 아이, 즉 여섯 살 남자아이와 네 살 여자아이를 제외하곤 모두에게 예상하지 못한 기쁨이었다. 바로 캐서린을 알아본 행복한 눈길! 이름을 부르는 행복한 목소리! 이런 행복의 합법적인 주인이 조지인지 헤리엇인지는 끝내 확인할 수 없으리라.

아버지, 어머니, 세라, 조지, 헤리엇 모두 문에 모여 다정하고 열렬하게 자신을 맞이하자 캐서린의 가장 순수한 감정이 터져 나왔다. 마차에서 내려 한 사람씩 포옹하는 것만으로도 그녀는 상상을 초월하는 위로를 받았다. 그들에게 둘러싸여서 그들과 닿아 있는 것으로 그저 행복했다! 가족애를 즐기는 사이 잠시 모든 문제가 가라앉았고, 그들은 그녀를 만난 기쁨에 들떠 차분한 호기심을 가질 여유가 없었다. 몰란드 부인이 불쌍한 여행자의 창백하고 지친 얼굴을 금방 알아보고는 그녀가 당장 대답해야만 하는 직설적인 질문이 쏟아지기 전에 그녀를 편안하게 해 주려고 서둘러 차를 내오자 모두들 탁자에 둘러앉았다.

삼십 분이 지나자 그녀는 한참 망설이다가 그녀의 얘기를 들으려는 가족에 대한 예의로 설명 비슷한 것을 꾸역꾸역 내놓았다. 얘기를 듣는 동안 그들은 갑작스런 귀환의 원인이나 자세한 내용을 파악할 수 없었다. 이 가족은 성마른 사람들이 아니다. 눈치 빠르게 모욕을 알아채거나 원망에 휩싸여 비통해하지 않았다. 그러나 얘기를 다 듣고 보니 그냥 넘어갈 수 없는 모욕으로 여겨졌고 한 삼십 분 동안은 용서할 수 없을 것 같은 기분이었다. 딸의 길고 쓸쓸한 여행담을 그저 덤덤하게 과장없이 듣던 몰란드 부부는 딸이 고생만 하다 왔다고 생각할 수밖에 없었다. 그럴 줄 알았으면 나서서 내보내지 않았을 텐데 말이다. 딸을 그 꼴로 만들어 놓다니, 신사로서 그리고 부모로서 틸니 장군의 처신은 전혀 명예롭지도 인간적이지도 못했다. 왜 그랬는지, 무엇 때문에 손님을 초대한 주인의 법도를 어기고 그렇게 갑자기 딸에 대해 조금이나마 품었던 애정을 악의로 바꿔 버렸는지 캐서린만큼이나 그들도 도무지 헤아릴 수가 없었다. 그러나 분노는 오래가지 않았다. 하릴없이 추측하다가 "이상한 일이고, 이상한 사람이네"라는 말로 그들의 분노와 궁금증을 갈음했다. 다만 세라는 힘이 남아도는지 혼자 주장하고 추측하면서 아직도 미로를 헤매는 달콤함에 푹 빠져 있었다. "애야, 헛수고 그만두렴." 마침내 어머니가 타일렀다. "틀림없이, 이해할 가치도 없는 일이란다."

"선약이 있었다니까, 캐서린을 보낸 건 이해해요." 세라가 말했다. "근데 예의 좀 지키면 안 돼요?"

"자녀들이 안됐구나." 몰란드 부인이 말했다. "슬퍼하고 있을 거다. 다른 건 상관없다. 캐서린이 집에 무사히 왔으니 됐고, 우리야 틸니 장군 없이도 잘만 사니까." 캐서린이 한숨을 쉬었다. "괜찮다." 철학자처럼 어머니가 타일렀다. "네가 그렇게 돌아올 줄 몰랐다만 차라리 잘됐다. 이제 다 지난 일이고, 손해 본 것도 없다. 젊었을 때 고생은 사서도 한다잖니. 내 딸 캐서린, 원래 딱한 말썽꾸러기 아이였지. 이제는 마차도 그렇게 많이 타 보고 했으니까 철들었을 거다. 그런 일에 더 이상 미련을 두지 않는 모습을 보여 주렴."

캐서린도 그러고 싶었고 수습하는 데에만 집중하려고 했지만, 기운이 하나도 없었다. 혼자 조용히 있고 싶은 마음뿐이어서 일찍 자러 가라는 어머니 말씀에 순응했다. 부모는 딸이 자존심에 상처 입은 데다 돌아오는 길에 고생하고 피곤할 테니 당연히 아픈 기색이라 여기고 자고 일어나면 괜찮을 줄 알았다. 다음 날 아침 모두 모였을 때 그녀는 부모의 기대만큼 회복하지 못했지만, 그들은 무슨 심각한 문제가 있을 거라고는 추호도 의심하지 않았다. 그들은 한 번도 생각해 본 적이 없었던 것이다. 처음으로 집을 떠났다가 막 돌아온 열일곱 살 딸의 마음속이 얼마나 싱숭생숭한지를!

아침 식사가 끝나자마자 캐서린은 틸니 양과의 약속을 지키려고 자리를 잡고 앉았는데, 시간이 지나고 거리가 멀어져도 변하지 않을 거라며 자신을 믿어 주었던 틸니 양은 과연 옳았다. 냉랭하게 헤어진 것을 벌써 자책하고 있으니 말이다. 그녀의 미덕과 친절함을 충분히 알아주지 못했던 것, 그리고 그녀가 어제 혼자 남아서 겪었을 고통을 충분히 헤아리지 못한 것도 자책했다. 강렬하게 느껴지는 감정이 글로 쓰이진 않았다. 엘레노어 틸니에게 쓰는 것보다 더 쓰기 힘들었던 적은 없었다. 그녀의 감정과 처지를 헤아리고, 비굴하게 후회하지 않으면서 고마움을 전달하고, 냉정하지 않되 신중하게 말하고, 원망하지 않되 솔직하게 다가가는 편지를 쓰려니 기운이 다 빠져나가는 듯했다. 엘레노어가 읽기에 괴롭지 않을 편지, 그리고 무엇보다 혹시 헨리가 우연히 읽더라도 스스로 얼굴 붉히지 않을 그런 편지여야 했다. 긴 고민과 온갖 곤혹스러움을 물리치고 안전하게 결정할 수 있는 단 한 가지는 아주 짧막하게 쓰자는 것이었다. 엘레노어가 빌려 준 돈을 동봉하고 그저 감사 인사와 다정 다감한 안부 인사 정도만 넣었다.

"이상한 친분이구나." 편지를 마치자 몰란드 부인이 말했다. "금방 만들어졌다가 금방 끝나는. 그렇게 돼서 유감인 게, 앨런 부인이 아주 멋진 젊은이들이라고 했지 뭐니. 슬프게도, 이자벨라를 사귄 건 참 운 없는 일이다. 아! 불쌍한 제임스! 뭐, 살다 보면 배우겠지. 담에 사귈 친구는 좀 오래갈 만한 사람이면 좋겠구나."

캐서린은 얼굴이 달아올라 열정적으로 대답했다. "엘레노어보다 오래갈 만한 친구는 없다고요."

"그렇다면 너희는 언젠가 만날 거라고 내 장담하마. 속상해하지 마라. 십중팔구 앞으로 몇 년 이내에 둘이 만날 거다. 얼마나 반가울까!"

몰란드 부인은 위로를 하고도 기분이 별로였다. 앞으로 몇 년 안에 다시 만날 희망을 심어 준다는 게 오히려 캐서린의 머릿속에 앞으로 무슨 일이 생겨 도저히 못 만나면 어쩌나 하는 걱정을 심어줄 수 있었다. 헨리 틸니를 못 잊고, 지금보다 덜 애틋한 마음으로 그를 떠올릴 수 없다면. 그가 그녀를 잊는다면. 만약 그렇다면, 못 만난다! 그들을 새삼 떠올렸는지, 캐서린의 눈에 눈물이 가득 고였다. 속 편한 위로가 별 효과가 없는 것을 확인하자 어머니는 기운을 차리게 할 다른 방편으로 앨런 부인을 방문하자고 제안했다.

두 집은 단지 4분의 1마일* 떨어져 있었다. 걸어가면서 몰란드 부인은 제임스의 실연에 대해 어떻게 생각하는지 단박에 털어놨다. "아들이 안됐지 뭐냐." 그녀가 말했다. "그것만 아니면 약혼이

깨져서 손해난 건 없다. 우리가 전혀 모르는 데다 돈 한 푼 없는 아가씨와 약혼한 게 바람직한 일은 아니잖니. 지금 그녀의 행실을 보면 전혀 괜찮은 아가씨라 할 수 없고. 현재로서는 불쌍한 제임스가 휘청거리겠지. 그래도 오래가진 않을 거다. 첫사랑의 어리석음을 겪어 봤으니 평생 더 신중한 사람으로 살겠지."

이렇게 사태를 정리하는 말까지는 잠자코 들어줄 수 있었다. 한 마디 더 했으면 참지 못하고 덜 이성적인 말대꾸로 발끈했을 것이다. 그 익숙한 길을 스스로도 막 통과한지라, 자신의 감정 기복에 몰두하느라 이성적으로 생각하는 능력이 다 사라지고 말테니까. 기쁨에 찬 기대감에 들떠서 하루에 열두 번을 종횡무진 뛰어다닐 때는 마음이 마냥 가볍고 즐겁고 독립적이었는데, 그게 채 석 달도 안 지났다. 맛보지 못한 순수한 즐거움의 기대에 부풀었고, 즐거움을 알아 버리면 나쁜 일이 생길까 마음 졸이지도 않았다. 그게 불과 석 달 전 그녀의 모습이었다. 지금은 얼마나 변해서 돌아왔는지!

앨런 부부는 오랜 애정을 간직한 사람들이 그렇듯이 예기치 못한 방문도 자연스럽게 환대했다. 그녀가 어떤 취급을 당했는지 듣자 굉장히 놀라고 아주 불쾌해했다. 몰란드 부인의 설명은 전혀 과장되지 않았고 감정에 호소할 의도가 없었다. "캐서린 때문에 어제 저녁에 다들 놀랐어요." 그녀가 말했다. "마차를 타고 혼자 왔는데, 토요일 밤까지 까마득하게 모르고 있었다는 거예요. 틸니 장군은 무슨 해괴한 생각에 빠졌는지 갑자기 자기 집에 애가 머무는 게 싫어져서 거의 내쫓은 거랍니다. 진짜 쌀쌀맞아요. 정말 이상한 양반이죠. 우리야 얘가 집으로 돌아와서 얼마나 기쁜지! 속수무책으로 당황하지 않고 혼자 힘으로 이리저리 변통했다니 아주 다행이지 뭐예요."

앨런 씨는 분별력 있는 친구가 느낄 법한 합당한 분노를 표현했다. 앨런 부인은 그의 표현이 꽤 마음에 들어서 바로 반복하고 싶었다. 그의 놀라움, 추측, 설명이 이어졌고, 말이 끊어질 때마다 부인은 이 한마디, "장군을 정말 봐 줄 수가 없어요"를 덧붙였다. 앨런 씨가 방을 나가자 "장군을 정말 봐 줄 수가 없어요"를 두 번이나 더 따라하고도 화를 좀 풀거나 딴생각으로 넘어가지 않았다. 세 번째 반복할 때는 훨씬 더 산만해졌다. 네 번째 말하고 나서는 즉시 이렇게 덧붙였다. "바쓰에 있을 때 말인데, 최고 메클린 레이스*를 망쳐 놨던 흠을 워낙 감쪽같이 고쳐 놔서 어디에 흠이 있는지 모를 정도면 말 다했잖아요. 언젠가 보여 주리다. 바쓰는 멋진 곳이지, 캐서린. 난 정말로 거길 떠나고 싶지 않았단다. 쏘오프 부인을 거기서 만나다니 얼마나 다행이었어, 그렇지? 처음엔 너와 난 정말 적적했으니까."

"그랬죠. 하지만 금방 나아졌잖아요." 캐서린은 거기에서 처음으로 기운을 북돋아 주었던 일을 회상하느라 눈을 반짝이며 대답했다.

"맞다. 쏘오프 부인을 만나고 나니 세상을 다 얻은 것 같더라. 얘야, 이 실크 장갑 괜찮지 않니? 로어 무도회장에 갈 때 처음 이 걸 꼈고 그 후로 무척 많이 사용했단다. 그날 저녁 생각나니?"

"그럼요! 아! 완벽하게 기억해요."

"아주 즐거웠다, 그치? 틸니 씨가 우리랑 차를 마셨는데 그렇게 만나서 참 좋았어. 그는 정말 서글서글하더구나. 네가 그 사람과 춤춘 것 같은데, 확실하진 않다만. 난 가장 아끼는 가운을 입고 있었지."

캐서린은 대답할 수 없었다. 다른 주제를 짤막하게 시도하다가 앨런 부인은 다시 이 말로 돌아갔다. "장군을 정말 봐 줄 수가 없어요! 그렇게 호감 가고 훌륭한 사람처럼 보였는데! 몰란드 부인, 살면서 그보다 더 교양 있는 사람은 못 봤을 거예요. 캐서린, 그가 묵은 곳은 그가 떠난 다음 날 바로 딴 손님을 받더구나. 당연하지. 밀썸 거리잖니."

집으로 걸어오는 길에 몰란드 부인은 가장 오랜 친구의 호의와 애정을 되새기면서 딸에게 앨런 부부처럼 변함없는 좋은 친구를 사귀는 행복과 틸니 남매처럼 얄팍하게 사귄 친구에게 당하는 무심하고 불친절한 취급을 잘 기억하라고 열심히 가르쳤다. 꽤 일리 있는 충고였다. 그러나 사람 마음은 일리가 있다고 다 움직이는 것은 아니다. 캐서린의 마음은 어머니가 권하는 거의 모든 태도와 충돌했다. 현재 그녀의 행복은 바로 이 얄팍하게 사귄 친구들에게 달려 있었다. 몰란드 부인이 자신의 표현이 온당하다며 거듭 확신하는 동안 캐서린은 말없이 이제 헨리가 노생거에 도착했을 거라는 생각에만 빠져 있었다. 그녀의 떠남에 대해 들었을 것이다. 이제 모두들 히어포드로 출발하리라.

15장

캐서린은 천성이 가만 앉아 있지 못하는 데다 부지런한 습관이 밴 사람도 아니었다. 지금까지 그게 얼마나 문제였는지 모르겠지만, 그녀의 어머니가 보기에 지금처럼 그 단점이 심각한 적이 없었다. 그녀는 가만 앉아 있지 못했고 뭐든 십 분도 집중하는 법이 없었고, 마치 시키지 않아도 할 수 있는 일은 그것밖에 없는 양 정원과 과수원을 왔다 갔다 반복할 뿐이었다. 응접실에 조금이라도 붙어 있느니 차라리 집 주변을 배회할 기세였다. 활력을 잃었다는 게 더 큰 변화였다. 헤매 다니며 빈둥거리는 거야 특기라면 특기였다. 그러나 침묵과 슬픔에 빠진 모습은 이전에 보여 줬던 모습의 정반대였다.

이틀 동안 몰란드 부인은 아무 눈치도 주지 않고 내버려 두었다. 삼 일째 밤이 지났는데도 쾌활한 모습으로 집안일을 돕거나 바느질에 관심을 두지 않자 부드럽게 타이르는 말 한마디를 내놓았다. "애야, 캐서린, 이제 다 컸구나. 불쌍한 리처드를 챙겨 줄 사람이 너밖에 없는데 그놈의 스카프가 언제 완성될지 모르겠다. 아직 바쓰에 정신을 팔고 있으니. 매사에 적절한 때가 있는 법이다. 무도회에 가고 연극 보러 갈 때가 있고 일할 때가 있단다. 실컷 놀았으니 이제는 집안일을 도우렴."

캐서린은 하던 일을 당장 집어 들고 풀 죽은 목소리로 대답했다. "바쓰에 정신 팔고 있는 거 아니라고요."

"그렇다면 틸니 장군 때문에 속 끓이는 모양인데 너도 참 단순하구나. 십중팔구 다시 만날 거다. 그런 사소한 일로 속 끓이지 마라." 잠시 멈춘 다음 이렇게 말했다. "캐서린, 우리 집이 노생거만큼 으리으리하지 않다고 해서 속상해하지 마라. 그렇다면 네 여행은 정말로 나빴던 것이란다. 사람은 어디에 머물든 만족할 줄 알아야 하는데, 특히나 집에 있을 때가 그렇다. 늘 사는 곳이잖니. 아침 식탁에서 노생거에서 먹었던 프랑스 빵 얘기를 들어 주긴 힘들구나."

"빵이 무슨 상관이라고. 뭘 먹든 상관없다고요."

"위층에 올라가 잡지를 뒤져 보면 유명한 친구 때문에 집을 버린 아가씨를 주제로 한 명석한 에세이가 실려 있을 거다. 『거울』*이야. 도움이 될 테니까 내가 언제 한번 찾아보마."

캐서린은 대꾸하지 않았고, 똑바로 처신하고 싶은 마음으로 바느질에 몰두했다. 그러나 몇 분이 지나자 자기도 모르게 다시 권태와 무기력으로 가라앉았고, 의자에 앉은 채 바늘을 움직이는 것보다 더 자주 몸을 비틀며 지겨움을 못 견뎌 했다. 몰란드 부인은 딸이 이렇게 주저앉는 모습을 지켜보았다. 딸의 멍하고 불만스러운 표정이야말로 자학한다는 증거였는데, 자학하느라고 쾌활함을 잃어버렸다는 생각이 들기 시작했고 그렇게 무시무시한 병을 다루는 데 머뭇거릴 시간이 없다는 초조함에 빠져서 아까 말한 그 책을 가지러 서둘러 방을 나섰다. 책을 찾는 데 시간이 좀 걸렸다. 그새 다른 집안일을 처리하느라 머뭇거리는 바람에 십오 분이 지나서야 큰 희망이 걸린 그 책을 들고 아래층으로 내려왔다. 그 일에 집중하느라 자신이 내는 소리 이외의 다른 소리를 못 들었고 몇 분 전에 손님이 왔다는 사실을 모른 채 방에 들어왔는데, 첫눈에 들어온 건 생전 처음 보는 젊은 청년이었다. 정중함을 담은 표정으로 자리에서 일어난 그를 딸이 부끄러워하며 "헨리 틸니 씨"라고 소개하자, 그는 진정으로 당황하며 찾아온 것을 사과하고 그간 일어난 일을 돌아보면 풀러튼에서 환영받기를 기대할 자격이 없다고 인정하고 또 몰란드 양이 집에 무사히 도착했는지 확인하고 싶어서 불쑥 찾아왔다고 설명했다. 그를 맞아 준 부인은 사심 있는 판관이나 분노에 찬 사람이 아니었다. 그나 그의 여동생을 그들 아버지의 잘못된 행동에 비추어 바라보기는커녕 언제나 남매를 향해 친절한 마음을 가졌던 사람처럼 그를 보자마자 즉시 기뻐하면서 꾸밈없는 선의를 담백하게 털어놓으며 그를 받아들였다. 딸에게 그렇게 관심을 가져 주어 고맙다고 인사하고 자식의 친구는 언제든지 환영이라고 말하면서 지난 일은 한마디도 하지 말라고 부탁했다.

그는 부탁대로 했다. 기대하지도 않았던 환대에 굉장히 안도한 마당에 지난 일을 꺼낼 수는 없었다. 조용히 자리로 돌아와서는 몰란드 부인이 꺼낸 날씨 얘기와 도로 얘기에 일일이 정중하게 대답했다. 캐서린은 불안하고 초조하고 행복하고 열에 들뜬 채 아무 말도 못했다. 그녀의 붉은 뺨과 반짝이는 눈을 본 부인은 그가 친히 찾아와 줬으니 딸의 마음이 조금은 풀렸을 거라 믿으며 앞으로 한 시간은『거울』제1권을 흔쾌히 밀쳐놓기로 했다.

몰란드 부인은 아버지를 대신해 찾아온 그의 처지가 진심으로 안쓰러웠고, 그를 격려하고 그와 대화를 나눌 몰란드 씨의 도움이 절실하다는 생각이 들어 바로 자식 하나를 시켜 몰란드 씨를 찾아오라고 했다. 그러나 몰란드 씨는 집에 없었고, 부인은 혼자 버티다가 십오 분이 지나자 할 말이 바닥났다. 잠깐의 침묵이 흐른 후 헨리는 부인을 만난 후 처음으로 캐서린을 돌아보며 갑자기 재빠르게 묻기를 앨런 부부도 풀러튼에 머물고 있느냐고 했다. 그녀가 한마디면 될 말을 허둥지둥 주워섬기자 그가 뜻을 알아듣고 즉시 그들에게 인사를 가겠다고 하더니, 점점 붉어지는 얼굴로 그녀에게 같이 가 줄 수 있느냐고 물었다. 세라가 "이쪽 창문에서 다 보여요"라고 끼어들자, 그는 알아들었다는 뜻으로 고개를 끄덕였고 어머니는 조용히 하라는 뜻으로 고개를 끄덕였다. 몰란드 부인은 그가 점잖은 이웃 친구에게 인사하고 싶다고 나섰지만 속으로는 아버지의 행동에 대해 뭔가 설명할 말이 있을지도 모르고 그렇다면 캐서린과 단둘이 대화하는 게 좋을 것 같아서 딸이 그를 따라나서는 걸 어떤 이유로든 말리지 않을 작정이었다. 두 사람이 걸어갔고, 그의 의도에 대한 몰란드 부인의 짐작은 완전히 틀리진 않았다. 아버지 얘기가 나오긴 했으니까. 그러나 그의 첫 번째 목적은 자신을 설명하는 것이었고, 앨런 씨의 마당에 도착하기 전에 워낙 유창하게 잘 설명해 버리는 바람에 캐서린은 그런 말에는 영원히 싫증나지 않을 것만 같았다. 그의 애정을 확신했다. 그녀도 애정을 보여 줘야겠는데, 이미 다 보여 줬다는 게 두 사람의 일치된 생각이기도 했다. 지금 헨리는 진정으로 그녀를 사랑하고 그녀의 모든 미덕을 좋아하고 그녀의 가족을 진심으로 사랑하지만, 나는 그의 애정이 다름 아닌 고마움에서 싹텄다는 것, 또는 다른 말로 그녀가 자신을 좋아해 주니까 그 이유만으로 그녀를 진지하게 생각하게 됐다는 사실을 말하고 싶다. 이것이 로맨스 소설에서 새롭다면 새로운 부분인데,* 이 때문에 여주인공의 위엄이 끔찍하게 훼손되는 건 인정한다. 하지만 보통의 삶에서는 이렇게 새로운 이야기가 없을지도 모르니까 과감한 상상력을 발휘한 공은 어쨌든 고스란히 내 몫이다.

앨런 부인을 방문하는 짧은 시간 동안 헨리는 앞뒤도 안 맞는 얘기를 두서없이 던졌고 캐서린은 말할 수 없는 행복감에 겨워 거의 입도 떼지 못하더니, 그 후 황홀한 둘만의 시간을 가졌다. 대화가 끝나기 전에 그녀는 그가 어느 정도로 부모의 허락을 받고 왔는지 알게 되었다. 이틀 전 그가 우드스턴에서 돌아오는 길에 자기를 기다리지 못하고 집 근처로 마중 나와 있는 아버지를 만났는데, 아버지는 몰란드 양이 떠났으니 더 이상 생각하지 말라고 분노에 차서 명령했다.

그는 그 정도의 허락을 받고 청혼하러 온 것이었다. 캐서린은 그의 설명을 들으며 앞으로 벌어질 일에 대한 공포에 사로잡혀 경악했지만, 헨리가 이 소식을 전하기 전에 서로의 마음을 확인해 버렸으니 이제 와서 양심 운운하며 그를 거절할 필요가 없도록 신중하게 처신해 줘서 그게 기쁘다고나 할까. 그가 세부적인 얘기를 꺼내면서 아버지가 그렇게 행동한 동기를 설명하자 그녀의 감정은 곧 승리감으로 굳어졌다. 장군은 그녀를 비난할 게 하나도, 트집 잡을 게 하나도 없었는데도, 그녀를 본의 아니게 무의식적으로 어떤 거짓말, 그의 자존심이 용서할 수 없는 거짓말에 연루된 존재로 여겼다. 더 나은 자존심을 가진 사람이라면 차마 부끄러워서 말할 수 없는 그런 거짓말이지만. 그녀의 죄는 오로지 그녀가 그가 기대했던 것만큼 부자가 아니라는 데에 있었다. 그녀의 재산을 오해하고 바쓰에서부터 그녀와 친분을 쌓으려 했고 노생거에서 친해지려고 했으며 그녀를 며느리로 맞을 계획이었다. 오해였음을 깨닫자 그녀에 대한 분노와 그녀의 가족에 대한 혐오가 적절치 않다는 걸 알면서도 그녀를 내쫓을 수밖에 없었다.

처음부터 오해를 부추긴 건 존 쏘오프였다. 장군은 어느 날 저녁 아들이 극장에서 몰란드 양에게 상당히 관심을 가지는 걸 보고 우연히 쏘오프에게 그녀의 이름 이상으로 아는 게 있는지 물었다. 쏘오프는 틸니 장군 정도 되는 사람이 말을 걸어 주자 우쭐해져서 신나게 떠들었다. 그는 몰란드와 이자벨라가 오늘내일이면 약혼할 거라고 기대했을 뿐만 아니라 자기도 캐서린과 결혼하려고 꽤나 마음을 먹고 있던 상태였기 때문에 캐서린의 집안을 자신의 허영과 탐욕이 부추긴 기대치보다도 더 부유하게 묘사해 버렸다. 그는 자신의 지위가 높기 때문에 자신과 함께 있는, 자신과 인연을 맺을 것 같은 사람은 누구라도 지위가 높아야 하며 또 친분이 쌓여 친해질수록 그 사람의 재산이 정기적으로 증가해야 마땅하다고 생각했다. 그러니 친구 몰란드에 대한 기대가 애당초 부풀려져 있었고 그를 이자벨라에게 소개한 후로 점점 커졌을 수밖에. 말할 때 우쭐한 기분을 느끼고 싶어서 배나 부풀려 얘기하고 몰란드 씨의 성직에 딸린 재산을 멋대로 배로 올려 생각하고 그의 개인 재산을 세 배나 부풀리고 부유한 숙모도 있다고 하고 자녀의 수는 절반으로 깎아 말하면서 그 집안 전체가 장군의 눈에 대단해 보이도록 떠벌렸다. 각별히 장군의 호기심의 대상이자 자신의 관심 대상인 캐서린에 대해서는 내세울 걸 더 만들었는데, 앨런 씨의 장원에다가 그녀의 아버지가 물려줄 만 파운드 내지는 만오천 파운드가 더해질 거라고 했다. 앨런 씨와 친밀하니까 한몫 물려받을 거라고 그는 진지하게 믿었다. 그녀를 거의 공인된 풀러튼의 상속녀라고 말해 버린 건 자연스런 귀결이었다. 장군은 바로 이런 정보에서 출발했다. 그것의 권위를 추호도 의심하지 않았다. 쏘오프가 자신의 여동생이 그 집안 아들과 곧 결혼하고 또 자기도 나름의 계획이 있다고 나오는데(그것에 대해서도 거의 똑같이 숨김없이 떠벌렸다.) 그 집안 사정을 훤히 꿰는 것만으로도 그가 하는 말의 진실이 충분히 보장되는 것 같았다. 게다가 앨런 부부가 부유하고 자식이 없다는 분명한 사실, 몰란드 양이 그들의 후원을 받는다는 사실, 그리고 가까이서 직접 판단하건대 이 부부가 그녀를 부모인 양 살뜰하게 돌본다는 사실이 보태졌다. 그렇게 결심이 섰던 것이다. 아들의 표정에서도 몰란드 양에 대한 호감을 진즉에 알아챘다. 그러니 쏘오프에게 정보를 줘서 고맙다고 인사치레를 하자마자 그가 떠벌린 애정과 가장 소중한 희망을 망치는 데 노고를 아끼지 않기로 결심했다. 캐서린은 이 모든 것을 하나도 모르고 있었고 장군의 자녀들도 마찬가지였다. 헨리와 엘레노어는 그녀가 아버지의 각별한 관심을 받을 만한 이유가 무엇인지 모른 채 그저 아버지가 갑작스럽게 시작해서 지속적으로 보여 주는 관심에 놀랐다. 최근에 그녀를 잡기 위해서 할 수 있는 모든 것을 하라고 거의 명령을 내리는 등, 몇 가지 힌트가 있어서 헨리는 아버지가 이 결합을 유리한 혼사로 여긴다고 확신했지만, 마지막으로 노생거에서 모든 설명을 들을 때까지는 아버지가 잘못된 계산에 빠져 있는 줄은 꿈에도 몰랐다. 정보가 모두 거짓이었다는 것을 장군은 처음에 정보를 알려 준 바로 그 사람, 쏘오프로부터 들었다. 런던에서 우연히 만난 쏘오프는 처음과 정확하게 반대되는 감정에 싸여 있었는데, 캐서린의 청혼 거절에 기분이 나쁜데다 최근 몰란드와 이자벨라를 화해시키려고 애썼다가 실패하자 더 기분이 나빠져서 그 둘이 영원히 갈라섰다고 믿고서 쓸모없어진 우정쯤이야 치워 버린 채 예전에 몰란드 집안에 대해 좋게 말했던 모든 것을 반대로 뒤집어 토해 냈다. 집안 형편과 가족에 대해서 완전히 잘못 알았고 친구의 허풍에 속아 넘어가 그의 아버지가 현금과 신용이 많은 줄 알았는데 이삼 주 동안 오가는 얘기를 들어 보니 현금도 신용도 없더라고 털어놓았다. 두 집안의 혼담이 처음 나왔을 때 세상에서 가장 관대한 혼수라도 해 줄 듯 나서더니 말로 먹고사는 사람의 약삭빠름이 드러날 때가 되자 결혼할 자식에게 그럭저럭 살림을 차리도록 떼 주는 것조차 못할 형편임을 인정하더라는 것이다. 사실상 가난한 집안이다, 그렇게 바글바글한 집도 드물다, 최근에 특별히 더 알아보니 결코 동네에서 존경받는 집안이 아니다, 그들의 재산으로 누릴 수 없는 생활 수준에 욕심을 낸다, 부자와 결혼해서 한몫 보려 한다, 건방지고 허풍스럽고 꿍꿍이가 많은 족속이다, 등등.

깜짝 놀란 장군은 앨런의 이름을 읊조리며 어떻게 된 거냐고 묻는 표정을 지었다. 쏘오프는 그것도 알아보니 아니더라고 했다. 앨런 부부는 그저 오랜 이웃이고, 풀러튼 장원이 양도될 젊은이는 따로 있다는 것이다. 장군은 더 들을 필요가 없었다. 자신을 제외한 세상 모든 사람들에게 분노하면서 다음 날 사원으로 돌아왔다. 어떻게든 혼사를 성사시켜 보려고 실컷 애쓰고 있었던 그곳으로 말이다.

헨리가 지금 이 순간 이 모든 얘기를 캐서린에게 얼마나 털어놓을 수 있는지, 아버지로부터 얼마나 들었는지, 어떤 점에서 그의 추측이 맞았는지, 어떤 대목이 제임스의 편지가 도착해야 밝혀질 수 있는지 등을 독자가 현명하게 결정하도록 남겨 둔다. 나는 그들이 각자 쪼개어 아는 부분을 다 붙여서 하나로 엮어 놓았다. 어쨌든 캐서린으로서는 들을 만큼 듣고 나니 틸니 장군이 아내를 죽였거나 감금했으리라고 의심했던 게 딱히 잘못이 아니며 그의 잔인성을 과장한 것도 아니지 않나 싶었다.

아버지 얘기를 털어놓는 헨리는 모든 것을 파악했을 때만큼이나 안쓰러워 보였다. 드러날 수밖에 없는 아버지의 용렬함에 얼굴을 붉혔다. 노생거에서 아버지와 마지막으로 대면했을 때처럼 껄끄러웠던 적이 없었다. 캐서린이 어떤 대접을 받았는지를 듣고 나서, 아버지의 입장을 이해하라는, 나아가 거기에 동조하라는 명령까지 받으니 분노가 치밀었다. 일상의 모든 면에서 집안의 법을 집행하는 데 익숙한 장군, 주저하는 느낌까지는 어쩔 수 없더라도 그것을 담은 말이 나오거나 자신의 뜻을 거스르는 어떤 욕망이 표현되는 상황 자체를 조금도 견디지 못하는 장군은 이성의 허락과 양심의 명령에 따라 굳건하게 버티는 아들을 도저히 참을 수 없었다. 그의 분노가 헨리를 경악하게 했지만 위협할 수 없었던 것은 헨리가 자신의 목적에 흔들림이 없었고 그것이 옳다고 믿고 있었기 때문이었다. 헨리는 이것이 몰란드 양에 대한 사랑만큼이나 명예가 걸린 문제임을 직감했고, 그가 얻으려고 하는 그녀의 마음이 정말 자기 것이라고 믿고 있었기 때문에 아버지가 지금껏 보여 줬던 암묵적인 동의를 비겁하게 철회하고 말도 안 되는 분노에 휩싸여 과거를 뒤집으려는 걸 보면서도 신의가 흔들리지 않았고 신의에서 나온 결단을 밀고 나갈 수 있었다.

그는 캐서린을 쫓아낼 명분으로 만들어 낸 약속인 히어포드 방문에 동행하지 않으려고 끈질기게 버텼고, 그녀에게 청혼하려는 의도를 똑같이 끈질기게 선언했다. 장군은 불같이 화를 냈고 그들은 험악하게 다투면서 헤어졌다. 헨리는 길고 고독한 시간을 보내야 진정될 것 같은 어지러운 마음을 안고 즉시 우드스턴으로 돌아갔다. 그리고 다음 날 오후에 풀러튼으로 출발했던 것이다.

16장

　몰란드 부부는 틸니 씨가 딸에게 청혼하고 허락해 줄 것을 요청하자 몇 분 동안 꽤 놀랐다. 그들은 어느 쪽이든 사랑에 빠졌을 거라고는 한 번도 의심해 보지 않았기 때문이다. 그러나 결국 캐서린이 사랑받는다는데 그것보다 더 당연한 일이 어디 있겠는가 싶어서 곧 뿌듯한 자존심에 행복해하며 조금도 반대하지 않았다. 그의 산뜻한 매너와 됨됨이는 있는 그대로 나무랄 데가 없었다. 그에 대해 나쁜 얘기는 들은 바 없으니, 지레짐작해서 나쁜 얘기가 돌 거라고 여기지도 않았다. 경험은 없어도 선의가 있는 사람이고 성격은 검증할 필요도 없었다. "캐서린은 진짜로 한심하고 산만한 살림꾼이 될 텐데." 어머니는 불길하게 덧붙였다. 연습하면 괜찮을 거라는 위로가 금방 따라 나왔지만.

　간단하게 말하자면, 단 하나의 문제만 남았다. 그게 해결되기 전에는 약혼을 허락하는 게 불가능했다. 부모로서 온화하면서도 원칙은 확실한 사람들이라, 그의 아버지가 혼사를 대놓고 반대한

다는데 나서서 약혼을 부추길 수는 없었다. 장군이 혼사에 두 팔 걷어붙이고 나서거나 또는 정말로 진심으로 인정해야 한다며 휘황찬란하게 조건을 내걸고 기다려 줄 만큼 세련된 부모는 아니었다. 장군이 그럭저럭 동의하는 모습을 보여 주길 바랐고, 일단 그 정도로만 나와 주면 길게 반대하지 않을 거라 믿고 이쪽에서 바로 승낙할 참이었다. 장군이 동의해 주기를 바랄 뿐이었다. 받기로 정해진 몫 이상의 재산은 바라지도 않았다. 결혼 약정에 따라 그의 아들은 결국 상당한 재산을 확보할 것이다. 그의 현재 소득으로도 경제적 독립과 안락함을 유지하기 때문에, 경제적인 관점에서는 아무리 뜯어 봐도 딸의 형편에 감지덕지인 혼사였다.

젊은 연인들은 이런 결정에 놀라지 않았다. 아쉬움을 느꼈지만 원망할 건 없었다. 두 사람은 거의 불가능하다고 생각하면서도 장군에게 그런 변화가 신속하게 일어나 둘만의 특별한 사랑으로 충만하게 합쳐지기를 애써 희망하면서 헤어졌다. 헨리는 현재 유일한 집인 목사관으로 돌아가 농장을 가꾸고 그녀를 챙기는 간절한 마음으로 집을 이리저리 단장했다. 캐서린은 풀러튼에 남아 울었다. 이별의 고통을 은밀한 편지 왕래로 달랬는지는 묻지 말자.* 몰랜드 부부도 묻지 않았다. 딸을 단속하기에는 너무 착한 부모였다. 캐서린은 종종 편지를 받았지만 그때마다 부모는 딴청을 피우며 모른 척했다.

헨리와 캐서린, 그리고 두 사람을 아끼는 주변 사람들이 최종 결과를 기다리며 걱정을 쏟아 놓은들, 모든 것을 숨기지 않고 압축해 놓은 이 책을 앞에 펴 놓은 채 우리 모두 완벽한 행복을 향해 달려가고 있음을 예감하는 내 독자들에게 그게 와 닿을 리가 없다. 그들의 이른 결혼을 성사시킨 수단이 무엇인지 그것만 궁금할 따름이다. 도대체 어떤 상황이 발생하여 장군의 마음을 움직였단 말인가? 여름에 장군의 딸이 재산이 많고 명망 있는 남자와 결혼하는 바람에 그 효과를 톡톡히 본 것인데, 장군은 가문의 영광에 엄청 기분이 좋아져서 엘레노어가 헨리를 용서해 달라고 부탁하자 그만 "하고 싶은 대로 하라지!"라고 허락해 버린 것이다.

엘레노어 틸니가 헨리의 가출로 빚어진 노생거의 모든 난리를 피해 결혼에 성공하고 그녀가 선택한 집과 남자에게로 떠난 것은 내 생각에는 그녀를 아는 모든 사람들이 기뻐할 일이다. 난 정말로 기쁘다. 순정한 미덕을 갖춘 그녀보다 더 행복을 누릴 자격이 있는 사람, 일상적으로 고통받아 온 그녀보다 더 행복을 누릴 준비가 된 사람은 없다. 그녀가 이 신사를 좋아한 것은 최근의 일이 아니었다. 그녀에게 청혼하기에 그의 처지가 열등하여 오래 미뤄 온 것이었다. 갑작스럽게 작위와 재산을 물려받아 모든 문제가 해결되었다. 장군은 부자와 결혼한 딸을 "여사님!"으로 부를 수 있게 되자 딸이 곁에서 참아 가면서 수발을 들어준 지난 세월 동안 느끼지 못했던 사랑을 그 어느 때보다 더 많이 느꼈다. 그녀의 남편은 그녀를 얻을 만한 사람이었다. 귀족 신분과 재산과 그녀에 대한 사랑이 아니어도, 사람 자체가 이 세상에 둘도 없는 참한 젊은이였다. 그의 미덕을 더 말할 필요가 없다. 그저 세상에서 가장 참한 젊은이를 당장 우리 모두의 상상 속에 그려 보는 것으로 충분하다. 이 사람에 대해서 단 하나만 덧붙이자면, (글쓰기 법칙에 따라 내 이야기에 관련 없는 인물을 끌고 들어오면 안 된다고 하니까 말인데) 이 신사가 바로 노생거에 오래 머문 다음 떠날 때 그의 게으른 하인이 세탁물 영수증 묶음을 놓고 가는 바람에 내 여주인공을 무시무시한 모험에 빠트린 장본인이다.

자작과 자작 부인*은 헨리를 위해 영향력을 행사했는데, 몰란드 씨의 형편을 정확하게 파악하고는 장군이 들을 준비가 되었을 때를 기다려 똑바로 얘기해 주었다. 장군은 쏘오프가 맨 처음에 가족의 재산을 부풀려 허풍을 떤 것보다 나중에 악의적으로 말을 뒤집어 깎아내린 것에 훨씬 더 속아 넘어갔음을 깨달았다. 그들이 가난하네 마네 하는 건 도무지 말이 안 됐고, 캐서린은 3천 파운드나 물려받을 예정이었다. 그렇다면 기대가 상당히 수정되고 추락했던 자존심도 엄청나게 회복되는 셈이었다. 풀러튼 장원의 운명 또한 현재 소유주의 의사에 전적으로 달려 있기 때문에 온갖 탐욕스러운 추측이 난무하는 중이라는 정보를 개인적으로 어찌어찌 애써서 알아낸 효과도 없다고는 할 수 없고.

덕분에 장군은 엘레노어가 결혼한 후 아들을 노생거로 불러 몰란드 씨에게 아주 예의를 차린 말투로 공허한 고백을 한 장 가득 쏟아 놓은 편지를 주며 자신의 동의를 전달하게 했다. 편지가 허락한 대로 모든 일이 진행되었다. 헨리와 캐서린은 결혼했고, 교회 종이 울렸고, 모두가 웃었다. 그들이 만난 첫째 날로부터 일 년도 안 되어 결혼하게 되어서 그런지, 장군의 잔인함 때문에 끔찍하게 지연된 끝에 이루어졌는데도 그들은 정말로 상처받은 것 같지 않았다. 스물여섯과 열여덟의 나이에 완벽한 행복을 시작하는 것은 꽤 잘한 일이다. 더구나 장군의 부당한 방해가 그들의 행복을 진짜로 해치지 못하고 서로에 대해 잘 알게 하고 애정을 더 강하게 만들어 줌으로써 어쩌면 차라리 그들의 행복에 기여했다는 확신이 드니까 말인데, 누구든지 관심 있는 사람이 나서서 이 소설의 분위기가 온통 부모의 독재를 권하는 건지 아니면 자식의 반항을 보상해 주는 건지 결정해 주시라.

11 **리처드라는 이름이 무색하게도** 오스틴이 남긴 글에서 영국 왕이었
던 리처드 3세가 몇 번 등장하는데, 그 맥락이 다소 짓궂게 놀리는
것에 가깝다. 따라서 이 대목에서도 오스틴이 여주인공의 아버지
가 이름은 거창하지만 대단한 사람은 아니라고 말하는 것으로 해
석할 수 있다.

딸들을~사람이었다 18세기 후반 영국의 대중문학 독서 시장을
독점하다시피 한 장르는 고딕소설이다. 원래 '고딕(gothic)'이라
는 단어는 고트족(Goth)을 가리키는 단어였고, 중세시대 교회 건
축물의 특징을 의미하는 뜻으로 쓰였다. 1763년 호레이스 월폴
(Horace Walpole)의 소설 『오트란토 성: 고딕이야기(*The Castle of
Otranto: A Gothic Story*)』를 시작으로 고딕소설의 대유행이 일
어났다. 기본적으로 폭력적인 아버지와 고통받는 딸의 관계를
주제로 삼고 성, 사원, 대저택을 공간적 배경으로 삼는다. 오스틴
은 이 소설을 일종의 반(反)고딕소설로 기획했고, 전반적으로 고
딕소설의 관습을 풍자하고 해체한다.

14~15 **포프를 읽고~웃음 짓는** 포프, 그레이, 톰슨은 18세기의 대표적인 영
국 시인 알렉산더 포프(Alexander Pope), 토머스 그레이(Thomas

Gray), 제임스 톰슨(James Thompson)을 가리킨다. 셰익스피어는 물론이고, 유명한 시인들의 유명한 시 구절을 모아서 편집한 숙녀 용 교양서가 필독서로 통용되었다.

15 **소네트**   전통적인 정형시이다. 여기서는 숙녀가 쌓아야 할 이른바 '교양'의 목록에 속하는 것으로 언급된다.

남작   영국의 귀족 서열은 공작, 후작, 백작, 자작, 남작 순이므로, 남작은 말단 귀족이다.

16 **몰런드 가족이∼진단을 받았다**   윌셔(Wiltshire)는 런던의 남서쪽에 있는 행정구역으로 (뒤에 나오겠지만) 솔즈베리가 그 중심 도시이 다. 풀러튼은 가공의 지명이다. 바쓰(Bath)는 윌셔의 서쪽에 있는 번화한 휴양도시로, 온천이 유명하다.

17 **매너**   단순히 예의범절을 뜻하는 것을 넘어 몸가짐, 행실, 처신 등 을 포괄적으로 의미한다. 오스틴 소설에서 핵심적으로 중요한 단 어라는 점을 고려하여 번역하지 않고 그대로 쓰기로 한다.

18 **보통 점잖은∼아가씨가 있을까?**   갑자기 귀족 혈통이 밝혀진다든가 유산을 상속받는다든가 하여 이름을 바꾸는 것이 당시 소설에 종 종 등장했는데, 주인공의 신분 상승을 의미하는 장치였다.

기니   파운드화가 정착되기 전의 금화로서 1파운드를 조금 웃도는 액수에 해당한다. 캐서린의 아버지는 직접 현금을 주는 것이 아니 라 바쓰에 간 다음 은행에서 찾아 쓸 수 있도록 수표를 써서 준 것 이다.

19 **여관**   숙박뿐 아니라 여행 중에 식사와 휴식을 제공하는 곳이다.

20 **어퍼 무도회장**   뒤에 나올 로어 무도회장과 함께 바쓰에 실재했던 대표적인 사교장이다. 어퍼 무도회장은 새로 생긴 번화가에 지은 건물이고 로어 무도회장은 바쓰의 유서 깊은 구역에 남아 있는 건 물이다. '어퍼(upper)'와 '로어(lower)'라는 이름은 바쓰에서 무도 회장이 위치한 장소, 즉 북쪽과 남쪽을 뜻하는 동시에 신구를 표현 한다. 관행에 따라 요일별로 따로 문을 열었다.

철이 철인지라 소설 속의 여러 정황을 종합할 때 이 시점은 2월 초반 정도로 보이는데, 겨울을 휴양하며 보낸 사람들과 이른 봄 관광객이 섞여 한창 분위기가 고조된 시점이다. 바쓰는 당시 인구 3만 명이 넘는 영국의 10대 도시 중 하나였고, 성수기에는 8천 명 정도가 몰려들었다고 한다.

22   **가운** 드레스 위에 겹쳐 입는 것이다.

     모슬린 인도에서 수입된 얇은 염색 면이다.

25   **오전** 아침 식사 후 오후 4시부터 시작되는 저녁 식사 전까지의 낮 시간 전체를 의미한다. 보통 하루 일과를 오전과 저녁으로 나눈다.

     광천수 사교장 바쓰를 비롯해 관광지에 마련된 실내 사교장으로 물맛을 볼 뿐만 아니라 악단의 연주를 들으면서 사람들과 인사를 나누는 곳이다.

29   **야드당 9실링** 1야드는 36인치, 즉 91센티미터 정도 된다. 실링은 화폐 단위로서, 20실링이 1파운드였다.

30   **8마일** 13킬로미터가 못 되는 거리이다.

31   **그들은~춤췄다** 무도회에서 짝이 되면 두 번 연달아 춤추는 것이 관행이지만, 언제나 엄격하게 지켜지는 것은 아니었다.

     어느 유명한 작가가 유명한 소설가 사무엘 리처드슨(Samuel Richardson)이 쓴 산문에 나오는 구절이다. 오스틴이 직접 각주를 붙여 출처를 밝혔다.

     글로스터셔 중서부의 부유한 농업 지역이다.

33   **머천트 테일러** 16세기 런던의 상인 조합에서 설립한 학교로서, 형편이 넉넉하지 못한 중산층 자제에게 옥스퍼드 대학교에서 수학할 기회를 획득할 수 있는 발판이 되었다.

     팰리스 레이스 고급 옷감을 가리킨다.

34   **이자벨라** 대표적인 고딕소설인 『오트란토 성: 고딕 이야기』의 두 여주인공 중 한 명이 이자벨라이다.

35   **턴브리지** 런던의 동쪽에 있는 광천수로 유명한 도시로, 여기서는

바쓰와 쌍벽을 이루는 사교계를 뜻한다.

36 **안 그러면~들어야 한다** 종종 곁가지 얘기에 빠져들면서 중심 주제를 한참 벗어나는 소설에 대한 풍자가 담겨 있다.

변호사 현대적인 의미의 전문직 변호사가 아니라 법률 관련 업무를 도와주는 대리인 정도를 의미한다.

37 **크레센트** 원래 '초승달 모양'을 뜻하는 보통명사인데, 초승달 모양의 긴 곡선을 그리며 지어진 건물의 이름으로 쓰였다. 건축가 존 우드가 1774년에 완성한 건물로, 바쓰를 상징하는 관광 명소로 현재까지도 명성이 자자하다.

40 **영국의 역사** 올리버 골드스미스(Oliver Goldsmith)가 1771년 발표한 4권짜리 역사책이다.

밀튼과~찬양하는데 18세기 후반 한때 저작권법이 느슨하던 시기에 유명한 명작을 발췌한 편집본이 크게 유행했다. 존 밀튼(John Milton), 알렉산더 포프(Alexander Pope), 매슈 프라이어(James Prior), 로런스 스턴(Laurence Sterne)은 대표적인 문인들이다. 『스펙테이터』는 1711년부터 발행된 문예 신문으로, 실린 글이 널리 그리고 오랫동안 읽히며 회자되었다.

그냥~책이에요 『세실리아(*Cecilia*)』와 『까밀라(*Camilla*)』는 각각 1782년과 1795년에 나온 프란시스 버니(Frances Burney)의 소설이고, 『벨린다(*Belinda*)』는 1801년에 나온 마리아 에지워스(Maria Edgeworth)의 소설이다.

43 **유돌포** 앤 래드클리프(Ann Radcliffe)가 1794년에 발표한 고딕소설로 원래 제목은 『유돌포의 비밀(*The Mysteries of Udolpho*)』이다. 고딕 열풍의 정점을 찍으며 숱한 아류를 생산해 낸 기념비적인 작품이다.

로렌티나 등장인물의 이름은 로렌티니이다. 캐서린이 잘못 기억하고 있다.

이탈리안 앤 래드클리프의 또 다른 고딕소설이다.

45 찰스 그랜디스 경 1754년에 발표된 사무엘 리처드슨의 소설로, 고딕소설과 아주 다른 유형이다. 제인 오스틴이 특별히 좋아했던 작품으로 알려져 있다.

47 에드가 빌딩 아홉 채가 붙어 있는 화려한 건물로, 아래층은 가게이고 위층은 주거 공간이다. 쏘오프 가족이 머물고 있는 곳이다.

50 테트베리 옥스퍼드와 바쓰를 연결하는 중간 지점에 있다.

이때 하인이 쏘오프는 자신의 마차를 직접 다루는 것으로 나오는데, 여기서는 바쓰로 오는 길에 쉬었던 여관에서 하인이 동승하여 임시로 마차를 관리해 준 듯하다.

51 크라이스트 처치 옥스퍼드 대학교를 이루는 대학 중 하나를 가리킨다.

52 오리엘 옥스퍼드 대학교를 이루는 대학 중 하나를 가리킨다.

54 수도사를~읽을 만한 게 없어요 『톰 존스(*Tom Jones*)』는 1749년에 나온 헨리 필딩(Henry Fielding)의 소설로 주인공이 신분을 회복하고 결혼에 이르기까지 다양한 성적 모험을 경험하는 줄거리를 갖고 있다. 『수도사(*The Monk*)』는 1796년에 나온 매슈 루이스(Matthew Lewis)의 소설로 악령에 사로잡힌 수도사가 살인과 근친상간 등의 범죄를 저지른 후 고통 속에 죽음을 맞이하는 내용을 담고 있다. 여기서 섹스가 공공연히 다뤄진 소설을 아무렇지도 않게 언급하는 쏘오프의 취향이 단적으로 드러난다.

그 작자 프란시스 버어니를 말한다.

늙은 남자가~없다니까요 『까밀라』의 줄거리를 쏘오프가 지나치게 희화해서 거칠게 요약하고 있다.

59 30야드 3미터가 못 되는 거리이므로 바로 눈앞이다.

60 캐서린은~쓰러지는 대신 18세기 소설에서 여주인공이 종종 충격을 받아 기절하거나 병드는 것을 풍자적으로 언급하고 있다.

62 두 아가씨가~관대함을 베풀었다 춤이 진행되는 중에 한 쌍을 추가로 대형에 포함시키는 것은 무도회의 관례에 맞지 않는 일인데, 여

기서 캐서린이 기꺼이 틸니 양과 그녀의 짝을 맞이해 준다.

68 **망할 마차꾼** 마차가 없는 제임스가 마차를 빌리는 데 시간이 걸렸다는 뜻이다. 쏘오프의 거친 언어가 잘 드러난다.

클래브튼 공원에 앞서 나온 얘기는 랜즈다운 힐까지 가자는 것이었는데, 클래브튼 공원에 가자고 한다. 쏘오프 남매의 즉흥적이고 일방적인 면모를 보여 준다.

71 **4파인트** 2리터가 조금 못 되는 양이다.

80 **물 한 잔** 광천수를 마시는 것은 일종의 치료 요법이다.

81 **코티용** 프랑스에서 들어온 농부의 춤으로, 여성이 치마를 들어 올리면서 춘다.

89 **장군** 귀족 계급은 아니지만 상류 계층에 속한다. 특히 전쟁에서 공을 쌓은 경우에는 상당한 부와 명예와 인맥을 누린다. 틸니 장군의 경우 무공이 있는지는 불확실하게 그려진다.

92 **불쌍한 세인트 우빈이~날씨였는데** 캐서린이 또다시 소설 내용을 잘못 기억하고 있다. 여주인공의 아버지는 세인트 우빈(St. Aubin)이 아니라 세인트 우버(St. Aubert)이며, 날씨가 좋게 그려진 것도 아니다.

94 **영국에서 가장 오래된 성** 블레이즈 성은 브리스톨에 기반을 둔 부자 상인이 1766년 고딕 성을 흉내 내어 만든 건물에 불과하다.

96 **윅 락스** 바쓰와 브리스톨 사이에 있는 관광지이다.

98 **8마일은 더 남았어** 7마일은 11킬로미터가 좀 넘는 거리이고, 8마일은 13킬로미터가 못 된다.

107~108 베드포드 런던 극장가의 유명한 커피숍을 가리킨다.

116 **십오 분 동안** 보통 방문해서 머무는 시간이 십오 분을 넘지 않는 것이 관례이다.

122 **존슨이니 블레어니** 사무엘 존슨(Samuel Johnson)은 최초로 영어 사전을 편찬한 작가이고, 휴 블레어(Hugh Blair)는 수사학 교수로 글쓰기 교본을 저술했다.

124   **아마도 카락타쿠스~읽을 거예요**   카락타쿠스, 아그리콜라, 알프레
드 대제는 영국 역사와 관련이 깊은 실제 인물들이고, 흄과 로버트
슨은 역사책을 썼다.

126   **자매 작가**   『까밀라』의 작가 프란시스 버어니를 지칭한다.
픽처레스크   1793년 윌리엄 길핀(William Gilpin)이 펴낸 책에서
주창하여 크게 유행한 개념으로, 시각적인 아름다움과 쾌락을 주
는 풍경과 구도를 다룬다.

127   **인클로저~운운하며**   18세기 후반 국가적으로 토지 소유권을 정
비하고 근대화하는 과정에서 농토를 잃은 가난한 농민들이 도시로
몰려들었던 역사를 떠올리게 한다.

128   **런던에서 벌어질~상상한 거예요**   이 대목은 1780년에 런던 남부
의 세인트 조지 광장에서 일어났던 고든 폭동(Gordon Riots)의 기
억과 여운을 언급한다. 가톨릭에 반대하는 정서가 폭발한 것인데,
대규모 군대가 진압군으로 투입되었다. 400여 명이 학살되거나
처형되는 것으로 막을 내렸다. 은행 습격이라든가 당시 군 시설이
었던 런던탑이 위험에 빠진 것은 역사적 사실에 부합하는 내용이
지만, 틸니 대령이 속한 열두 번째 드래군 부대는 당시 진압군이
아니었다.

130   **벨라**   이자벨라의 애칭이다.

136   **리치먼드**   런던 근교에서 가장 부유한 지역으로 귀족들의 별장지
로 유명하다.

137   **여덟 마디**   당대 문법 교과서에서 동사, 부사, 명사, 대명사, 형용사,
전치사, 접속사, 감탄사로 여덟 가지 기능을 분류했다.

139   **새 이름이 새겨진 마차표**   결혼하는 순간부터 남편의 성을 가지게
되는데, 신혼여행 마차를 타면서 새 이름이 호명되는 것을 일종의
의식으로 여겼다.

152   **몰란드 씨가~마련해 주겠다고 했다**   소설의 첫 장에서 나왔다시피
몰란드 씨는 두 개의 목사 자리를 보유하고 있다. 그중 하나를 물려

주는 것이므로 수입에서 많은 부분을 포기하는 셈이다. 제임스 몰란드는 현재 옥스퍼드에서 수학 중인데, 공부를 마저 마치고 성직 임명을 받는 절차를 마치는 데 이 년 반이 소요된다. 당대 관행으로 보나, 오스틴의 다른 소설에 나타난 사례를 보나, 제임스는 스물다섯 살에 결혼할 예정으로 보인다.

157 **노생거 사원** 노생거는 만들어 낸 이름이다. 영어 단어 'Northanger' 는 뒤에 나오는 지형 설명으로 볼 때 북쪽을 뜻하는 'north'와 절벽을 뜻하는 'hanger'가 결합된 것으로 보인다. 사원은 'abbey'를 번역한 것인데, 원래 중세 가톨릭 수도원을 가리킨다. 18세기부터 상류층의 저택으로 많이 쓰였는데, 공공 종교 시설의 기능은 사라졌고 가족 예배당을 부속 시설로 가지고 있다.

159 **종교개혁기에~들어갔는지** 틸니 가문이 노생거 사원을 소유하게 된 과정을 추측하는 대목이다. 영국 종교개혁기에 가톨릭 종교 시설이 국고로 환수되었다가 부자들에게 팔려 나갔다.

163 **로맨스 작가들이~뭐라고 해도** 로맨스는 넓은 의미로 소설을 통칭하기도 하는데, 여기서는 미덕이 넘치는 여주인공이 시련을 극복하고 결혼하는 과정을 주로 그리는 이른바 '감상소설'을 뜻한다.

177 **20마일** 30킬로미터가 조금 넘는 거리다.

178~179 얼마나 겁에 질려~놀라는 거죠 도로시라는 하녀의 이름은 『유돌포의 비밀』에서 따온 것이다. 이 대목에서 헨리가 꾸며서 들려주는 이야기는 『유돌포』와 래드클리프의 또 다른 고딕소설 『숲의 로맨스(*The Romance of the Forest*)』를 섞은 것이다.

182 **럼포드** 최신식 화로이다.

197~198 난 입맛이~맛이 좋더군 스태포드셔에서 나오는 도자기는 값비싼 명품으로 알려져 있다. 드레스덴과 세이브는 각각 독일과 프랑스의 유명한 도자기 생산지이다.

206 **그는 그들이~준비를 갖췄다** 시간 약속에 늦게 나타나는 것은 고딕소설에 등장하는 악한이 보여 주는 특징 중 하나이다.

207 **한때 수도원의~설명을 듣고** 안뜰의 회랑 쪽으로 작은 기도실이 나 있다는 묘사를 보면 안뜰로부터 기도실로 빛이 잘 들어가도록 설계한 것이므로 기도실이 수도사의 공부방이었음을 추측할 수 있다. 그렇다면 노생거 사원은 공부를 강조했던 베네딕트 수도원 소유였을 가능성이 높다.

212 **몬토니** 『유돌포의 비밀』에서 유돌포 성의 주인으로 등장하는 악인이다.

읽을거리가 많아 틸니 장군이 군인이면서 동시에 국회의원직을 유지하는 정치인임을 알 수 있다.

215 **차가운 고기 음식** 차가운 고기 음식은 풍성하게 차려진 식사와 대조된다. 일요일이라 하인들을 쉬게 한다는 의미가 있다.

219 **디미티** 얇은 천인데 짠 올이 비쳐 보이는 직물로서 촉감이 딱딱하고 약간 윤기가 있다.

223 **열병** 장염과 말라리아와 연관된 고열 증상을 보이는 병으로 여름에 잘 걸린다.

224 **이웃의 자발적인~이런 나라에서** 감시꾼은 1789년 프랑스혁명의 여파로 1790년대 영국의 반정부 움직임이 감시당하던 풍속도를 언급하는 단어이다. 여기서 헨리 틸니의 어조는 그런 애국주의를 살짝 비꼬는 듯도 하지만, 기본적으로는 정보과 언론의 자유를 지적한다고 볼 수 있다.

227 **루바브** 치료용 약초이다.

269 **4분의 1마일** 약 400미터 정도로 지척이다.

271 **메클린 레이스** 벨기에의 메클린에서 수입한 최고급 레이스 옷감이다.

274 **거울** 1780년대 발행된 잡지이다.

277 **이것이 로맨스 소설에서~부분인데** 흔히 여주인공은 남자 주인공이 베풀어 주는 것에 고마워하는 것이 정형화된 이야기 구조인데, 화자는 여기서 그것을 뒤집었다고 짐짓 생색을 내고 있다.

284 **이별의 고통을~묻지 말자** 공식적으로 약혼한 연인이 아니면 편지 왕래를 할 수 없었다.

286 **자작과 자작 부인** 결혼한 엘레노어 부부를 말한다.

책 읽는 여성을 위한 옹호

조선정(서울대학교 영문과 교수)

영국의 얼굴

2013년 여름, 영국은행은 소설가 제인 오스틴을 파운드 지폐의 모델로 삼기로 결정했다고 발표했다. 영국 문학의 자랑이자 세계 문학의 고전인 『오만과 편견(*Pride and Prejudice*)』을 쓴 소설가에 대한 예우는 영국 대중의 환호를 끌어내기에 충분했다. 1813년에 세상에 나온 『오만과 편견』 출판 200주년을 축하하는 분위기를 타고 고양된 문화적 자부심도 한몫했다. 영국은행은 이 결정이 "분별과 감성"에 따른 마땅한 것이라는 멋진 논평을 덧붙이기까지 했다. 『오만과 편견』보다 먼저 나온 오스틴의 데뷔작 『분별과 감성(*Sense and Sensibility*)』의 제목을 그대로 활용하는 재치까지 선보인 것이니, 오랫동안 대중의 사랑을 받아 온 소설가에게 바치는 '오마주'로 꽤 근사하다.

막상 영국은행이 직면한 고민은 초상화를 선택하는 일이다. 시기가 다른 초상화가 여럿 남아 있다면 선택의 폭이 넓어서 좋겠지만, 남아 있는 것은 단 두 개이고 그나마도 진위 논란에서 자유롭지 못하다. 하나는 오스틴의 후손이 기억을 더듬어 그렸다고 알려진 것으로, 젊은 시절의 모습을 보여 준다. 또 하나는 오스틴의 언니가 그렸다고 알려졌는데, 원숙한 모습을 담고 있다. 현재 런던의 국립초상화갤러리가 소장하고 있는 손바닥 크기 정도의 연필 초상화가 그것이다. 연구자들은 이 초상화가 더 신빙성이 있다고 주장해 왔지만, 보다 젊고 화사한 표정을 보여 주는 전자를 선호하는 여론도 만만치 않다. 2017년을 목표로 한 오스틴 파운드 화폐가 최종적으로 어떤 얼굴을 하고 나올지 자못 궁금하다.

초상화를 둘러싼 논란이 환기하듯이, 오스틴에 대해서는 알려진 것이 별로 없다. 많이 읽히고 폭넓게 사랑받는 소설가이자 꾸준하게 연구되는 작가이고 몇 권의 전기까지 출판되었지만, 동시대 문단에서 활동했던 주류 남성 작가들에 비하면 여전히 오스틴의 삶은 비밀에 싸인 듯하다. 그런 작가가 영국 화폐의 얼굴이 될 정도로 친숙한 존재라는 게 새삼스럽기도 하다. 그녀의 소설 역시 익숙한 듯 낯설고 낯선 듯 익숙한 무엇을 가지고 있는 걸까? 그런 신비로움에 홀려 읽고 또 읽게 된다.

데뷔작이 될 뻔했던 『노생거 사원』

오스틴은 1775년에 목사의 딸로 태어났다. 평생 결혼하지 않았고,

작은 시골 마을에서 어머니와 언니와 함께 살면서 익명으로 여섯 권의 소설을 남기고 마흔둘의 나이로 생을 마감했다. 1811년 서른여섯 살에 『분별과 감성』으로 데뷔한 후, 1813년 『오만과 편견』으로 성공을 다졌다. 이후 두 작품을 더 출판하고, 1817년 여름에 세상을 떠났다. 몇 달 후 가족이 유작으로 남은 두 권의 소설을 묶어서 출판했는데, 『노생거 사원(*Northanger Abbey*)』은 우여곡절 끝에 그렇게 빛을 보았다. 이때 함께 나온 『설득(*Persuasion*)』은 오스틴이 병고에 시달리던 1816년에 죽음을 예감하면서 탈고한 마지막 소설이지만, 『노생거 사원』은 전혀 다른 역사를 가진 작품이다.

오스틴은 『분별과 감성』으로 데뷔하기 8년 전인 1803년에 '수전 (Susan)'이라는 제목을 붙인 작품을 출판사에 팔았다. 책을 기다리는 사이 세월이 흘러 1809년에 다른 소설가의 다른 내용을 가진 작품이 『수전』이라는 제목으로 나왔다. 화들짝 놀란 오스틴이 경위를 따지고 항의했지만, 출판사로서는 사들여 놓고 묵히던 원고를 불쑥 같은 제목으로 출판할 수도 없고 사들인 판권을 포기할 수도 없었다. 결국 오스틴은 1816년 원고를 도로 사들였다. 처음 출판사에 팔았던 때보다도 4년 전인 1799년에 탈고한 것으로 추정된다고 하니까, 무려 17년이 지난 후에 작가의 품으로 되돌아온 것이다. 건강이 나빠지기 시작한 오스틴은 제목이기도 했던 여주인공 이름 '수전'을 '캐서린'으로 바꾸는 일 이외에는 별다른 수정 작업에 착수하지 못했던 것으로 보인다. 이야기의 주된 배경인 대저택을 가리키는 고유명사 '노생거 사원'을 제목으로 정한 것은 유족의 뜻이었다.

『수전』에서 『노생거 사원』이 되기까지 어떤 변화가 있었는지 정확하게 알 길이 없지만, 크게 달라졌다고 보기 어렵다는 게 정설이다. 오스틴 스스로 특별히 서문을 달아 "이 작품을 완성한 지 십삼 년이 지났음을, 쓰기 시작했을 때부터는 더 많은 세월이 지났음을" 밝히며 독자에게 양해를 구하기도 하거니와, 주제나 인물 형상화나 서술 기법의 측면에서 오스틴의 초기작 느낌이 강하다. 『노생거 사원』은 마지막으로 출판되었지만 사실상 오스틴이 처음으로 완성한 장편소설로, 제때 출판되었더라면 매력적인 데뷔작이 되었을 것이다.

소설가의 탄생

데뷔작이라 할 만한 소설과 마지막으로 완성한 소설이 함께 묶여 출판된 것은 나름 흥미롭다. 오스틴의 소설가로서의 행보가 어디서 시작되어 어디로 가는지 가늠해 볼 수 있기 때문이다. 오스틴이 남긴 여섯 작품은 모두 젊고 총명한 여주인공이 구애를 거쳐 결혼에 이르는 과정을 담고 있는 성장소설이다. (오스틴이 연애소설이라는 의미의 '로맨스' 장르의 '원조'쯤으로 여겨지는 건 이 때문일 것이다.) 여섯 편 가운데 『노생거 사원』의 여주인공 캐서린 몰란드가 열일곱 살로 가장 어린 축에 든다. 막 사교계에 입문한 철부지 여주인공의 교육과 연애가 주된 내용이다. 반면에, 마지막 소설 『설득』은 당대 기준으로 봤을 때 결혼 적령기를 한참이나 놓친 스물일곱 살의 여주인공이 잃어버린 과거의 사랑을 기적적으로 되찾는 이야기이다. 『노생거 사원』이 풍자와 관용 사이에서 균형을 잡는 필치를 보여 준다면, 『설득』은 상류사회에 대한 비판과 환멸이 정점을 찍는 작품이다. 여러모로 대조적이지만 그게 길게 보면 연속적이기도 하다는 점에서, 함께 묶인 두 소설은 오스틴의 작품 세계를 조망할 수 있는 지평을 잡아 준다.

『노생거 사원』의 가장 큰 매력은 풋풋함이다. 소설은 시골 마을에서 평범한 가정교육을 받고 자란 캐서린이 우연한 기회에 이웃의 초대로 사교와 휴양으로 유명한 관광도시 바쓰를 방문하고 또 유서 깊은 대저택 노생거 사원에 초대받아 감으로써 거기서 만나는 사람들과 교류하면서 새로운 언어, 관습, 가치, 도덕과 협상하고 앎을 확장해 가는 과정을 세밀하게 추적한다. 낯선 세계에 입문하는 초보자의 순진함은 때로는 엉뚱하고 황당한 실수를 유발하지만 무구하고 정직한 심성으로 빛난다. 캐서린은 사교계의 허례허식과 상류사회의 위선에 노출된 채 격렬한 감정적 고비를 경험하지만, 그런 위험과 위협과 위기의 순간마다 뿜어져 나오는 특유의 천진함, 즉 있는 그대로 보고 생각하고 말하려는 꾸밈없는 태도는 그녀 자신의 실수를 구원할 뿐 아니라 세계의 불완전함을 수용하고 감싸는 관용의 윤리로 승화된다.

이 소설의 풋풋함은 여주인공뿐 아니라 수시로 존재를 드러내는 화자의 매력 때문이기도 하다. 화자는 오스틴의 다른 작품에 비해 노골적으로 자신을 드러낸다. 인물과 사건에 논평을 덧붙여 이야기의 흐름에 개입하는 역할도 하지만 인물과 사건을 만들어 내는 소설가라는 직업에 대한 자의식을 드러내는 일에 더 집중한다. 소설과 인접한 유사 장르의 글쓰기, 예컨대 역사나 수필과 소설 쓰기의 차이점을 분석하는가 하면 소설가로서의 자부심을 고백하거나 소설 쓰기의 기율에 대해 독자의 기대를 배반하는 이유를 설명하는 등, 소설가로서 경험하는 고민과 갈등을 이야기 한복판에 불쑥 던져 넣고 한참 설명하다가 다시 인물과 사건으로 돌아가곤 한다.

화자는 자신이 다루는 주제, 인물, 기법 등이 기존 소설의 관습과 다르므로 참신하게 봐 달라고 호소한다. 화자의 목소리가 다소 돌출되는 느낌이 없지 않지만, 그건 데뷔를 앞둔 소설가의 열정과 진정성으로 볼 수 있지 않을까. 중요한 것은 기존 소설과 차별화된 작품을 쓰고자 하는 오스틴의 열망이 스스로를 소설의 역사와 전통 속으로 자리매김하는 방식으로 구현된다는 점이다. 오스틴의 전략은 당대 유행하는 소설의 관습적인 작법에 거슬러 새로운 소설을 쓰겠다고 선언하는 동시에, 이미 구축된 소설의 막강한 문화적 힘과 영향력을 보존하려는 이중적인 성격을 띤다. 이렇게 자신감과 겸손이 교차하는 지점에서 소설 쓰기에 대한 예민한 자의식을 드러낼 수 있는 것은 데뷔작에 허용된 특권인지도 모른다.

동시대성

『노생거 사원』이 오스틴의 출사표와 같은 소설이라면, 가장 두

드러진 특징으로 리얼리티를 꼽지 않을 수 없다. 오스틴은 독자가 소설을 읽을 때 기대하는 이야기 대신 그 기대를 배반할지라도 실제로 일어날 법한 이야기를 있는 그대로 담담하게 풀어내고자 한다.

『노생거 사원』의 리얼리티는 몇 가지 층위로 나눠 볼 수 있다. 우선, 오스틴이 살았던 사십여 년은 정치적으로는 프랑스혁명의 시대이고 문화적으로는 낭만주의의 시대, 그리고 철학적으로는 계몽주의의 시대이다. 그녀가 가장 잘 아는 세계는 시골 마을에 사는 교육받은 중간 계층 사람들의 일상이다. 그들의 식탁과 서재와 응접실, 그들이 소유한 가구와 찻잔과 화로와 마차, 그들이 읽는 책과 나누는 대화와 주고받는 편지, 그들의 소소한 근심과 기쁨과 기대와 실망, 그들의 연애와 실연과 우정과 인연, 그들의 무도회와 산책과 소풍과 여행 등이 빚어내는 만화경 속에서, 프랑스혁명과 낭만주의와 계몽주의는 이념이나 운동이 아니라 오직 구체적 현실을 경험하는 개별 주체의 욕망의 옷을 입고서 나타난다. 이를테면, 아버지를 거역하는 아들딸들이나 자기 결정권을 실천하는 개인을 통해서, 그들의 말과 행동과 태도를 통해서, 세계의 거대한 변화가 감지되는 것이다.

또한, 『노생거 사원』은 당대의 물질문화를 꼼꼼하게 복원한다. 당시 존재했던 지명, 건물, 생활용품 등이 구체적으로 등장한다. 동시대 독자들이 공유하는 현실을 지시하거나 암시하면서 일상의 물질문화 전반을 이야기 속으로 끌어들인다. 만약 우리 시대에 이런 소설이 나왔다면 당장 인터넷 검색을 통해 소설에 등장하는 물건과 장소와 사건을 모두 완벽하게 찾아내 재구성할 수 있을 법하다. 그런 점에서 『노생거 사원』은 '시대를 타는' 소설이다.

생생한 현장감은 『노생거 사원』의 지배적인 미덕이자 강력한 재미이다. 예컨대, 마차를 타고 몇 마일을 가면 어떤 마을이 나오는지, 어느 길거리에서 모퉁이를 돌면 어느 가게가 나오는지, 어떤 옷감이 유행이며 얼마나 비싼지 등등의 세세한 사실적 정보가 넘쳐 난다. 이런 사실적 정보는 수다거리로 동원되어 나열되는 데 그치는 게 아니라 벌어지는 사건을 극적으로 만드는 데 기여하고 인물의 성격을 형상화하는 데 공헌하는 방식으로 서사에 빈틈없이 스며듦으로써 매 장면마다 실감나는 동시대성을 만들어 낸다. 시대에 밀착된 소설이면서도 200년의 시간과 언어의 장벽을 넘어 우리에게 지속 가능한 독서의 즐거움을 선사하는 것은 바로 그런 정교한 서술의 힘 때문이다.

책, 여성, 소비

『노생거 사원』이 '시대를 타는' 소설이라면, 거기에 책의 존재가 빠질 수 없다. 이 시대는 책의 시대였다. 18세기에 인쇄 문화가 폭발함에 따라 문학과 비문학을 가로질러 다양한 종류의 읽을거리가 쏟아졌다. 사람들은 책을 읽었고 그것에 대해 많이 말했다. 비유하자면, 우리가 스마트폰을 하나의 기계가 아니라 우리 손끝에 붙은 신체의 일부로까지 여길 수 있는 것처럼, 오스틴의 시대에는 책이 그런 위상을 차지했다.

독서는 일상적인 활동의 하나로 머물지 않고 일상을 구성하는 총체적인 문화 권력의 역할을 한다. 책 읽기를 통해 인식과 경험의 틀을 전반적으로 조직하기 때문에, 책에 얼마나 영향을 받으며 그 영향력에 의해서 무엇이 어떻게 작동하는지가 중요해진다. 읽기와 쓰기는 취미로 그치지 않고, 문화와 관습과 권력을 (재)생산하는 거대한 테크놀로지가 된다. 누가 무엇을 어떻게 왜 읽는가, 읽어야 하는가, 또는 읽지 말아야 하는가? 그리고 누가 무엇을 어떻게 왜 쓰는가, 써야 하는가, 또는 쓰지 말아야 하는가? 책을 둘러싼 담론은 시대정신이자 화두이다.

특히, 글쓰기를 직업으로 가진 여성이 늘어 갈수록 여성의 책 읽기에 대한 사회적 관심이 높아졌다. 여성 작가들이 글쓰기로 생계유지는 물론 상당한 재산 축적을 이루고 사회적 인지도를 획득하는 가운데, 책을 둘러싼 담론은 지속적으로 성별화된다. 역사적으로, 책 읽기는 몸에 침투하는 낯선 물질과의 관계라는 면에서 모종의 오염 가능성을 내포한 행위로 은유되어 왔다. 이는 독서가 지적 활동일 뿐만 아니라 은밀한 쾌락, 잠재적 전염, 불온한 선전·선동의 진원지일 수 있다는 인식을 반영한다. 독서의 위험은 여성에게 일방적으로 투사된다. 여성의 읽기와 쓰기는 논란의 중심에 서고, 이는 곧 여성의 무분별한 '소비' 행위로 의미화된다.

인쇄 문화의 발전과 확산된 책 보급, 여성 교육에 대한 사회적 관심, 자본주의적 생산 양식과 제국주의의 문물 교류가 가져온 시장 소비주의 확대, 이 세 가지는 서로 연결된 사회문화적 현상으로써 근대 영국 문학의 물적 토대이자 오스틴 소설 세계의 기본적인 얼개이다. 여섯 작품 중에서도 책, 여성, 소비라는 세 가지 열쇠를 가지고 서사를 구축하는 경우는 단연 『노생거 사원』이다. 여주인공은 종종 책 읽는 모습으로 나타난다. 그리고 책에 대해 길게 대화를 나눈다. 독서 이력과 독서 역량은 인물의 됨됨이를 평가하고 해석할 때 요긴한 지표이다. 뿐만 아니라, 인물들은 책을 구하는 방법, 독서의 환경, 독서의 영향에 대해서 끊임없이 말한다. 잘못된 독서의 사례와 그 문화적 해악에 대해서도 토론을 벌인다.

요컨대, 『노생거 사원』은 여성의 독서에 관한 소설이다. 정확하게 말하면, 책 읽는 여성을 옹호하고 격려한다. 『노생거 사원』은 책을 매개로 한 성별화한 주체 형성과 그에 따른 편견이 고착되어 가던 시대에 여성의 독서를 위험한 소비 행위로 폄하하던 시선에 도전한다. 여성이 소설을 읽고 쓰는 일이 궁극적으로 앎의 확장에 기여한다는 것, 그리고 여성은 성실한 독자이자 건강한 소비자로서 책과 주체적인 관계를 맺을 수 있다는 것을 보여 줌으로써, 오스틴은 궁극적으로 독서를 통한 여성 교육의 가능성을 제시한다.

고딕의 귀환

『노생거 사원』은 1790년대 선풍적인 인기로 당대 문학 시장을 휩쓴 앤 래드클리프(Ann Radcliffe)의 고딕소설을 중요한 모티프로 활용한다. 고딕소설은 이국적인 배경, 유령과 같은 초현실적인 요소, 과잉과 반복의 원리 등 정형화된 관습을 활용해 공포의 감정을 표현할 수 있는 문학적 통로를 개척한다. 그 원형으로 꼽히는 1763년 호레이스 월폴(Horace Walpole)의 『오트란토 성: 고딕 이야기(*The Castle of Otranto: A Gothic Story*)』에 잘 나타나듯이, 폭력적인 아버지와 고통받는 딸의 관계는 고딕소설의 전형적인 주제이다. 래드클리프는 가부장제의 억압과 폭력에 대한 여성의 공포와 그 내면 심리를 끈질기게 재현함으로써 고딕소설을 확실히 여성적인, 여성을 위한 장르로 성별화하는 데 기여한다.

래드클리프의 고딕소설은 『노생거 사원』을 관통하는 해석의 축이다. 캐서린은 사교계에서 만난 친구 이자벨라를 통해 고딕소설에 입문하고 래드클리프의 열렬한 독자가 된다. 캐서린에게 이 세상의 온갖 유행을 다 가르치는 역할을 자임한 이자벨라는 고딕소설을 성공적으로 주입한다. 고만고만한 교훈서 정도만 읽어 온 캐서린에게 고딕소설이 주는 감정적 자극은 경이로운 신세계일 법하다.

캐서린을 두고 경쟁하는 두 남자는 고딕소설에 대해 상반된 반응을 보인다. 존 쏘오프는 래드클리프가 누구인지도 잘 모르고 소설에 관한 한 일관되게 헛소리만 늘어놓음으로써 처음부터 캐서린의 욕망에 완전히 비껴서 있다. 그의 속물스러운 성품은 그의 나쁜 혹은 부실한 독서, 그리고 '소설 나부랭이를 읽을 시간이 없다'는 식의 소설을 깔보는 태도에 조응한다. 반면에, 헨리 틸니는 고딕소설을 탐독함으로써 일단 캐서린의 욕망에 부응할 남자의 자격을 갖춘다. 그는 나중에 캐서린의 과도한 몰입을 교정해 주는 진정한 독서의 고수로 활약한다.

캐서린은 고딕소설에 탐닉할수록 수렁에 빠진다. 고딕소설에 대한 매혹은 단순한 취향 이상으로 존재론적인 기반과도 같아서, 캐서린은 어느새 고딕소설의 문법으로 느끼고 생각하고 판단하는 지경에 이른다. 방금 읽은 고딕소설에서 막 건져 올린 따끈따끈한 이야기를 노생거 사원이라는 현실 세계에 적용하여 복제하기를 꿈꾸는 순간 황당무계한 망상에 끌려다닌다. 망신을 톡톡히 당하고서야 고딕소설에 빠졌던 시간을 후회하고 반성한다. 한껏 부풀려진 상상력의 오류를 깨닫고 현실감각을 회복하기까지 과정이 밀도 있게 그려지면서, 캐서린의 교육은 어느 정도 고딕소설에 대한 풍자와 공명한다.

그래서 『노생거 사원』이 고딕소설의 패러디라는 표준적인 해석이 지금까지도 유력하다. 하지만 엄밀하게 말하면 오스틴이 풍자하는 것은 고딕소설 자체가 아니라 고딕소설이 소비되는 한 방식이다. 특정한 소설가나 작품을 풍자하는 데 머물지 않고, 여성의 독서를 둘러싼 물질적 환경과 여성 교육 전반의 문제를 제기하는 것이다. 『노생거 사원』은 특정한 책 읽기가 가진 위험을 교정하는 여성 교육 기획이지 고딕문학의 가치를 전면적으로 부정하는 시도가 아니다. 오히려 고딕의 상상력은 어느 정도 그 존재 이유를 입증한다. 망상에서 깨어난 캐서린은, 그녀의 황당무계한 상상만큼이나 정말로 황당무계한 방식으로 노생거 사원에서 쫓겨남으로써 나락을 경험한다. 고딕의 망상이 산산조각이 난 바로 그 순간에 진정 말할 수 없는 공포와 복합적인 감정이 엄습한 것이다. 고딕은 그렇게 불쑥 귀환한다. 캐서린의 한바탕 '고딕 놀이'는 역설적이게도 고딕풍으로 막을 내린다.

세상이라는 책

따지고 보면 캐서린의 엉뚱한 상상력은 아예 근거가 없는 것이 아니다. 그렇다고 고딕의 망상이 정당화되는 건 물론 아니다. 그건 깨져야 마땅하다. 결국, 세상이라는 책은 고딕소설이 아니다. 세상이라는 책을 읽는 법은 계속 배워야 한다. 그렇게 하려면 일단 고딕소설을 집어던지고 봐야 하는 게 아니라 많은 책을 두루 섭렵하는 안목을 가져야 한다. 그래야 비로소 고딕소설도 있는 그대로, 제대로, 즐길 수 있다고 오스틴은 말한다.

캐서린이 궁극적으로 읽어야 할 것은 사람의 마음이다. 캐서린이 목격한 바, 사교계와 상류사회야말로 틀에 박힌 언어와 규범과 도덕의 총체, 한마디로 관습이 지배하는 세상이다. 오스틴의 소설을 풍속소설(novel of manners)의 원형으로 보는 것은 특정한 시공간에 속한 계층의 관습 체계, 즉 '매너'를 서사의 근간으로 삼기 때문이다. 앞서 『노생거 사원』이 동시대성에 깊이 뿌리를 내린 이야기라고 했지만, 풍속소설로서도 완벽한 조건을 갖추고 있다. 매너는 마음과 어떤 관계를 맺는가? 풍속소설의 요체라고도 할 이 근원적인 질문이 캐서린의 무수한 시행착오에 깔려 있다.

캐서린은 좋은 매너를 열망한다. 호의와 칭찬을 어떻게 받아들이는 것이 옳은지, 불친절과 오해에 어떻게 대응하는 것이 바람직한지, 어떤 초대가 부적절하고 어떤 초대는 적절한지 등등, 그녀는 알고 싶은 게 많고, 알고자 노심초사한다. 행동과 말과 표정은 순조롭게 통합되지 않고, 지켜야 할 것과 지킬 수 없는 것들은 충돌하고, 매너와 마음은 어긋난다. 이 모든 혼란스러움 끝에 겨우 쏘오프 남매와 틸니 남매의 매너를 분별할 수 있게 된다.

헨리 틸니는 틀에 박힌 매너가 얼마나 진부한지 너무나 잘 알고 있어서 오히려 그 지나친 앎이 그에게 틀이 될 수도 있을 정도다. 예컨대, 캐서린과 대화를 나눌 때 그는 전혀 마음에도 없는 말을 의례적으로 반복하면서 그것이 이 세상이 요구하는 틀이라는 사실을 캐서린에게 주지시킨다. 즉, 그는 매너의 제도적이고 수행적인 성격을 이해하고 그것을 하나의 유희로 전환시킨다. 그의 장난을 매끄럽게 받아 줄 정도로 세련되지 못한 캐서린으로서는 그의 진심이 궁금할 따름이다. 그녀의 진심은 헨리의 장난을 무력화시키는 힘을 발휘하고, 덕분에 그들의 대화는 매너의 외피를 뚫고 들어간다. 헨리가 일방적으로 캐서린을 가르치는 것 같아 보이지만 사실 캐서린이 헨리의 매너를 조율하면서 관계를 주도하는 측면도 있는 것이다.

한편, 이자벨라는 매너의 화신이다. 어떤 순간에도 말문이 막히는 법이 없고 당황하는 법이 없다. 마음이란 건 없고, 그때그때 써 버릴 수 있는 매너만 갖추면 된다. 한꺼번에 두 남자를 사귀어도, 하지도 않은 말을 지어내고 있지도 않은 일을 꾸며도, 읽지도 않은 소설을 다 읽었다고 떠벌려도, 다 괜찮다고 믿는다. 그렇게 해서 세상에 참여하고 있다는 환상을 충족시킨다. 세상이 다 뻔해서 읽을 게 하나도 없고 매너만 있으면 살 수 있다는 태도는 매너를 하나도 믿지 않으면서도 매너의 외피를 간절하게 필요로 하는 형식주의적 집착으로서 사교계 문화의 파괴적인 이면을 여실하게 보여 준다.

웃음과 관용의 마법

성장소설의 틀에서 보면, 캐서린의 결혼은 시련의 보상이자 배움의 결실이다. 유독 재미있는 것은 오스틴이 포착하는 결혼의 우연성이다. 사랑하는 두 사람이 마땅히 결혼해야 한다는 규범적인 전제를 깔아 놓지 않고, 설사 그런 전제가 있었더라도 그것을 낭만화하지 않고, 어쩌다 보니 일이 잘 풀려서 결혼하게 되었더라는 식으로 화자는 결혼을 가볍게 말하고 지나간다. 『노생거 사원』도 예외가 아니다. 이런 서술은 소설 전체의 목적성, 주제 의식, 교훈 등을 자의식적으로 해체하는 효과를 낸다. 그저 소설일 뿐이니까 결혼을 하든 말든 너무 심각할 것 없다고 말이다.

이런 여유에서 오스틴 소설 특유의 관용과 해학이 나온다. 앞서 '시대를 타는' 소설이라고 말했지만, 『노생거 사원』은 '시대를 타지 않는' 웃음으로 가득하다. 『노생거 사원』의 웃음은 꽤 짓궂어서, 화자는 웃어야 할지 확신할 수 없는 상황에서도 쉴 새 없이 웃음거리를 찾아내어 귀띔한다. 소설의 첫 페이지부터 볼품없는 인물의 여주인공, 이름은 왕인데 실제는 목사에 불과한 아버지, 자식을 열이나 낳고도(그것도 다들 못생겼다) 멀쩡하게 살아 있는 어머니를 소개하며 이 모든 일들이 기대와 너무나 달라 놀랍기만 하다며 너스레를 떠는가 하면, 존 쏘오프가 지나치게 잘생겨 보일까 봐 좀 어색하게 차려입고 나타난 것 같다는 촌철살인의 위트로 거칠고 천박하기 짝이 없는 그를 혐오가 아닌 짠한 웃음으로 지켜보게도 만든다.

사실, 『노생거 사원』은 웃음이 꼭 필요한 이야기이다. 캐서린의 망상이긴 하지만, 감금과 살인이라는 끔찍한 야만이 거론된다. 캐서린은 사교계의 매너라는 명분 아래 싫은 상대와 춤추느라 신체의 자유를 구속당하거나 이동의 자유를 박탈당하는 등 자주 폭력에 노출된다. 폭력의 그림자가 짙게 드리운 소설에서 그 긴장을 해소하기라도 하듯 곳곳에서 여러 가지 방식으로 웃음이 터진다.

웃음은 세계를 다시 보게 한다. 무서운 세계일 수 있지만 그것에 압도당하지 않을 수 있다는 기대, 나쁜 일이 생길 수 있지만 있는 그대로 보려고 노력하는 한 웃을 구석이 있을지도 모른다는 희망, 행복이든 불행이든 우연히 왔다가 우연히 떠날 수 있기에 진심을 다해 살아야 한다는 믿음, 이런 오랜 지혜가 풋풋한 데뷔작 『노생거 사원』에 녹아 있다. 오랜 지혜가 담긴 새 이야기, 오랜 이야기를 읽는 새로운 독자에 의해 다시 새로워지는 지혜의 회로, 여기에 시대를 타지 않는 고전의 비밀이 있다.

판본 소개

『노생거 사원』은 오스틴이 1817년 7월 세상을 떠난 후, 몇 달이 지나고 유작으로 출판되었다. 이것이 유일한 판본이며, 이를 모태로 하여 지금까지 거의 200년 동안 많은 출판사에서 『노생거 사원』이 나왔다. 그때그때 출판 시장의 유행에 따라 삽화가 들어간 판본이 나오거나 오스틴 전집의 일부로 포함되기도 했다.

연구자 입장에서 믿을 만한 정본을 언급하자면, 먼저 1923년 옥스퍼드 대학교 출판부에서 로버트 채프먼의 정교한 편집 작업을 거쳐 나온 오스틴 전집을 꼽을 수 있다. 1988년까지 마지막 인쇄를 할 정도로 이 전집의 권위와 영향력은 압도적이었다.

2006년에 케임브리지 대학교 출판부에서 새로 오스틴 전집을 내놓았다. 1990년대는 몇몇 오스틴 소설이 영화로 만들어져서 큰 인기를 얻었고 또 학술적으로도 오스틴 연구의 전성기라 할 정도로 참신하고 깊이 있는 해석이 쏟아졌다. 그렇게 축적된 대중적 관심과 학문적 역량이 두루 반영되어 그 결실을 맺은 것이 바로 이 새로운 전집이다. 1923년 채프먼 전집의 전통에서 크게 벗어나지 않으면서 한결 현대적인 면모를 갖추었다고 평가받고 있다.

이번 번역을 위해 9권으로 구성된 이 전집에서 두 번째 권에 해당하는 *The Cambridge Edition of the Works of Jane Austen: Northanger Abbey*(Barbara Benedict & Deirdre Le Faye 공동 편집)을 사용했다.

이 전집의 편집 원칙은 오스틴의 문장부호를 유지하는 것이다. 예컨대, 오스틴은 대화를 표시할 때 쓰는 큰따옴표를 인물의 독백에도 동일하게 쓴다. 전집에서는 이를 현대화하지 않고 그대로 두었다. 번역 과정에서는 이를 작은따옴표로 표시했음을 밝힌다. 또한 우리말에 없는 영어의 문장부호는 그 문맥을 고려하여 쉼표나 마침표 등으로 대체했다. 이외에는 다소 어색한 문장부호라도 그대로 유지했다. 마지막으로, 각주는 전집을 포함하여 그사이 나온 여러 판본과 전문적인 연구서를 종합적으로 참고하여 독자의 이해에 필요하다고 판단한 내용을 추려 낸 결과임을 밝힌다.

제인 오스틴 연보

1775 영국 남부 지방 햄프셔 주의 시골 마을 스티븐턴에서 교구목사 조지 오스틴과 어머니 커샌드라 오스틴의 여덟 아이 중 일곱째이자 둘째 딸로 태어남.

1779 첫째 오빠 제임스 옥스퍼드에 입학.

1783 셋째 오빠 에드워드 부유한 친척 토머스 나이트에게 입양.

1785 언니 커샌드라와 함께 기숙학교에 입학.

1786 다섯째 오빠 프랜시스 해군 입대. 기숙학교에서 돌아옴. 습작 시작.

1791 동생 찰스 해군 입대. 오빠 에드워드 결혼.

1792 오빠 제임스 결혼. 언니 커샌드라 약혼.

1793 조카들 태어나기 시작함. 마지막 습작 발표. 프랑스혁명으로 루이 16세가 처형되고 영국과 프랑스는 전쟁에 돌입.

1794 소설 '수전 부인' 집필 시작.

1795 소설 '앨리너와 메리앤' 집필 시작. 커샌드라의 약혼자가 입대하여 서인도로 떠남. 크리스마스 모임에서 (짧은 로맨스가 있었다고 추정되는) 토머스 르프로이 만남.

1796 소설 '첫인상' 집필 시작.

1797 커샌드라의 약혼자가 열병으로 사망함. '첫인상'을 출판업자에게 보냈

으나 거절당함. '앨리너와 메리앤'을 『분별과 감성』으로 개작. 넷째 오빠 헨리 결혼.

1798 '수전' 집필 시작.

1801 은퇴한 아버지, 어머니, 언니와 바쓰로 이주.

1802 영국과 프랑스 휴전. 언니와 스티븐턴에 방문했다가 해리스 빅위더의 청혼을 받고 수락했다가 다음 날 취소함.

1803 '수전'을 출판업자에게 팜. 영국과 프랑스 전쟁 재개.

1805 아버지 사망. 영국 트래펄가 해전 승리.

1806 어머니와 언니와 함께 바쓰를 떠나 사우샘프턴 지역의 친척들에게 머묾. 동생 찰스 결혼.

1809 '수전'의 출판을 독촉했으나 실패. 오빠 에드워드의 도움으로 어머니, 언니, 친구 마사 로이드와 햄프셔 지역의 시골 마을 초턴에 정착함.

1810 『분별과 감성』 출판 계약.

1811 데뷔작 『분별과 감성』 출판. '첫인상'을 『오만과 편견』으로 개작.

1812 『오만과 편견』 출판 계약. 『맨스필드 파크』 집필.

1813 두 번째 소설 『오만과 편견』 출판. 『맨스필드 파크』 집필 마침. 『분별과 감성』과 『오만과 편견』 모두 재판 출판.

1814 『에마』 집필. 세 번째 소설 『맨스필드 파크』 출판.

1815 네 번째 소설 『에마』 출판. 『설득』 집필.

1816 출판되지 않은 '수전'을 사들여 '캐서린'으로 개작. 『맨스필드 파크』 재판 출판. 건강이 악화되기 시작함.

1817 '샌디턴' 집필 중 치료를 받으러 윈체스터 방문. 7월에 사망하여 윈체스터 성당에 묻힘. '캐서린'을 『노생거 사원』으로 제목을 바꾸고, 『설득』과 함께 묶어 출판.

새롭게 을유세계문학전집을 펴내며

을유문화사는 이미 지난 1959년부터 국내 최초로 세계문학전집을 출간한 바 있습니다. 이번에 을유세계문학전집을 완전히 새롭게 마련하게 된 것은 우리가 직면한 문화적 상황에 적극적으로 대응하기 위해서입니다. 새로운 을유세계문학전집은 세계문학의 역할이 그 어느 때보다 중요해졌다는 인식에서 출발했습니다. 오늘날 세계에서 타자에 대한 이해는 우리의 안전과 행복에 직결되고 있습니다. 세계문학은 지구상의 다양한 문화들이 평등하게 소통하고, 이질적인 구성원들이 평화롭게 공존할 수 있는 문화적인 힘을 길러 줍니다.

을유세계문학전집은 세계문학을 통해 우리가 이런 힘을 길러 나가야 한다는 믿음으로 만들어졌습니다. 지난 5년간 이를 준비하기 위해 많은 노력을 기울였습니다. 세계 각국의 다양한 삶의 방식과 문화적 성취가 살아 있는 작품들, 새로운 번역이 필요한 고전들과 새롭게 소개해야 할 우리 시대의 작품들을 선정했습니다. 우리나라 최고의 역자들이 이들 작품 속 한 문장 한 문장의 숨결을 생생히 전하기 위해 심혈을 기울였습니다. 또한 역자들은 단순히 번역만 한 것이 아니라 다른 작품의 번역을 꼼꼼히 검토해 주었습니다. 을유세계문학전집은 번역된 작품 하나하나가 정본(定本)으로 인정받고 대우받을 수 있도록 최선을 다했습니다. 세계문학이 여러 경계를 넘어 우리 사회 안에서 주어진 소임을 하게 되기를 바라며 을유세계문학전집을 내놓습니다.

을유세계문학전집 편집위원단
박종소 (서울대 노문과 교수)
김월회 (서울대 중문과 교수)
손영주 (서울대 영문과 교수)
신정환 (한국외대 스페인어통번역학과 교수)
최윤영 (서울대 독문과 교수)

을유세계문학전집